古典文獻研究輯刊

三 編

曾永義 主編

第 11 冊

「晚明文人」型態之研究

黃明理 著

國家圖書館出版品預行編目資料

「晚明文人」型態之研究／黃明理 著 — 初版 — 新北市：花木
蘭文化出版社，2011〔民 100〕
序 2+ 目 2+158 面；19×26 公分
（古典文學研究輯刊 三編：第 11 冊）
ISBN：978-986-254-553-9（精裝）
1. 知識分子 2. 生活史 3. 明代
820.8　　　　　　　　　　　　　　　　100015004

ISBN-978-986-254-553-9

古典文學研究輯刊
三 編 第十一冊　　　　　　ISBN：978-986-254-553-9

「晚明文人」型態之研究

作　　者　黃明理
主　　編　曾永義
總 編 輯　杜潔祥
出　　版　花木蘭文化出版社
發 行 所　花木蘭文化出版社
發 行 人　高小娟
聯絡地址　新北市永和區中正路五九五號七樓
　　　　　電話：02-2923-1455／傳眞：02-2923-1452
網　　址　http://www.huamulan.tw 信箱 sut81518@ms59.hinet.net
印　　刷　普羅文化出版廣告事業
初　　版　2011 年 9 月
定　　價　三編 30 冊（精裝）新台幣 48,000 元　　版權所有‧請勿翻印

「晚明文人」型態之研究

黃明理　著

作者簡介

黃明理，臺灣彰化人，臺灣師範大學文學博士，現職國文系專任教授。親炙龔鵬程先生，以傳統文人型態考察為研究重點，撰有《「晚明文人」型態之研究》、《范氏義莊與范仲淹──關於范仲淹的儒學史地位的討論》、《儒者歸有光析論──以應舉為考察核心》。旁涉書法學，致力於基礎寫字教育，撰有〈左書左字論〉、〈基本筆形再認識〉等文及歷代名碑帖硬筆臨寫系列。

提　　要

　　本論文以晚明新興文人為研究對象，在關注中國文人階層發展的前提下，提出「文人型態」的概念，將晚明新興文人視為一種型態之文人，名之曰「晚明文人」。「晚明文人」為宋文化普及過程之結果，其型態特徵為：重情而近於縱慾，唯美而至於虛矯，遠紹東坡之豪放灑脫，近承陽明之解粘去縛，嚮往豪俠之人格形象、閒適之生活境界；因受明末江南文藝消費社會之供養，故充滿庶民通俗之氣息，別於身屬廟堂心繫家國之士大夫文人。

　　論文首章除說明議題與研究動機外，重在釐清「晚明文人」之指涉，確立詞彙意義，以澄清前人使用此詞時依違於「晚明時期之文人」與「晚明新興文人」之含混。第二、三兩章探析「晚明文人」生成之故，前者著重社會環境，指出晚明文壇獨立於政壇之外，有一文藝消費社會相支持，得以提供無緣或無意從政之文人更多生存空間。後者則著重文化思想，上溯北宋難以彌縫之洛學、蜀學，以程頤、蘇軾之爭為論述核心，鋪陳其寖假而為道學與文人兩大陣營之文化發展脈絡，下逮明代中葉道學內部之修正，陽明心學使道學更形普及，而致良知教卻也對文人論述人生與文藝主張，多有資助。二者匯聚，故有「晚明文人」之崛起。第五章描述「晚明文人」之生活，概括其特徵，檢視其嚮往與實際生活之差距，第六章結論施以總體之評價。

目次

自　序

　　夫學，不可無宗旨，亦不可無感受也。宗旨不立，則愈博其知識，轉因成其支離；感受渺忽，則愈殫其精神，適以喪其生機。支離者，非學也，而學至於生機剝頹，亦何以學焉？

　　而宗旨之立，賴乎感受。以前賢之宗旨為宗旨，然不能體會其感受，猶之乎矇目奔走，難以抵其方所。唯學者之感受，或限於身家，或繫於社稷，或充於宇宙，淺深殊異，闊細區別，其感受闊而深者，宗旨恢以遠，其感受淺而細者，宗旨或至蔑如矣！此鴻儒通儒俗儒小儒之所以判然分也。

　　是故，無感受、無宗旨，不足以言學，學而不至於鴻通，亦深愧於為士矣！

　　然而，感受有時改易，宗旨難於確定，非上下求索，深造自得者，何敢侈言立？余之學也淺，余之資也薄，自從學以來，即孜孜以尋求宗旨為念，而今其於為學宗旨，尚猶昧然，然其求索之跡轍，乃不得不謂深且明也。本文之成，或可以為紀焉。

　　顧念己未以來，初因眩於賢聖之名，遂亦立志為聖賢，鄙薄文章技藝為末事；既而牽於年少之情，轉而沈涵於文藝，不耐性命理道之枯槁。自是以往，二者迭代消長，矛盾紛擾，躑躅喪志，而歲月延遷，二者終無一得焉。若求其所謂為學宗旨者，亦絕無分寸萌生胸臆也。

　　比年，為探討徐文長藝術之價值，乃多方閱讀晚明文集，以及今人相關之著述，而晚明文人反道學之情況，融合晉宋學風之企望，歷歷入目。余多年縈懷之慮，不期具現於故紙舊籍中。既覽陳跡，不免為之詫訝嗟咨，詫訝之餘，乃覺天或欲以故史啟余也。何以言之？蓋余向年之感受，亦晚明文人

之感受也。衷此心曲，發爲言語，施諸行事，晚明文人之疏密得失，乃昭然呈現，而後人論評之者眾矣。持此史鑒，或可照察余之得失，而矛盾猶豫，亦可因之而斷矣。

於是，即以晚明文人爲對象，抽繹其生活特徵，研考其思想內涵，蒐討其生成之故，分析其得失之由，欲以觀其全貌，引以自鑒焉。而晚明文人既爲歷史客觀之存在，則探究其型態，亦有助於了解其所創作之文藝，並論斷其歷史地位也。是以不揣淺陋，表出文字，草成此論文。

本論文者，實紀錄余從學過程中，追索爲學宗旨之一頓挫也。如今，雖仍闇無宗旨，然而往昔之疑惑，乃暫得解紓矣。蓋學文、學道非兩不相得也，所以拘限而以爲對立者，要以感受卑靡，胸懷不壯故耳。

前述因緣，固余一己之事爾。今既表出爲論文，則不能不就學術而言之。此序所當表明者，乃本文之闕漏也，諸如三教全一之論，沸騰於明末，而本文未及討論；宋明文化之發展，爲文化史研究之環節所在，而本文述而未備，皆爲缺失之大者也。然余自知之矣，或未及討論，或論而不詳者，無他，學力困弱，才思窘乏，雖欲爲而不能者也，唯有待於來日裨補之耳。自知之失，有如是者，其蔽而不自見者，恐有不盡，則尚祈博學君子有以教之。

至若本文研究之價值，章節之大意，具載於緒論中，茲不贅敘。

己巳穀雨黃明理謹識於台灣師大國文研究所

第一章 緒 論

第一節 釋「晚明文人」

一、「晚明文人」詞意之澄清

近年來研究晚明文學之論述不少，如陳萬益《晚明性靈文學思想研究》、《晚明小品與明季文人生活》，陳少棠《晚明小品論析》，周質平《公安派的文學批評及其發展》，曹淑娟《晚明性靈小品研究》，龔師鵬程〈由菜根譚看晚明小品的基本性質〉等學術論著，皆有可觀，而選輯介紹說明小品之書籍，亦多刊行，頗能接續抗戰前熱衷提倡晚明文學之盛況。

抗戰前學者由新文學運動而上溯公安竟陵，認晚明文學爲新文學之源頭，[註1] 對於有清三百年間加諸晚明文學之批評，大感不滿，於是重新評價晚明文學，並爲晚明士大夫辯護，詮釋前人之心曲。近年之學術論著，雖是後出轉精，然而並不離此方向，對於晚明文學之作者，皆作深入探討，並施以評價。在此熱烈討論中，「晚明文人」四字遂屢屢見於字裡行間。如云：

> 晚明文人終於有足夠的勇氣，不假依傍，獨立思考，不必襲古，而自述己見。（《晚明性靈文學思想研究》頁8）

〔註 1〕 周作人《中國新文學的源流》云：「假如從現代胡適之先生的主張裏面減去他受到的西洋的影響，科學、哲學、文學及思想各方面的，那便是公安派的思想和主張了。」盧前刊印《瑯嬛文集》，跋語云：「往在蜀中，劉君咸炘嘗語前云：近世新文藝，其原蓋出於浙東史學，而晚明諸家爲之先河，張宗子岱，實啓之也」。意見甚爲一致，皆以民國新文學與晚明文學關係密切。

錢氏在此明白指出：性靈非他，只是學問與習慣相融相忘後之結果，可以爲高談「性靈」的晚明文人下一鍼砭。（《公安派的文學批評及其發展》頁28）

不能掌握這種隔的美感，對晚明文人的作品與人生態度，便有許多不可索解，以致亂作解之處。（〈由菜根譚看晚明小品的基本性質〉，《中國學術年刊》第九期，頁187）

晚明文人常思遠離宦場與人群的是非，自然發展出山居取閒的好尚。（《晚明性靈小品研究》頁251）

觀其行文，「晚明文人」蓋爲不可分割之詞彙，皆作爲一特定對象之指稱詞。抗戰前學者討論晚明文學，似乎無有如是用者，「晚明文人」，應可視爲近年來研究晚明文學論著中之新興詞彙。

然而，由於研究者並未嚴格其界說，確定其指涉，因此「晚明文人」四字，或以泛稱晚明時期之所有文人，或以專指晚明新興文學之作者，頗爲不定。陳少棠《晚明小品論析》中以爲晚明「小品」特具名士派氣味，及反傳統精神。「小品」作家，「主要是山人，名士和不受名教拘縛的文人，此類作家有一共通的特點，就是思想比較通脫，富於浪漫氣息」，〔註2〕因此特稱之爲「非正統文學家」，〔註3〕以別於晚明一般文學家。當其敘晚明「尺牘」創作時，云：

晚明「小品」作家，非常重視尺牘，而一般文人亦膾炙嗜之，故當時尺牘的集子往往可以海內共傳，……基於上述原因，晚明文人，尤其是「小品」作家，便往往喜歡利用尺牘爲創作。

顯然，此處所言「晚明文人」，外延大於「小品作家」，乃泛稱晚明時之所有文人，包括小品作家（非正統文學家），以及一般文學家。

再以周質平「晚明文人對小說的態度」一文爲例。文中指稱：

晚明新派文人所主張的用小說來促進「世道人心」的說法也並不是什麼新發明，只不過是舊瓶新酒罷了。他們這個看來極新的主張，跟當時不推崇小說的舊派文人的看法，基本上沒有太大的距離。〔註4〕

〔註2〕《晚明小品論析》第四章「乙、思想生活」，頁47。
〔註3〕《晚明小品論析》第二章言小品之特色，以爲小品作家具有反傳統精神，因此別於「正統文學家」而稱之「非正統文學家」，見頁15。
〔註4〕見《公安派的文學批評及其發展》，商務。頁57。

新派文人推崇小說，舊派文人並不推崇，二方壁壘分明。文章之前謂「擬就袁宏道對《金瓶梅》的態度來探討晚明文人究竟爲什麼推崇小說？」，〔註5〕則所謂「晚明文人」，應指新派文人而言，而舊派文人無與焉。前引文之後乃又論曰：

> 換句話說，他們（指新、舊二派文人）爭論的焦點，並不是小說應
> 不應該爲社會道德服務，而是像《金瓶梅》這樣的小說是不是一個
> 有效的服務工具。至於小說應有其獨立存在的文學價值而不必依傍
> 於道德作爲附庸的觀念，始終不曾在晚明文人中有過闡發。

就其文意發展言，此處之「晚明文人」，乃隱隱然作爲新舊派文人之總稱也。亦因作者有以「晚明文人」指涉所有的文人之意，是以對於晚明新興文學之作者，往往稱「新派文人」、「晚明這批較爲激進文人」，〔註6〕而非明確地以「晚明文人」稱之。

　　陳、周二人使用「晚明文人」時，偏於泛稱晚明時之文人，明矣。比較下列引文，當見其異：

> 晚明文人標榜性靈爲創作根源，自然並不必接受既定的成規與成
> 說。（曹淑娟《晚明性靈小品研究》頁248）

根據史實判斷，標榜性靈爲創作之根源，只是晚明時部分文人之主張，其數量或許不少，然並非全部文人皆如是。因此，句中所謂「晚明文人」，唯屬專稱特指，其命題方能成立。顯然不同於陳周二人之用法。文法上，陳周二人所言「晚明文人」，間可加一連詞「之」，而成爲「晚明之文人」，其指涉範圍不變。此顯示二人之用法，並非將此四字視爲專有名詞。曹文則不能作如是觀，「晚明文人」於句中是爲一名詞，指謂明時「標榜性靈爲創作根源」之文人。名詞間，乃不得加入任何一字。

　　唯上述之差異，實因詞彙意義未經共同約定所致，其混亂程度有限，且爲新詞彙形成時，常見之現象。「晚明文人」意指之混雜，則另有更嚴重之原因，即是：研究者論述時並未釐清研究對象之範圍。蓋研究者以新興文人爲研究對象，——亦即特稱之「晚明文人」——，觀察而得其思想、生活風貌，詩文理論等等特徵，進而有意無意將此行爲特徵，視作當時文人——亦即泛稱之「晚明文人」——普遍具現之行爲模式。以致「晚明文人」之指涉，乃游移於泛稱與專指之間，其詞義遂混雜不明矣。

〔註5〕同註4引書，頁52。
〔註6〕同註4引書，頁51。

茲以《晚明性靈小品研究》爲例。此論文以晚明性靈小品爲研究對象，所研究之人物主要即是新興文人，唯緒論中云：

> 小品以抒寫性靈爲基本精神，文字中載錄重心即落在：作者於人世環境中，因自然景物或人事事件興發的心靈經驗。因此，本文第五章即探討晚明文人在小品中呈現的各種生活層面，各層面間互有關聯，而且有很顯著的時代性，可視爲時人普遍的處世模式。（頁9）

小品中所呈現之生活層面，應屬小品作家所有。小品作家，自《四庫全書總目》提要，至今日學者，皆知其爲晚明時之部分文人而已，所謂「非正統文人」、「新派文人」也。然而此文中乃認爲此部分人物之生活，可視爲當時人「普遍」之處世模式。新興文人之特徵，既可作爲時人之普遍行爲，以此推之，則當其使用「晚明文人」一詞，則難以定其是爲專指，仰爲泛稱。不論其所認定是否屬實，然其於晚明新派文人與晚明時人之界限，未刻加區分辨明，則無可否認。

唯其如此，是以自小品文中抽離出「退離的處世態度」之共相，卻未能察覺所引證人物，乃有與此模式格格不入者，此如東林領袖高攀龍。〔註7〕東林學派懷抱聖賢志業，於現實政治甚爲關心，於異端闢之甚疾，本與小品作家，山人名士之處世態度涇渭分明，何可強之使同？蓋衛泳《晚明百家小品》（《冰雪携》）收有高攀龍文，其「荷篠者言」亦表現一片隱者胸懷，然並不能以此遂認高攀龍爲小品作家。文爲衛泳收入小品集中，只能代表衛氏之觀點，高攀龍是否以小品自視，則未必。此猶王聖俞選輯東坡文爲《蘇長公小品》，人並不以東坡爲小品文家也，其理甚明。理甚明而不能見者，要以未辨明「晚明文人」與「晚明之文人」不同故也。

因此，論文中言及「晚明文人」時，觀其描述，類皆就新興文人立言，然通觀各處，則又令人疑其包括晚明時各類型之文士。「晚明文人」詞義，乃由是混雜不定。

既知「晚明文人」詞義混雜有如是者，則本文首當澄清其意指。吾人所謂「晚明文人」，乃指涉晚明新派文人也，用以呼應所謂之「晚明文學」。

今日言「明末文學」、「晚明文學」，學者大抵皆有共識，意指公安、竟陵

〔註7〕見該書第五章第一節「甲、退離的處世態度」，頁 209。認爲「捨用世之志，取閒居悠遊之樂」是高攀龍與華無技二人共同的體悟與抉擇，在當時有普遍代表性。

標舉性靈之文學。周作人《中國新文學的源流》，以爲清朝文學有三方面之發展，其一延續「明末文學」，至袁枚而止。而袁枚乃公安之嫡傳，〔註8〕則所言「明末文學」，指謂晚明新興文學也。否則，清初沿承明末其他流派者，亦復不鮮，將如何說？蓋公安竟陵爲明末文壇新興勢力，顯然別於舊有文風之承襲者，是以得稱之「明末文學」，其說甚爲自然，人無疑義。劉大杰《中國文學發展史》論明末散文，只以袁宏道、劉侗、王思任、張岱爲例，〔註9〕陳萬益〈蘇東坡與晚明小品〉一文，建議棄用「小品」之名，而代以「晚明散文」，〔註10〕皆爲同理，以新興者得冠時代之名也。

　　文學之稱名，既已如是，則以「晚明文人」指稱晚明新派文人，亦理之所許可也。

二、「晚明文人」之指涉

　　「晚明文人」用以指涉晚明新派文人，前已明之，然所謂新派文人底何所指？觀近人著作，當可大略得其輪廓，大抵公安、竟陵派諸文人，以及一批山人、小品作家等等是也。唯小品作家之認定，近人往往有疏忽處。前文所舉高攀龍即是一例。又如黃淳耀，亦見列於陳少棠重要小品作家之表中。〔註11〕《四庫全書總目》評黃氏云：

> 淳耀湛深經術，刻意學古。所作科舉之文精深純粹，一掃明季剽摹、譎怪之習。而平日力敦古義，尤能以躬行實踐爲務，毅然不爲榮利所撓。如〈吾師〉、〈自監〉諸錄皆其早年所訂論學之語，趨向極爲醇正，而平易可近，絕無黨同伐異之風。……文章和平溫厚，矩矱先民，詩亦渾雅天成，絕無懦響，於王李鍾譚餘派去之惟恐若浼，可謂矯然拔俗。〔註12〕

就其學術、爲人、詩文風格視之，黃淳耀必不可入於小品作家——所謂不受

〔註 8〕同書云：「以袁中郎作爲代表的公安派，其在文學上的勢力，直繼續至清代的康熙時代。集公安竟陵兩派之大成的，上次已經說過，是張岱。張岱便是明末清初的人，另外，還有金聖歎唄，李笠翁漁、鄭燮、金農、袁枚諸人。」

〔註 9〕見該書的第二十五章「四、晚明的散文」，云：「晚明新興的散文，是公安竟陵文學運動的直接產物，比起他們的詩歌來，散文的成就是比較高的。……當時寫這種散文的作家很多，現在只舉出袁宏道、劉同人、王季重、張岱四人作爲代表，以見晚明散文的風格。」

〔註 10〕文收在《晚明小品與明季文人生活》一書。

〔註 11〕《晚明小品論析》附錄「晚明小品作家一覽表」。

〔註 12〕《四庫全書總目》卷一百七十二，《陶庵全集》提要。

名教束縛、富於浪漫氣息之非正統文學家——之列。豈黃氏一人，而清初學者與陳少棠之認識有天淵之別？不然，實陳少棠未能細察黃淳耀之爲人及文學故也。

蓋近人掌握小品作家，或以前人選編之小品集爲依據。然選編者之選文，乃出以己意，以文之合其小文小品標準者，即可收之，初不必考作文者之心志、學術、爲人也。是以古之作家有文而當其標準者收之，當今文士有文而當其標準者亦收之，如高攀龍、黃淳耀，皆有文而爲小品選家認可而收者也。而近人於小品集中見二人之文，遂以小品作家視之，而未察其精神有大不類者。

高、黃二人，其例之顯者也，同於是者，必當有之。爲免此糾纏，吾人不妨以《四庫提要》爲準，大略勾勒「晚明文人」之範圍。

據《四庫提要》描述，明末文風，要有二派，其一爲七子派之延續，其一爲公安，竟陵之新潮，二派競相爲說，紀昀等人曾嚴厲批評之，斥爲僞體，云：

> 大抵明季諸儒，守正者多迂，騖名者多詐。明季詩文沿王李鍾譚之餘波，僞體競出。〔註13〕

又云：「萬曆以後之詩，不公安竟陵，則仍太倉歷下耳」。〔註14〕蓋三袁一出，雖一掃王李之雲霧，天下之文士始知疏瀹心靈，搜剔慧性，〔註15〕然並未能席捲天下，盡去王李復古之勢力。不僅此也，公安之勢隨即由竟陵代之。中分詩壇，對壘樹幟者，七子與鍾譚也。〔註16〕七子之文學主張，終明代而未消，其跡甚明，不可驟然以爲明末文壇唯公安竟陵獨盛也。

竟陵雖取公安而代之，二者文學主張亦有異處，然大體而言，猶有相通之精神與風格，可視爲一系之遞嬗也，是以公安、竟陵多合稱之。此爲晚期新興之文派，吾人所謂「晚明文人」者，大要以公安竟陵爲核心。若七子之餘派，雖亦活躍當時文壇，不在吾人指謂之列也；抑或獨立於風氣之外，如前述高、黃之人，亦斷不可攙入也。

王李餘波，《四庫提要》大抵評爲鉤棘塗澤，〔註17〕三袁新派，則評爲纖

〔註13〕《四庫全書總目》卷一百二十二，《鈍吟雜錄》提要。
〔註14〕《四庫全書總目》卷一百七十九，《峽雲閣存草》提要。
〔註15〕見《列朝詩集小傳》丁集中，袁宏道傳。
〔註16〕錢鍾書《也是集》論明末詩派，言之甚詳。
〔註17〕《袁中郎集》提要云：「李夢陽、何景明起而變之，李攀龍、王世貞繼而和之，

佻傷薄，么弦側調。如云：

> 屠隆爲人放誕風流，文章亦才士之綺語，……蓋沿王李之塗飾，而又兼涉三袁之纖佻也。〔註18〕

> 隆萬以後，公安三袁始攻擊王李詩派，以清巧爲工，風氣一變。天門鍾惺更標舉尖新幽冷之詞，與元春相唱和，評點《詩歸》，流布天下，相率而趨纖仄。〔註19〕

> 《甜雪齋集》……氣格纖瑣，皆無足取，前有思恭自序，大旨以竟陵爲宗。〔註20〕

> 《立命堂二集》……蓋其時去明未遠，故通體皆摹鍾譚，以幽冷纖巧爲宗。〔註21〕

> 萬曆以後，公安竟陵交煽僞體，么弦側調，無復正聲。〔註22〕

評爲纖佻，蓋自詩文風格上言也。三袁鍾譚如是，三袁所推重者，如徐渭，詩文亦不離此風調。《四庫提要》云：

> 其詩欲出入李白、李賀之間，而才高識僻，流爲魔趣，選言失雅，纖佻居多。譬之急管么弦，淒清幽渺，足以感蕩心靈，而揆以中聲，終爲別調。〔註23〕

類此纖佻之評，亦屢施之於陳繼儒，《巖棲幽事》評以「詞意佻纖」，〔註24〕《銷夏》評以「纖仄瑣碎」，《古今韻史》評以「纖佻彌甚」。〔註25〕屠隆、袁宏道、陳繼儒，正爲晚明「纖佻」文風之代表，是以當言某人某書識趣議論「出入於屠隆、袁宏道、陳繼儒之間」，〔註26〕則讀者即能知會其意也。

不論個別而論群體，則明季山人，乃不脫纖佻之習者也。四庫提要之評

> 前後七子遂以仿漢摹唐轉移一代之風氣。迨其末流，漸成僞體，塗澤字句，鉤棘篇章，萬喙一音。」《白榆集》提要云：「蓋沿王李之塗飾，而又兼涉三袁之纖佻」，又《貽清堂集》提要云：「凡文三卷，詩一卷，多直抒胸臆，無明末鉤棘、纖佻之習。」要皆以鉤棘塗飾批評王李流派。

〔註18〕《四庫全書總目》卷一百七十九，《白榆集》提要。
〔註19〕《四庫全書總目》卷一百八十，《嶽堂集》提要。
〔註20〕《四庫全書總目》卷一百八十，《甜雪齋集》提要。
〔註21〕《四庫全書總目》卷一百八十三，《立命堂二集》提要。
〔註22〕《四庫全書總目》卷一百八十，《甬東山人稿》提要。
〔註23〕《四庫全書總目》卷一百七十八，《徐文長三集》提要。
〔註24〕《四庫全書總目》卷一百三十。
〔註25〕《四庫全書總目》卷一百三十二。
〔註26〕《四庫全書總目》卷一百三十四，《竹裕園筆語》提要云：「……三書識趣議論，出入於屠隆、袁宏道、陳繼儒之間，蓋明末風氣如是也。……」

云：

> 《巖棲幽事》……所載皆山居瑣事，如接花藝木以及焚香點茶之類，詞意佻纖，不出明季山人之習。〔註27〕
>
> 《讀者止觀錄》……是書乃襲陳繼儒《讀書十六觀》之餘緒，推而衍之，雜引古人論讀書作文之語，而稍以己意爲論斷，語意儇佻，頗類明末山人之派。〔註28〕
>
> 《觀生手鏡》……詞氣儇薄，皆明末山人之習，必萬曆以後人之作也。〔註29〕
>
> 《燕居功課》……所見率皆膚淺，至於標題纖巧，識見偏駁，尤明代山人結習。〔註30〕

公安竟陵興於隆萬之後，山人四出，亦於萬曆之間，而氣格類皆纖佻儇薄，其間必有密切關聯。

山人行爲特色爲矯言幽尚，強作雅態，其寫作文字，每多小品巵言。陳繼儒可稱山人之首，亦爲小品寫作之名家。《四庫提要》云：

> 隆萬以後，運趨末造，風氣日偷。道學侈稱卓老，務講禪宗；山人競述眉公，矯言幽尚。〔註31〕
>
> 《疏齋扉語》……蓋亦趙宧光、陳繼儒之類，前二卷皆隨筆小品，不儒不釋，強作清言，不出明季山人之窠臼。後二卷爲詩，末爲自作小傳，亦當時纖佻之體。〔註32〕
>
> 《睡居隨錄》……又多爲對偶長聯，猶沿明季陳繼儒等小品之習。
>
> 〔註33〕

陳繼儒之爲纖佻，山人氣習之爲纖佻，小品文字，亦莫不以纖佻評之。所謂「分類編輯，屬辭隸事，多涉佻纖，不出明季小品之習」、〔註34〕「下語頗涉纖仄，尚未脫明季小品積習」，〔註35〕等等評語，不一而足。

〔註27〕《四庫全書總目》卷一百三十，《巖棲幽事》提要。
〔註28〕《四庫全書總目》卷一百三十二，《讀書止觀錄》提要。
〔註29〕《四庫全書總目》卷一百三十二，《觀生手鏡》提要。
〔註30〕《四庫全書總目》卷一百二十七，《燕居功課》提要。
〔註31〕《四庫全書總目》卷一百三十二，《續說郛》提要。
〔註32〕《四庫全書總目》卷一百二十五，《疏齋扉語》提要。
〔註33〕《四庫全書總目》卷一百二十五，《睡居隨錄》提要。
〔註34〕《四庫全書總目》卷一百十六，《花史左編》提要。
〔註35〕《四庫全書總目》卷一百十六，《倦圃蒔植記》提要。

　　《四庫提要》所施「纖佻」、「儇薄」等類似評語，實為吾人掌握「晚明文人」之重要提示。蓋自徐渭、屠隆、至於公安竟陵，以至山人、小品，有其通貫之精神風格，展現一異乎常態之風貌，此即為新興於晚明之文人與文學也。

　　是故，言及「晚明文人」時，當淡化其時間義，而須知其為一以風格為依準之集體也。若其指涉，則與《四庫提要》評為《纖佻》之晚明文家，大致符合。然亦未必即是，蓋吾人可把握其風格，而予以擴大範圍，不必拘於是否曾得四庫提要「纖佻」之評者也。

第二節　本題研究動機及其價值

一、可為研究晚明文藝之基礎

　　論文章，當及乎人，此為研究中國文學特色。龔師《江西詩社宗派研究》批評孤立研究之闕失時云：

> 近代西方新批評，主張孤立主義，視作品為一自給自足之存在，（self～contained and self～sufficant enfity）論者皆謂其說不適用於中國。
> 蓋吾國文學創作暨批評，與作者情志之發展關係至深，而作者情志之發展又與其身處之社會、歷史脈絡牽連不可分也。〔註36〕

本論文即以此為前提：觀察「晚明文人」身處之社會，尋繹其思想發展軌迹，及其生活風尚，冀能因此而便利晚明文藝之研究。

　　近代學術分科彌細，同為美學範疇，而文學、繪畫、雕塑、建築等等，區域界限嚴明，研究者或創作者雖或涉獵多方，然因媒介之異，方法技術之殊，能通而習熟者蓋寡。以今日分科之細密，觀察中國古人之文藝，遂亦每每以今日之科類而別之。以「晚明文人」徐渭為例，或謂之詩人，或謂之書家，或謂之畫家，或謂之劇作家。蓋研究文學止於其詩文，研究書法止於其墨翰，研究繪畫者止於其丹青，研究戲曲者止於其雜劇，察其細別，而忘其大同。至於徐渭之創作，其實為一文人運用不同素材、媒介之美感表現也，故可以混同其詩文書畫而施予評價，自云：「吾書第一、詩二、文三、畫四」。〔註37〕作者之反身自察，蓋唯意識成一文人而已，而非詩人、畫家、書家、劇作家之綜合也。

〔註36〕見該書第一卷，「貳，以往研究之檢討」，頁38。
〔註37〕見陶望齡〈徐文長傳〉。關於徐文長之自評，參考黃明理〈徐文長書詩文畫自評之探究〉一文，文收於《晚明思潮與社會變動》。

〔註38〕古今人之意識、觀點、自是有別，不可不知也。今人之以研究專家態度研究古代文人，雖具其理，亦自有其價值，然於研究之時，實應有如上之體認。

且徐渭非特例，晚明兼習詩文書畫之文人，比比也。庭園、齋室之構營（有類建築者），亦每與畫理詩意相通。詩文集中，討論、鑒賞書畫，遊止園林者屢見不鮮，詩文書畫精神相通之論，至此已習以爲常。

職是之故，與其細分科類，不若統而觀之之爲愈也，欲統觀之，則益形研究「文人」之重要性。

「晚明文人」於文藝之成就，今人所重者乃在文學上之標舉性靈，繪畫上之建立文人畫傳統。二者之間，蓋有其基本之精神在。亦不僅於此，其書法理論、園庭理論、甚而茶藝之講求，皆然。各不同門類之藝術，其實是「晚明文人」精神、性情之不同表現形式、現象而已。此繁富現象之本質，即爲「晚明文人」意義之追求，因此唯有深入了解其人，方能適當詮釋此一繁富之現象也。蓋掌握「晚明文人」思想變易之脈絡，即能掌握文藝新興之原因，而認識其思想行爲之特性，亦能了解其文藝風貌之所以然。

於整體文藝之研究，本題固有此助益也。

二、可資評估「晚明文人」之價值

對於晚明新興文人及文學之評價，歷來學者有正反之議。一則強詈極詆，一則甚表推崇。前者可以朱彝尊及編修《四庫全書》之學者爲代表，視「晚明文人」爲頹敗士風之主因，明代敗亡之先兆，甚至將明之亡國歸咎其人。〔註39〕後者則以民國新文學運動之作家爲代表，視「晚明文人」爲反模擬，反傳統之英雄，進步思想之開創者。〔註40〕

〔註38〕詩、文、書、畫、音樂，皆廣義之文也。宋人鄧椿云：「畫者，文之極也，故古今文人頗多著意」《畫繼》）明人陳李玉云：「古今書法、畫苑及文章家，三堂一門，同工異曲」（〈畫李山人畫冊〉）皆能自同處觀之。自覺爲「文人」，蓋指此廣義之文也。

〔註39〕朱彝尊《靜志居詩話》將公安竟陵比爲國亡前之妖孽。所著《明詩綜》見收於《四庫全書》，提要承其意見云：「萬曆以後，公安倡纖詭之音，竟陵標幽冷之趣，么弦側調，嘈囋爭鳴，佻巧蕩乎人心，哀思關乎國運，而明社亦於是乎屋矣。」頗有將明亡歸咎公安竟陵之意。

〔註40〕周作人「關於近代散文」一文云：「明末這些散文，我們這裏稱之曰近代散文，雖然已是三百年前，其思想精神卻是新的，這就是李卓吾的一點非聖無法氣之留遺。說得簡單一點，不承認權威，疾虛妄，重情理，這也就是現代精神。」（見《周作人全集》「知堂乙酉文選」）劉大杰《中國文學發展史》亦有類似之看法。

清代學者，雖於「晚明文人」迭施批評，然而並未探究其歷史成因，大抵自文學發展上，言其矯抗復古文風，爲七子之反動，或以政治王朝興衰運勢，解釋其所以「纖佻詭誕」之現象，〔註41〕所見甚淺。

民國學者不以清人之評爲是，推崇「晚明文人」之時，亦頗欲明其所以然之原由。解釋之模式，則大抵以政治黑暗解釋其消極閒退，以道學僵固解釋其所以重情意尚自然，以經濟繁榮解釋其所以沈湎風流。方向許是不偏，然而粗略而未臻細密，頗爲機械刻板。所舉諸因，固爲當時之普遍情形，若持之以解釋其他類型之士夫，亦不難於言而成理。且觀察之視野，頗爲有限，未能離於隆萬啓禎之明代末期，而更尋遠長之歷史脈絡。蓋事蹟雖顯於晚明，然而歷史現象有非可限於一朝一代者也；其發展過程或乃綿延異代，曲折而遠長，若侷守於一代，恐未能明察也。關於此，李澤厚大略及之，是以顧及宋元以後市民文藝發展與晚明文學思潮之重要關聯。《美的歷程》中，認爲晚明文學所抒發之情，所描繪之景，明顯帶有近代之日常氣息，與世俗更爲相近。〔註42〕所以如是，蓋可謂「下層現實主義」與「上層浪漫主義」彼此滲透，相輔相成之結果。〔註43〕亦即市民文藝與士夫文藝間存有互動關係，晚明文學之日常氣息，乃肇因於市民文藝之影響。然而，下層與上層，市民與士夫，何以是彼此滲透，而非排斥？或者，果有滲透，則通過何種形式交相影響？歷史過程如何？類此之問題，皆未見詳細分析。闡發未盡，甚爲可惜。

對於晚明新興文學及文人之生成原因，至今吾人所得仍屬有限，以此而欲論「晚明文人」之價值，不亦難乎？

本題之研究，即思以前人之說爲基礎，作進一步之探究。一則擴大歷史視野，觀察其長程之演進；一則細揀政治、經濟、社會環境給予文人之具體影響，詳究「晚明文人」於文化發展中之生成原因，及其意義。知其通變，而後方能

〔註41〕「文章染乎世情，興廢繫乎時序」之觀念，固然有其道理，然若不肯有充分密切之證理，則將失於籠統，不能解釋超風氣之外者。茲以清人王澍評五代書家楊凝式爲例，其評曰：「景度險勁有餘，尠和明悅暢之氣，蓋其生當亂世，氣習纖仄，未暇仰窺聖賢典型，但以其資質所近，筆力所到，走入狹小一路，故僅可比之散僧入聖。」即以政治世運牽連書風。然而，是否得楊凝式書之眞貌？以「散僧入聖」之評而言，此乃山谷言其能外於世風，上契二王與魯公之語，意與王澍之解相去甚遠。足見王澍之評不切，亦見以政治世運盛衰解釋（其實主觀感覺之作用也）文藝風格之危險性。

〔註42〕《美的歷程》，谷風，頁200。

〔註43〕同註42引書，頁196。

論斷歷史存在之價值，賦予適當之歷史地位。本研究雖未能窺測全豹，然而提供之新觀點，抉發之問題，容或有助於較客觀地評估「晚明文人」之價值。

第三節　本題研究進路

　　「晚明文人」之為一集合，乃以其生活風格（包括思想、文藝主張、處世態度等等）為類聚標準。是故，研究「晚明文人」，應納于化史中觀察之，不當單著眼於文學流變，而且，雖代屬朱明，然觀察視野不當侷限於明之三百年間也。

　　蓋政治王朝之改換，有明確之始終界限，創統於某年，亡國於何日，皆有一定，主要為政權之轉移。然而，人類整體文化並不隨之改易，換言之，文化變遷有其獨立之發展，其軌迹不與政權變易相脗合。

　　晚明，在文化上，仍為宋文化之持續，其社會結構承襲而無大改易，士夫之文化意識有共同之走向。所謂「宋文化」，中唐時期已逐步開展，而中唐以來最異於前代者，厥為由知識關係發展而來之知識階層，及由經濟關係發展而來之市民階層，二者勢力大興。宋文化開創之中樞即在於此。〔註44〕中唐以來，知識分子最大之貢獻乃在建立道統觀念，昌復儒學，排抗老佛，志在開濟天下，思以學術領導政治。韓愈、李翱開其端，北宋五子大其學，南宋朱子集其成，而理學勢力逐亙元明而不止。知識階層之文化理想、價值取向、意義之開展，傳承不絕，為世運之主體，形成一鮮明之整體。而市民階層，則因商業繁華，都市興起而漸有左右社會力量，形成一強勢階層，市民文化隨之而播揚。唐末通俗詩盛行於世，〔註45〕小詞亦逐漸流行，經五代而宋，士大夫染指於斯逐外於詩而蔚成大國。其後，則元曲、明傳奇、小說繼起，成為今人習以為說之文學常識，皆富有通俗色彩。此實足以顯示市民階層於宋元明文化創造中之重要地位，而此市民階層正自唐以後持續成長。

　　明此二端，則知晚明時代之文化型態乃為宋文化之一部分也。

　　有見於此，研究「晚明文人」必當回溯兩宋，不可無視宋文化開展之態勢，及其核心結構之變化。

　　唐代科舉取士，已成定制，科舉制度愈趨完備，相對地，世族門第之結

〔註44〕參見《江西詩社宗派研究》第二卷「肆、文化思想之轉變與突破」，文史哲，頁106～113。
〔註45〕見鄭振鐸《中國俗文學史》上冊，第五章。

構逐漸解體。魏晉九品中正制，品第人倫之權操於世族，是以上品既無寒門，下品亦無世族，士庶不同科，華寒不平等，政權遂爲門閥世族所專持。〔註46〕唐開科舉，則政權之獲取，藉由知識之考量。人不論身分地位，唯取其才識，知識遂成爲一社會階層化之標準，原先具有血緣權勢之世族貴冑，亦必藉科舉方能登進，因此，世族結構，日益分化，門閥世族，日益消失。錢穆先生云：

> 漢唐時代，政治社會雖都有很顯著的成就，但是在那時，還是有變相的貴族之存在。須到宋代以後，連變相的貴族也根本沒有了。說到大門第，宋代只有韓、呂兩大姓，但也不好說他們是貴族，其他著名人物，都是道地的從平民社會出身。宋明兩代，中國社會上始終不再有貴族，不再有特殊階級。只有元清兩代的部族政權，我們不妨說，那時的蒙古人和滿洲人是中國社會裏的特殊階級，但這並不是中國傳統文化之向前演進所希望達到的。〔註47〕

經唐至宋，貴族之絕迹，無寧拜科舉之賜。

因此，不論知識階層，抑或市民階層，其基體皆爲平民，甚爲明白。社會結構之主體既在平民，知識階層來自民間，則所展開之文化活動乃充滿平民色彩。錢氏以爲唐以後爲平民文學之時代，日人青木正兒亦有如是之見，云：

> 六朝至唐，文人生活以貴族豪華趣味爲主調，到了宋代，文人以庶民質素趣味爲主調。貴族好雅，庶民好野，純雅流於奢侈，純野流於俚鄙。宋代文人取二者的調和，以清出之。〔註48〕

以繪畫論，宋代壁畫鉅作、金碧山水較少，而講求水墨韻趣，顯見者乃素樸澹遠不類貴族之風，亦可爲證矣。

文藝之事如此，宋代以來士夫學術精神亦特重平民。《國史大綱》言宋代學者「既不講世，亦不在狹義的門第觀念上面來講功業禮教，他們要找出一個比較接近平民性的——即更有一般共通性的——原則，來應用於宇宙人生國家社會入世出世——生死——等方面。」〔註49〕此學術即是理學也，是爲儒學之復興。

〔註46〕參見《江西詩社宗派研究》第二卷「參、社會變遷中之社會結構」，文史哲，頁90～92。
〔註47〕見「中國文化傳統之演進」，收於《國史新論》。
〔註48〕《青木正兒全集》，「琴棋書畫」。轉引自《江西詩社宗派研究》，頁111。
〔註49〕《國史大綱》第七編第四十一章，頁603。

　　儒學入世以淑世之理想，宋後學者頗能光大之，而其入手處則在教育。所以教育人倫之典籍，最為重視者則為《中庸》、《大學》。《中庸》、《大學》之道，合而言之，在於修身。修身者，國治天下平之根本也，乃為淑世之第一步。修身之事，人人當念茲在茲，切切履踐，不分愚賢貴賤皆須操持。《大學》所云：「自天子以至於庶人，壹是皆以修身為本」，實為宋儒之共同信念。理想世界之完成，非靠在上者之治下而已，世人個別勉力修身，乃為更緊要事。然則，此說之基本認定，是為人人具足成善之可能。無分貴賤豪寒，人人性分平等，個人之尊嚴於焉樹立，而世族階級之念更形泯滅矣。

　　然而，知識階層終非市井平民而已。知識份子得入仕途，一隸官籍，自與民戶有別，此客觀形勢之判然也。而學識之有無，文化意識自覺與否，更與民異。是以知識分子，雖來自平民，其展顯之文化亦充滿平民色彩，然終與平民絕不相類，且常存化俗之念，不以民間之素樸為已足。《后山詩話》云：

　　　　閩士有好詩者，不用陳語常談，寫投梅聖俞。答書曰：「子詩誠工，
　　　　但未能以故為新，以俗為雅耳。」

以故為新，以俗為雅，是可見知識分子之用心。其於平民階層，殆亦猶是，不以俗鄙而棄去不顧，但求能轉化成雅。有宋士夫於詩文書畫，莫不重視書卷氣，必以積學養心為先務，〔註50〕蓋以讀書能成其化俗事也。

　　至於士夫憂以天下，樂以天下之志，亦蘊含其為四民之獨秀之自覺。持此胸懷，反省政治制度，則君相官吏，無非設以為民興利去弊者耳，是以，君非至尊，唯道為尊之觀念，勢必同存。「天下治亂係宰相，君德成就責經筵」，〔註51〕顯見知識階層自豪自高之意識。其魄力識見，豈泛泛庶民所能及者。

　　知識階層，偉然獨立高標於庶民之上，不亦明甚？

　　而文化創造，實繫乎知識分子──文化型態之開展，即知識分子自覺意義追求之持續展現也。宋文化，中唐士人草創伊始，北宋士夫定其規模；規模雖定，然自是知識階層之共識耳。其初，同感者蓋寡，且無與於平民階層，

〔註50〕黃庭堅〈書劉景文詩後〉云：「余嘗評景文胸中有萬卷書，筆下無一點俗氣」，〈題宗室大年永年畫〉云：「使大年耆老自當十倍於此，若更屏聲色裘馬，使胸中有數百卷書，便當不愧文與可矣！」，〈書繒卷後〉云：「學書要須胸中有道義，又廣之以聖哲之學，書乃可貴。若其靈府無程，政使筆墨不減元常逸少，只是俗人耳！」（皆見《山谷題跋》），讀書化俗之意甚明。嚴羽《滄浪詩話》云：「詩有別材，非關書也；詩有別趣，非關理也。然非多讀書，多窮理，則不能極其至。」亦屬同理。

〔註51〕見「伊川先生年譜」。

其後，則必有將此文化規模外拓之過程，而兩宋元明，正是其時也。此推展之過程，則可略分二路，以下分述之：

宋文化之最足稱者，其為「理」之重視，以理制情，轉識成智之思想架構，實為宋代學術、文學、藝術之主要意識。理學強化此一思想，形成尚德之處世觀，倡言儒道復興，此為宋文化之一代表。而文藝理論，深刻討論人格修養與作品之關連，注意創作主體精神之淬鍊，而使不同形式、媒材之創作得相融通，〔註52〕此又為宋文化之一代表。

二者雖然同顯理智之尊，然而，尚德之處世態度與文藝創作活動，其間猶存大差異。蓋理學以德性實體人人具足，為普遍之存在；而文藝審美活動則關係才質，才質有等差，人人秉賦者不同。是以理學家視道德之完成人人可能，且理想上，人人皆該如此，氣質之性雖礙而可除。文人則雖有轉識成智之理想，然此為一定限度內之論理，蓋凡常輩之與文隔閡，不可得而關也。陸放翁詩云：「外物不移方是學，俗人猶愛未為詩」〔註53〕又云「客從謝事歸時散，詩到無人愛處工」，〔註54〕最能見此審美意識之程度差異。雅俗之辨，文人集中多有，而少見道學語錄言及之，緣此之故也。

以此差異，則二者推展之過程遂有不同。差異在於一為知識階層之主動推廣，一為平民階層之積極慕求，前者為理學事，後者為文藝事。

天下之治，基於每一個體之修身，此理學家之學說基礎也。然而，修其身以至治國平天下，並非一般民眾所能自覺，而以理制情，亦非常人所樂於從事，是則有賴教育啟迪之耳。理學家必深切以此自任，主動推廣其說。始則及於知識分子，終將以販夫走卒皆知之，而後慊然。陸象山、王陽明簡易工夫之提出，最能顯發此心。尊德性與致良知，倡喚人心之為首要，較之程朱，乃簡略其禮法規矩，以及學問之追求。修身工夫，既不以學問禮制為主，則雖不識字之農漁工賈，皆可修持，〔註55〕而工夫既主平易，則人悅親習之。

〔註52〕 宋人詩文書畫皆重讀書養氣，參考註50，即顯示藝術創作中「主體精神」之重要性。由於所重在此，於是詩畫合一，書畫間之關係等等討論漸漸出現。而自宋之後文人遂亦多能兼習詩文書畫。可參考戴麗珠《蘇東坡與詩畫合一之研究》（收於《師大國文研究所集刊》廿期）。

〔註53〕 〈朝肌示子聿詩〉，《劍南詩稿》卷四十六。

〔註54〕 〈明日復理夢中意作〉，《劍南詩稿》卷五十八。

〔註55〕 象山學主「立乎其大」，語錄云：「學苟知本，六經皆我註腳」，又有「若某則不識一個字，亦須還我堂堂地做個人」之語。陽明言童子亦能格物致知，「灑掃、應對就是物，童子良知只到此，只教去灑掃、應對，便是致他這一點良

程朱之學盛於前，陸王之學興於後，實足覘此文化拓展之軌跡，以及知識階層主動促成之心志。〔註56〕

　　文藝之擴展則不然，對於文藝之事，知識分子不必以天下人人皆能之為志，則其擴展蓋肇因於平民階層之慕求。門閥巨族既已消失，知識階層無形中取代原有貴族之社會地位——觀乎政治權力之取得，其替代之現象自明。是以，雖已無貴族，然知識階層自為大眾所欽仰，亦儼然有高不可及之姿態。所不同者，門閥世族以其血統、禮制顯其貴，知識階層則以其知識、風雅顯其高。血緣關係，非可外力而至，貴族與寒門遂成互不相通之兩方；然知識則可學而得，因此，無論何人，皆有躋身知識階層之可能，蓋此階層非一封閉系統也。加以宋朝王室右文頗力，〔註 57〕知識階層之地位遂益愈尊崇，因此，世人讀書為士之願甚強。文藝活動為知識分子之重要表徵，從事者又以此自別於流俗，增言其雅尚，則世之欽羨為士者，必亦慕求風雅，思以文藝綴飾其身。世人從風，此則文學藝術拓展之動力也。

　　由此文學藝術推展過程之方式而觀，吾人可以推想文人之地位將逐步升高，文人之意識亦將隨之增強。此意識增強，則又導致其與理學差異之明顯化，在此差異點上，雙方乃生爭議。是以，雖云兩宋詩文藝術有明顯傾理之跡，理學與文藝有高度之融合，然於普及化過程中，乃漸趨於分離。

　　學術文化普及推廣，相伴者乃為印刷術之進步、著作量激增，以及書肆功能之膨脹。書肆功能膨脹，最顯著者厥為足以影響讀者羣，並控制出版書籍之內容。而當讀書人口增加之同時，士人素質高下之差距亦愈趨明顯，良

知」。順此以推，則陸王雖不廢學問讀書，然並不以為必不可缺者。二人之學較能行於愚夫愚婦，涵蓋面較廣，有助於儒學之推展。

〔註56〕〈伊川先生年譜〉記明道謂伊川云：「異日能使人尊師道者，吾弟也。若接引後學，隨人材而成就之，則予不得讓焉。」明道寬和，伊川嚴峻，學風有異。陽明於明道較為推崇，而曾批評伊川之嚴屬拘謹。蓋明道之用心及寬易之修持，與陽明之主張相契，二人之用心，皆欲拓展儒學也，所謂「接引後學，隨人材而成就之」者正是。

〔註57〕宋帝文治之盛，由諸帝御集皆建閣藏貯可知。《廿二史箚記》卷二十四，「宋諸帝御集皆建閣藏貯」條云：「宋諸帝御集，各建閣貯藏，自真宗始。真宗晚年，以所著詩文示丁謂等曰：『朕聽覽之下，以翰墨自娛，雖不足垂範，亦平生遊心於此也。』謂等請鏤板宣布，共七百二十二卷，并做天章閣貯之。自後諸帝御集，皆倣此例，而閣名各不相襲。……每帝各建一閣，雖頗繁費，然亦足昭敬謹，且見諸帝文治之盛也。又每閣皆置學士，直學士，待制等官，俾專職掌。」又宋太祖「不殺士夫」之遺訓，兩宋帝王皆能恪守，亦是宋帝右文之最佳證明。

莠並存。世人之卓卓者少，庸碌者恒多，眾多士人中雖不難於量中取質，然庸劣之量絕亦不爲少。普及化之結果，若見低層次之士人增加，實不足爲異。此低層次之士子，並無眞知眞見，其於書籍內容之優劣與否，往往取信於人言，作爲依準。因此，文壇宣傳標榜之風起，書肆遂能於此煽惑牟利，並以順迎大眾趣味爲歸趨，選擇易售多潤之書籍刻印之。其所造就之聲勢匪小，亦頗能誘導世人耳目，因此，此一社會機制，實令人不容忽視。而以此書肆爲中心，所聚合之文學人口，殆迥異於文化開創初期之知識分子，其於意義開發之自覺，以及領導時代之使命，蓋闕如也。

　　如上所述，中唐以後知識階層與平民階層之互動，學術文化之普及化，即爲「晚明文人」所以形成之歷史脈絡。其發展之軌跡實頗爲複雜曲折，本論文乃剋就此歷史發展深入研究，探討「晚明文人」之成因。本文第二章詳論文藝普及化後所產生之文藝消費社會，及其對文學風貌及文人型態之影響。第三章詳論理學普及化及文人意識增強過程中，所引申之諸多問題，及其對於「晚明文人」思想之啓迪。由此二者相激相盪，「晚明文人」遂展現一特殊型態，第四章即概括描述之。第五章結論，則試評斷「晚明文人」之得失。

第二章　「晚明文人」所以形成之社會基礎

第一節　文壇與政壇之分離

錢基博《現代中國文學史》緒論曾言「一代文宗往往不廁於文苑傳」，云：

> 以余所睹記，一代文宗往往不廁於文苑之列。如：班固、蔡邕、孔融不入《後漢書‧文苑傳》，潘岳、陸機、陸雲、陳壽、孫楚、干寶、習鑿齒、王羲之不入《晉書‧文苑傳》，王融、謝朓、孔稚圭不入《南齊書‧文學傳》，謝靈運、顏延之、鮑照、王融、謝朓、江淹、任昉、王僧孺、沈約、徐陵不入《南史‧文學傳》，元結、韓愈、張籍、李翱、柳宗元、劉禹錫、杜牧不入《舊唐書‧文苑傳》，歐陽修、曾鞏、王安石、蘇軾、蘇轍、陳亮、葉適不入《宋史‧文苑傳》，宋濂、劉基、方孝孺、楊士奇、李東陽不入《明史‧文苑傳》。〔註1〕

有見於此，因而斷言曰：

> 然則，入文苑傳者，皆不過第二流以下文學家爾。

錢氏之觀察，頗值得重視，然而所下之結論，則稍欠妥帖。

　　蓋歷代文宗所以不入文苑傳者，並非因其文學成就高，為文章領袖，而予獨立立傳；列於文苑傳之作家，亦非因其文學地位不顯而然。

　　姑以明代論之，前引文所舉宋濂、劉基、方孝孺，乃明初大臣，開國元勳、護國忠烈；楊士奇，李東陽皆曾入主內閣，權望甚重，為明代中葉大臣。

〔註 1〕《現代中國文學史》，文學出版，頁 4。

楊李而後，明代文學思想蔚興：李夢陽、何景明倡言復古，李攀龍、王世貞承其說而大之，前後七子相續張皇。其間有不滿於秦漢盛唐之說者，則有楊慎、唐寅、徐渭、歸有光、湯顯祖、袁宏道諸人，爭鳴於一時。自李何王李，以至湯袁，此若干人，文章亦稱雄於一代，其文學成就方之往昔，或不足列於前茅，然與錢文所舉明代文宗，理當不遜色。其實，錢基博於李何復古之主張，甚表推崇。《明代文學》自序云：

> 明有何李之復古，以矯唐宋八家之平熟，猶唐有韓柳之復古，以捄
> 漢魏六朝之縟靡，有往必復，亦氣運之自然。

以李何比之韓柳，並許爲一代文章正宗。然而，李、何諸人，皆列於《明史·文苑傳》。持此以質前文所謂「入文苑傳者，皆不過二流以下文學家」，矛盾頓生。

討論至此，吾人不妨依錢氏之觀察而設問：何以中晚明之文章領袖，文學思潮之開創者，皆見列於文苑？而異於前代文宗之獨立立傳？

此其修史者見識之異歟？吾人以爲不然。中明以前，文宗往往獨立於文苑之外者，緣由其一生之重點，不止於文學。諸人之政治生涯，或有其璀璨深刻之一面，或於政治作爲中有所建樹，或因牽連重大政治事件，或具顯高貴之政治情操等等。而正史之編纂，向以政治爲核心，諸人既於政治有所表現，因此，即令文學成就再高，亦無列入文苑傳之理。反觀中晚明之文宗，一生之重點在文藝，其於政治之表現，已不甚顯著，是以不能以專傳記之，而僅能列敍於文苑。

縱觀歷史，南北朝時期，世家大族掌握政治權力，亦掌握文學藝術之主導地位。其時之文人，類皆貴顯，亦每居政職，與政治集團關係密切。唐宋懲門第之弊，改弦更張，思自廣大群眾中拔擢眞才，於是確立科舉制度。科舉一行，政權之獲取憑藉知識，機會公開於平民。方其時，知識分子乃以入仕爲人生之主要路徑。楊時云：

> 古之貧者，豈特耕稼陶漁而已乎？……今使吾徒耕稼，能之乎？不
> 能也！使之陶漁，能之乎？不能也！使與市人交易，逐什一於錐刀
> 之末，能之乎？不能也！舍是數者不能，則是將坐爲溝中瘠耳而可
> 乎？不然，則未免有求於人如墦間之爲也。與其屈己以求人，孰若
> 以義受祿於吾君爲安乎？〔註2〕

〔註2〕《龜山集》卷十七，「答陳子安」書。

「以義受祿於君」，正指通過科舉而入仕。知識階層實與政治官僚體系相連，難予分割。而科舉之拔擢標準，文詞並重，其於科舉中展露頭角者，文章自是非凡。而後，復委以政治要職，以此相繫，遂使文章領袖每每即為政治之核心人物。

此情況發展至明之中晚期，則有明顯改易，文人無與於政治體系者，其人數漸多，布衣處士，亦能擅名文壇，文藝之表現，反有從政文人所不及者。趙翼《廿二史箚記》卷三十四，「明代文人不必皆翰林」云：

> 並有不由科目而才名傾一時者：王紱、沈度、沈粲、劉溥、文徵明、
> 蔡羽、王寵、陳淳、周天球、錢穀、謝榛、盧柟、徐渭、沈明臣、
> 余寅、王穉登、俞允文、王叔承、沈周、陳繼儒、婁堅、程嘉燧，
> 或諸生、或布衣山人，各以詩文書畫表現於時，並傳及後世，迴視
> 詞館諸公，或轉不及焉。

所列諸人，大多生處中晚明時代，斯可斷言，中晚明之文壇當有顯異於前代者。

何以有此改易？吾人以為：知識階層擴大、印刷技藝發達，當是主要原因。唐宋科舉取士，朝廷用人孔急，知識階層取得相當之社會地位，其後教育普及，世人以儒士為念，於是讀書人口日益增加。讀書人口增加，帶動印刷業，印刷術進步，又便利於知識之獲取。〔註3〕兩者交互作用，知識階層乃迅速擴大。然而，知識階層擴張之速度，與官僚體系之增長，並不一致，後者明顯難及於前者。供需不能調和，於是知識分子中，進入仕途者之比例，相形減少，以往知識階層與政治官僚體系契合之現象，因而更易。仕途既已難進，知識分子之出路，乃有相應之變化。而由於知識分子之社會地位頗高，其文學藝術活動，又為世人所欣羨，是以形成一文藝需求市場，此市場乃隨社會繁華而茁壯，故而需求大批文人投入以成為「生產者」。此無疑提供知識分子另一發展之領域，不再受限於科舉入仕之途徑。陳繼儒《巖棲幽事》自道以著述為業，云：

> 古隱者多躬耕，余筋骨薄，一不能；多釣弋，余禁殺，二不能；多
> 有二頃田、八百桑，余貧瘠，三不能；多酌水帶索，余不耐苦饑，
> 四不能。乃可能者唯嘿處淡飯，著述而已。

〔註 3〕見《國史大綱》第七編第四十一章，頁 596～598。

繼儒之子陳夢蓮為作年譜云「蓋以賣文之外，絕妄漁，愧干請」〔註4〕可見其確是以著述維生。此文與前引楊龜山文實有相似之處，皆是士人謀生之自虞。而宋明兩代文人之出路，已有明顯差異。

在此文藝供需市場中所形成之文壇乃大異從前。蓋消費群之消費動機，主要在於追求風雅，或為娛悅，影響所及，作品與作者之政治性格，亦不如昔時顯著。此中產生之文壇領袖，著名文人，或為處士，或為布衣，間亦有仕臣，然而其人皆與政治核心相隔甚遠，此所以史書不立專傳也。

在此時代，文壇與政壇，可謂已有相當程度之分離矣。

第二節　繁榮社會之風雅追求

明末文壇獨立於政壇之外，上節已作說明，唯此文壇乃在於江南地區，尤其吳越一帶。前節所引趙翼文中所及諸人，其里籍分別如下：王紱（無錫人）、沈度、沈粲（松江華亭人）、劉溥（長洲人）、文徵明（長洲人）、蔡羽（吳縣人）、王寵（吳縣人）、陳淳（吳縣人）、周天球（長洲人）、錢穀（吳縣人）、謝榛（山東臨清人）、盧柟（河南濬縣人）、徐渭（山陰人）、沈明臣（鄞縣人）、余寅（歙人）、王穉登（長洲人）、俞允文（崑山人）、王叔承（吳江人）、沈周（長洲人）、陳繼儒（華亭人）、婁堅（嘉定人）、程嘉燧（休寧人，僑居嘉定），除謝、盧二人外，全為吳越人物。

再以《列朝詩集小傳》略作分析。該書丁集中、下所收凡二百九十四人，其生存年代在於隆萬啓禎之間，分析其地籍分布，則吳越人士約有一百八十人左右，佔半數以上，若再包括閩地詩人三十二人，則吳越閩三地人數已在全數三分之二以上。

可見江南一帶實為晚明文藝消費之最主要地區。

而江南之成為文壇中心，乃歷史演進之必然結果。蓋中唐以後，中國之經濟中心，即已偏倚於南方，東南水利修治，農業發達，且未經戰亂，是以社會日趨富庶。〔註5〕加之宋室遷都臨安，經濟上更急激開發江南，而又因政治王朝所在，是以人才萃集，文化相隨增長。

宋元以來，江南之經濟、文化，一直即是中國之最，雖經蒙元統治，然而其生命力並未因之凋殘。元代文人自趙孟頫、錢選、袁桷、鄧文原，以至

〔註4〕《陳眉公先生全集》附錄。
〔註5〕見《國史大綱》第七編三十八至四十章。

楊維楨、倪雲林，皆活動於江南；明代成祖以後，政治中心雖移定北京，然而文化、經濟中心並未隨之北移；以科舉論，江南鄉試員額，佔全國半數以上，明代會試廷試之首，每出於此，足覘人才之盛。以稅糧論，江南則供給全國賦稅之半，自有其雄厚經濟基礎。〔註6〕

　　文化活動頻繁，經濟力量雄厚，乃使江南之文藝消費遠盛於各地。

　　知識分子從事於文藝活動，固理所當然，無庸討論。至於一般平民之追求風雅，則當明其所以。吾人常謂「世人附庸風雅」，然而，何以世人會附庸風雅？而風雅之求，意義何在？此須自文人地位及文人意識說明之。

　　知識分子因其擁有知識，乃有別於世俗。一以知識本身之功能、效益，知識分子能運用意義之符號（文字），掌握傳播之力量；〔註7〕一以政府憑藉知識選任官員，知識分子得入仕籍，取得治民之權力；再因執政者有意推尊士人，重文輕武，〔註8〕知識分子遂取得優越之社會地位，居於四民之首。

　　讀書士人，成為世人宗仰之對象。魏泰《東軒筆錄》記宋祁修《唐書》，〔註9〕云：

> 宋子京博學能文章，天資蘊藉，好遊宴，以矜持自喜。晚年知成都府，帶《唐書》於本任刊修。每宴罷，盥漱畢，開寢門，垂簾，燒二椽燭，媵婢夾侍，和墨伸紙，遠近皆知尚書修《唐書》矣，望之如神仙焉。

宋祁居高位、博文學，刊修《唐書》而媵婢夾侍，其展現知識分子優越之姿態，令世人嘆羨不已，「望之如神仙」一語，實已道出世人特殊仰慕之情。

　　知識分子為世所重，而其知識性活動並非階級性之專屬物（不類禮制之

〔註6〕自明景帝景泰四年之後，南京國子并南直隸鄉試額數即維持一百三十五名，江西九十五名，浙江九十名，福建九十名，而全國所舉名額，年為七百二十五名至七百五十名間，四地占半數已上。張翰《松窗夢語》云：「今天下財貨聚於京師，而半產於東南」，《國史大綱》表列詳細統計數字（三十八章），可以參看。

〔註7〕文字可以傳遠，學者以能此為貴，歐陽修〈代人上王樞密求先集序書〉云：「傳曰：『言之不文，行之不遠』，君子之所學也言以載事，而文以飾言，事信言文，乃能表現於後世。」

〔註8〕宋真宗〈勸學歌〉云：「富家不用買良田，書中自有千鍾粟。安房不用架高樑，書中自有黃金屋。娶妻莫恨無良媒，書中有女顏如玉。出門莫恨無隨人，書中車馬多如簇。男兒欲遂平生志，六經勤向窗前讀。」雖誘世人以功利，然其右文之心甚明。

〔註9〕見《東軒筆錄》卷十五，收在叢書集成初編四二〇冊。

有等級性，不同階級者不容犯僭），是以世人得以追求之，學習其活動。其中文藝活動——知識分子之主要表徵，即爲世人所慕求者。唯文學藝術，是爲審美活動，而審美能力人人殊異，其間高下等差甚明。知識分子創作文藝自有內在之審美精神，一般世人或識不及之，故不能賞鑒其美，或根本無識，尋聲附和，徒存愛好之名，總之，未能眞正探觸其美之內涵。由於有此高下層次之別，文人遂與世俗劃然分雅俗之畛域，而成其文人意識。

是故，知識分子之文雅，雖爲世所慕，然知識分子並不因之而喜，宋人有「俗人猶愛未爲詩」、「詩到無人愛處工」之語，最是明證。文人不輕易以其創作徇人，世人慕求而難得，則益以文藝爲雅爲貴，而慕求之念愈熾。顧元慶《雲林遺書》，記雲林二事云：

> 張士誠弟子信，聞元鎭善畫，使人持絹縑，侑以幣，求其筆。元鎭怒曰：「予生不能爲王門畫師。」即裂其絹而卻其幣。

> 元鎭晚年流落，泊然居貧，有富人厚幣贄謁。乃笑曰：「若亦知有我乎？」遂受其幣。富人出扇索書，元鎭不悅，裂其幣散坐客，具謝富人，曰：「吾畫不可以貧取也。」其人慚退。

《明史·文苑傳》記王紱，〔註10〕云：

> 於書法動以古人自期，畫不苟作。遊覽之頃，酒酣握筆，長廊素壁，淋漓霑灑。有投金幣購片楮者，輒拂袖起，或閉門不納，雖豪貴人勿顧也。

又云：

> 在京師，舟上聞吹簫聲，乘興寫石竹圖，明旦訪其人贈之。則估客也。客以紅氎毹餽，請再寫一枝爲配。紱索前畫裂之，還其餽。

同傳又記文徵明，〔註11〕云：

> 四方乞詩文書畫者接踵於道，而富貴人不易得片楮，尤不肯與王府及中人。

綜觀前例，可知文人自視甚高。其文藝創作是爲一己適性之活動，情意之發抒，或酒酣握筆，或聞簫寫竹，皆文人自主之發也。他人不得強使之爲，即令以豪勢財利逼誘，亦稍不屈從。世人所貴之權勢與財富，文人不屑，而文人之風雅，遂乃爲世人所寶，亦貴之如權勢財富也。

〔註10〕見《明史》卷二百八十六。
〔註11〕見《明史》卷二百八十七。

　　人之於文藝、美之事物，固然皆有慕求之心，然而，附庸風雅習氣之盛，文人地位之高及文人意識之強，蓋亦有推波助瀾之作用。

　　江南既爲富庶之區，人文所鍾，其地慕求風雅之心益張，富家巨室，每傾力經營之。黃省曾《吳風錄》云：

> 自顧阿瑛好蓄玩器書畫，亦南渡遺風也。至今吳俗權豪家好聚三代銅器、唐代玉器書畫，至有發掘古墓而求者。若陸完，神品畫累至千卷；王延喆，三代銅器萬件，數倍於宣和博古圖所載。

沈德符言之更詳，云：

> 嘉靖末年，海內宴安，士大夫富厚者，以治園亭、教歌舞之隙，閒及古玩。如吳中吳文恪之孫，溧陽史尚寶之子，皆世藏珍秘，不假外索。延陵則嵇大史應科，雲間則朱太史大韶，吾郡項太學，錫安安太學、華戶部輩，不吝重貲收購，名播江南。南都則姚太安汝循，故太史汝嘉，亦稱好事。……近年董太史其昌最後起，名亦最重，人以法眼歸之。篋笥之藏爲時所艷。山陰朱太常敬循，同時以好古知名，互購相軋，市賈又交搆其間，至以考功法中董外遷，而東壁西園遂成戰壘。比來則徽人爲政，以臨邛程卓之貲，高談宣和博古圖書畫譜，鍾家兄弟之僞書，米海岳之假帖，澠水燕談之唐琴，往往珍爲異寶。吳門新都諸市骨董者，如幻人之化黃龍，如板橋三娘子之變驢，又如宜君縣夷民改換人肢體面目，其稱貴公子大富人者，日飲蒙汗藥而甘之若飴矣。〔註12〕

文中不僅羅列江南地區著名之收藏家，並對收藏風氣之推衍，有詳細之描述：嘉靖之後，海內宴安，是爲社會基礎。而收藏本是士大夫閒餘之雅事。其後則有互相爭勝之事，而大量無知富商起而效之，市賈亦隨之出現，居中扮演重要角色。文中並提及藝品市場詐僞之現象，而詐僞之生乃由於世人之無識。蓋世人雖以風雅爲貴，然而審美能力有所不足，是以易遭蒙騙，此其所以爲風雅之附庸，而非風雅之主人也。唯此亦顯示一事實，即：世人附庸風雅者，既無足以感受、認知文藝之內在精神，則文人所創造之詩文書畫，實不過爲其眼中之特殊消費品而已。

　　明末山人之多，亦即因緣於是。前言士大夫收藏風氣，起自嘉靖，而山人之出現，亦正當其時，《萬曆野獲編》卷二十三，云：

〔註12〕《萬曆野獲編》卷二十六。

山人之名本重，如李鄴侯得此稱，不意數十年來，出遊無籍輩以詩卷
遍贄達官，亦謂山人。始於嘉靖之初年，盛於今上（萬曆）之近歲。

世人慕求風雅，而真知文人難覓，於是低層之文人，山人之輩起而代之，遊
食人間，以文墨供玩弄，以清談助宴飲，彼其逢迎之態，足以博取豪富歡心，
亦因之而為真知學者所輕。《四庫》館臣言山人、小品矯言幽尚，強作雅態，
而反增其俗，非無故也。

山人亦為江南所特有，鄒迪光〈與陳小翮〉書云：

今之為山人者林林矣！然皆三吳兩越，而他方殊少，粵東西絕無一
二。（《石語齋集》卷廿三）

所以集中於三吳兩越，正因其地世人慕求風雅最為殷盛也。

第三節　文藝消費結構及其非理性傾向

一、晚明之文藝消費結構

明末文藝消費行為，其結構約可區分為兩種形式：其一由創作者與讀者
（包括藝品之欣賞者）組成，其二則創作者與讀者之間，有中介者存在，此
中介者即是書坊、商賈。

第一種消費形式，創作者與消費者（讀者）一一對應，結構簡單，文人
為人撰寫壽序、墓誌銘而收受潤筆，或是鬻賣丹青書翰等皆屬此類。此種消
費形式，歷代多有，而明則甚盛。歸有光「陸思軒壽序」云：

東吳之俗，號為淫侈，然於養生之禮未能具也，獨隆於壽。人自五
十以上，每旬而加，必於其誕之辰，召其鄉里親戚為盛會。又有壽
之文，多至數十首，張之壁間，而來會者飲酒而已，亦少睇其壁間
之文，故文不必其佳，凡橫目二足之徒皆可為也。予居是邑，亦若
列禦寇之在鄭之鄙，眾庶而已。故凡來求文為壽者常不拒，逆其意
以與之，並馳于橫目二足之徒之間，亦以見予之潦倒也。〔註13〕

唐順之嘗嘆當時版籍太多，亦云「屠沽小兒，身衣飽煖，歿時必有一篇墓誌」。
〔註14〕加之求取書畫風氣之盛，則此類形式之消費盛況可知矣。

第二種消費形式，遠較前者複雜，乃有明之特異前代者。此種結構下，

〔註13〕《歸有光全集》卷十三。
〔註14〕見葉德輝《書林清話》卷七「明時刻書工價之廉」。

讀者乃是大量之群眾，而商賈書坊佔有重要地位，作者與讀者間時有相互之影響，而關連作品之風貌。

明代刻書，亦有官刻、家刻、坊刻之別，官刻與家刻不純以營利爲目的，坊刻則是純粹商業行業，而且非常盛行。〔註15〕

書坊刻書，既是投資營利，則須考慮所刻之書是否具有消費市場，或者足以吸引讀者。售出愈多之書，則其盈餘愈眾。反之，若行銷不佳，則書本既同廢紙，其所投入之心血，版刻、油墨、紙張、工資等等一去無回。由於考慮消費者之多寡有無，坊刻書籍以應舉之士子爲主要訴求對象，程墨房書乃佔據出版之絕大部分。徐官《古今印史》云：

> 比年以來，非程文類書則士不讀而市以不鬻，日積月累，動盈箱篋，
>
> 越二三載則所讀者變於前，所鬻者非其初矣。

爲吸引讀者，增加銷路，書坊競以評家爲號召，著名之選評家主選，其書暢銷。吳應箕乃明末著名之選家，黃宗羲記載其事云：

> 嘗於西湖舟中贊房書羅炌之文，次日，杭人無不買之，坊人應手不
>
> 給，即時重刻。〔註16〕

惟書坊此類最大之市場，消費者並非心在文學，而是帶有濃厚之功利色彩，習讀八比時藝，乃是獲取功名之必要手段，其本身並非目的。所以，嚴格地說此類消費者不屬文藝消費。

在文藝消費之範圍內，書坊所投資最力者，應屬曲譜、小說、笑話之類。笑話類書籍大量行銷，可從其書翻刻、拼湊、割裂諸現象推知。〔註17〕陳龍正則對此類以娛樂消遣爲目的之書籍大加批評：

> 今世刻本橫行，書既非書，讀亦非讀，有反爲修身之累，大可厭惡
>
> 者。第一無賴，是鑽研曲譜；第二不才，是耽看小說。曲譜專主邪
>
> 淫。小說雜出誕妄，故其害稍輕。〔註18〕

據其所言，一方面吾人可知曲譜小說之類書籍出版之眾，一方面吾人亦當推想：書坊之刻書，主要在利益之獲得，作品是否對社會有負面之影響，並不爲慮。其存心與作者或學者並不一致。《金瓶梅》之刻行，是一明顯之例，沈德符載其事，云：

〔註15〕參見杜信孚《明代版刻綜錄》序，江蘇廣陵古籍刻印社出版。
〔註16〕《思舊錄》，收在《黎洲遺著彙刊》。
〔註17〕詳見龔師鵬程〈笑林的廣記〉一文，金楓出版社經典叢書《笑林廣記》導讀。
〔註18〕《幾亭外書》卷二「讀書爲修身」條。

袁中郎觴政，以金瓶梅配水滸傳爲外典，予恨未得見。丙午遇中郎
京邸，問曾有全帙否？曰：「第睹數卷，甚奇快，今惟麻城劉涎白承
禧家有全本，蓋從其妻家徐文貞錄得者。」又三年，小修上公車，
已携有其書。因與借抄挈歸。吳友馮猶龍見之驚喜，慫恿書坊，以
重價購刻。馬仲良時榷吳關，亦勸予應梓人之求，可以療饑。予曰：
「此等書必遂有人板行。但一刻則家傳戶到，壞人心術。他日閻羅
始禍，何辭置對？吾豈以刀錐博泥犁哉？」仲良大以爲然，遂固篋
之。未幾時，而吳中懸之國門矣。〔註19〕

金瓶梅大膽刻描性愛，類同淫書，然深具文學價值，故文人又喜讀之，又懼
其害人心術，同時，亦知其必有出版之一日，以其足以吸引眾多讀者故也。
正大文人所思及者乃人心風俗，而書坊殆唯知其可以「家傳戶到」，營牟利益。
　　在此種消費形式下，作者往往亦有心藉其「發言」之機會以勸世。言語
勸世，是爲功德，《醉古堂劍掃》卷四：

士君子貧不能濟物者，遇人痴迷處，出一言提醒之，遇人急難處，
出一言解救之，亦是無量功德。

著書立說，正亦有此功能。唯爲使其說入乎人心，先決條件在於吸引讀者。
此則類似漢賦作者之用心，李漁《閑情偶寄》凡例中云：

風俗之靡，由於人心之壞，正俗必先正心。然近日人情喜讀閒書，
畏聽莊論，有心勸世者，正告則不足，旁引曲譬則有餘。是集也，
純以勸懲爲心，而又不標勸懲之目，名曰閒情偶寄者，慮人目爲莊
論而避之也。勸懲之語，下半居多，前數帙俱談風雅。正論不載於
始而麗於終者，冀人由雅及莊，漸入漸深，而不覺其可畏也。勸懲
之意絕不明言，或假草木昆蟲之微，或借活命養生之大以寓之者，
即所謂正告不足，旁引曲譬則有餘也。實具婆心，非同客語，正人
奇士，當共諒之。

寓大於小，寄莊於雅，委曲以當世人之心，而思達其勸世之理想，作者之用
心深矣。李漁時代或許嫌晚，稍前於他，袁中道亦有「可傳者托不必傳者以
傳」之論，其「答蔡觀察元履」〔註20〕云：

近閱陶周望祭酒集，選者以文家三尺繩之，皆其莊嚴整栗之撰，而

<hr>

〔註19〕《萬曆野獲篇》卷二十五。
〔註20〕《珂雪齋近集》卷十。

> 盡去其有風韻者，不知率爾無意之作，更是神情所寄。往往可傳者
> 托不必傳者以傳，以不必傳者易於取姿，炙人口而快人目，班馬作
> 史，妙得此法。今坡公之可愛者，多其小文小說，其高文大冊，人
> 固不深愛也，使盡去之而獨存其高文大冊，豈復有坡公哉？

「可傳」與「不可傳」之分，在世道上一爲有用，一爲無用，然其與讀者之關係，一則使人敬而遠之，一則能吸引人。有用而不能使人親之閱之，終無法說人，且可能爲人棄置而不能傳遠。爲免此患，文集中具有風韻，能吸引人之文章至爲必要。況且，小文小說，爲作者率意而作，更能表現文人自然風韻。

然而，作者此種心態，有時亦成爲掩飾作品屈從低俗、自甘墮落之藉口。著名色情小說，如《肉蒲團》者，第一回中即申說其描寫淫慾以爲世人說法之用心。

通觀上述，吾人當知此第二種結構中，讀者（消費者）之重要性。然猶如古玩書畫之收藏家有眞正雅人韻人，亦不乏附雅之耳食富商（收藏家亦是讀者——消費者——之一部分），讀者群眾中有層次差別，興趣異同之分眾乃是普遍存在之必然現象。不同之讀者分群各自支持符合其程度、趣味之作家，書坊居中介紹，出版推銷，第二種形式之文藝消費遂展現其蓬勃之生機。

二、文藝消費中聲名之影響性

讀者群眾擴大，所包含之層面益廣。然文學及藝術之欣賞造詣，乃有程度之差異，眞能到達高層次之識者可能不多，缺乏藝術文學修養而隨聲附和者爲數必眾，面對作品，此其輩無法理解欣賞，並作審美判斷，其所以好此而非彼，揚抑之標準往往在於「名聲」。沈德符屢屢提及「新安耳食」，「耳食」一詞即充分顯示「聲名」在此社會中所受之重視。

作家之文學或藝術造詣到達到某高度，少有不受重視者，既受重視，則聲名不脛而走，此則實至名歸。然而聲名之產生，實不由作家決定，主要在於讀者、欣賞者。讀者有層次之別，然各層次之讀者皆有製造聲名之能力，聲名之本質乃支持者量之多寡，而蔑關乎支持者質之良窳。因此，具有聲名，不必保證品質之高貴。低層次之名人，世人不知，或與卓絕者相提並論，不免爲識者所嗤。謝友可、謝曰可兄弟，文宗《文選》，當時孫鑛論文章家以爲二人能六朝，因此比之湯義仍。錢謙益輕之而歎：「世人耳食如此，無怪乎友

可之自負刺刺不休也！」〔註21〕不僅不滿，尤懷無限之無奈。沈德符亦為董其昌抱屈，云：

> 頃浙中一士人，刻《皇明書苑》十大家，首祝京兆而終董太史，乃以杭人湯煥、許光祚居董之前。此士亦錚錚有書家名，自負良不淺，予規之曰：「此二人不但難與董雁行，并不可列大家，盍更訂之？」其人艴然怒，似謂予本無所知，安得輕置雌黃？予亦乾笑聽之而已。又一浙紳謂予曰：「頃與學使者周斗垣廷光，晤於西湖。忽問曰：『近日書家黃貞甫、董玄宰二公俱巨手不必言。但不知誰當左次？』其言怪甚，因不置對。」予曰：「曷不明語之。」浙紳曰：「此等囈語，只可付罔聞，若與辨詰，惟有痛批其頰可耳。」貞甫以時藝名世，本不工書，而酷好濡染，精綾名繭，布滿都下，即園亭中扁對亦多出其手，故周有此問。世間冤枉事極不少，但董無端屢遭折辱，亦高明鬼瞰之一驗也。〔註22〕

浙紳不願與周斗垣辨詰，實是彼此立處於不同藝術認知層次，而低層次者無法體會更高之意境所致。

世俗之人不知實而蔽於名，遂使文藝消費市場中作偽風氣大行，偽造古籍、古書畫、古器物，文學作品假託名家以求售，所在多有。李卓吾、徐文長、袁宏道，諸人之名常為書坊所利用，乃眾所皆知矣！作偽技術精密者，不易辨識，甚至使知者失眼。陳繼儒、董其昌，稱譽當時，亦有此例，沈德符云：

> 董太史玄宰，初以外轉，予告歸至吳門，移其書畫船至虎丘，與韓冑君古洲，各出所攜相角。……披閱竟日，真不減武庫。最後出顏清臣書朱巨川告身一卷，方歎詫以為神物。且云：「此吾友陳眉公所藏，實異寶也。」予心不謂然。周視細楷中一行云「中書侍郎開播」。韓指謂予曰：「此吾郡開氏鼻祖耶？」余應曰：「唐世不聞有姓開。自南宋趙開顯於蜀，因之名氏，自析為兩姓。況中書侍郎，乃執政大臣，何不見之書？此必盧杞所薦關播，臨摹人不通史冊，偶訛筆為開字耳。魯公與盧關正同時，此誤何待言？」董急應曰：「子言得之矣！然為眉公所秘愛，姑勿廣言。」亟卷而篋之，後聞此卷已入

新安富家。〔註23〕

若非沈氏博文細察，予以點破，董韓將信之不疑矣。自另一方面而言，由於作僞猖獗，是以精於賞鑒者，乃爲世人所倚重。

唯僞作託名之背後，有時亦有仁厚之德性。何良俊《四友齋叢說》卷十五云：

> 衡山精於書畫，尤長於鑒別。凡吳中收藏書畫之家，有以書畫求先生鑒定者，雖贗物，先生必曰此眞跡也。人問其故，先生曰：「凡買書畫者必有餘之家。此人貧而賣物，或待此以舉火，若因我一言不成，必舉家受困矣！我欲取一時之名，而使人舉家受困，我何忍焉？」同時有假先生之畫題款者，先生即隨手書與之，略無難色。則先生雖不假位勢，而吳人賴以全活者甚眾。

文徵明以聲名濟人，雖助人作僞，然吾人當進一步思考：此正是眞識者之能超脫聲名之外，不爲所擾。何者？蓋書畫之作，善者自善，不善者自不善，非干作者之名，具眼者能識眞寶，何須循名而評高下？類似衡山之舉者，又如陳繼儒，《列朝詩集小傳》記：

> 玄宰久居詞館，書畫妙天下，推仲醇不去口，海內以爲董公所推也，咸歸仲醇。而仲醇又能延招吳越間窮儒老宿隱約飢寒者，使之尋章摘句，族分部居，刺取其瑣言僻事，薈蔓成書，流傳遠邇，款啓寡聞者爭購爲枕中之秘，於是眉公之名，傾動海內。

此文言陳繼儒所以成名之故，一者因董其昌推尊，一者以其能利用窮儒老宿之力，爲其纂集章句以出版。然而，事實上，此類隱約飢寒者亦因此而受利。蓋時世好名，窮儒老宿無名於世，是以難以立足消費系統中，生活頗爲困頓。陳之聲名卓卓，以其名著書則書易售，獲利多。窮儒老宿并因得享其利而濟飢寒。〔註24〕唯此一行爲，並非僞作，窮儒老宿乃受雇於陳繼儒，代其尋章摘句，刺取僻瑣，故可名之曰代作。聲名大者，由於世人求索較多，爲應其求，亦每每有人代筆。董其昌晚年丹青，即多代作，而

〔註23〕《萬曆野獲篇》亂二十六。節自「骨董自來多贗」條。

〔註24〕蔣烈《南吳舊話錄》卷七謙厚：「陳眉公每交長至後，邀老友數輩入山，問其卒歲所需，尋出四方徵文潤筆者，計其多寡與之。曰：『姑代吾一償文債。』眾諾而去。子私告曰：『何不明贈之？乃又以筆墨煩人，無所見德。』眉公曰：『吾文別出機杼，非他人所能彷彿。文至仍須自爲權鑒，不過借此使人受之有名。……』與錢著小傳參看，吾人當知其心亦在分人以利也。

親筆屬款，其代筆之人如吳翹、趙左，亦非凡手。〔註25〕

　　凡此種種，皆顯示聲名在此消費結構中佔有重要之影響性，世人深為聲名所左右。

　　明末，文人標榜之習特重，派別之分甚明，文風凌替迅速，實乃緣於世俗蔽於名之故也。錢謙益敘述公安竟陵之起落，云：

> 中郎之論出，王李之雲霧一掃，天下之文人才士始知疏瀹心靈，搜剔慧性，……機鋒側出，矯枉過正，於是狂瞽交扇，鄙俚公行，雅故滅裂，風華掃地。〔註26〕

又云：

> 鍾惺……另立深幽孤峭之宗，以驅駕古人之上，而同里有譚生元春，為之應和，海內稱詩者靡然從之，謂之鍾譚體。……所撰《古今詩歸》盛行於世，承學之士，家置一編，奉之如尼丘之刪定。而寡陋無稽，錯繆疊出，稍知古學者咸能挾筴以攻其短。〔註27〕

「天下」、「海內」從風之速，一因印刷出版之利便，另外則因緣於耳食之附和也，文中或云「狂瞽交扇」，或云所編之書寡陋無稽而承學者奉如尼父之刪定，凡此皆不知實而耳食者所造成者也，晚明文藝消費中，其非理性之成分，殆有如是者。

第四節　消費型社會

　　明末江南，經濟繁華，世人追求風雅之習大盛，文壇外於政壇而獨立，此為「晚明文人」所以興起之重要基礎。然而，猶須進一步說明「晚明文人」之思想與社會之關連：吾人以為江南消費型社會與「晚明文人」之思想有其相通處。

〔註25〕姜紹書《韵石齋筆談》云：「崇禎癸酉，余游燕都，適思翁應宮詹之召，年八十餘矣。政務閒簡，端居多暇，余時過從，而楚侯恆在座隅。長安士紳，祈請公翰墨無虛日，不異素師鐵門限。公倦於應酬，則倩楚侯代之，仍面授求者，各滿其志以去。楚侯之寓，堆積綾素，更多於宗伯架上焉。」楚侯者，吳翹字也。又《無聲詩史》，亦姜紹書著，記：「趙左，字文度，雲間人。畫法董北苑，黃子久，倪雲林，超然玄遠。與董思白為翰墨交，流傳墨迹，頗有出文度手著。」是吳翹、趙左皆董公之代作者。

〔註26〕《列朝詩集小傳》丁集中袁宏道傳。

〔註27〕《列朝詩集小傳》丁集中鍾惺傳。

晚明江南——繁榮之城市區域，已生成一消費型社會。消費者，享用也，當一社會鼓勵世人充分享用財貨，以大量消費爲追求目標，並作爲衡量社會繁華富庶與否之標準時，此社會已成一消費型社會。〔註28〕

而晚明江南所以形成消費社會，揆其原因，蓋有如下述：江南雖屬富庶，然而貧富相差懸殊，小民水深火熱，巨家富室則發榮滋長。歸有光云：

> 江南諸郡縣，土田肥美，多秔稻，有江海陂湖之饒，然征賦煩重，供內府輸京師，不遺餘力。俗好婾靡，美衣鮮食，嫁娶葬埋，時節餽遺，飲酒燕會，竭力以飾觀美。富家豪民兼百室之產，役財驕溢，婦女、玉帛、甲第、田園、音樂儗于王侯。故世以江南爲富而不知其民實貧。〔註29〕

江南貧富差距甚大，文中可見！然而婾靡之習，則不止於富家，而爲當地之普遍現象，俗之好尚。

豪富之家，憑藉其雅厚財力，恣意於物質享受，及生活之精緻化，以顯示身份，炫耀地位。順此以往，遂至於豪奢。而富室之豪奢無度，於此貧富不均之社會，反而能提供小民謀生營利之機會。蓋富豪享受之物質，役用之人力，或多或少取資於小民，則小民足以用其物、力易酬值。小民生活既貧乏，亦無力改造社會不平之勢，則於此微薄之資助，亦將勤於獲取。是以富室豪奢，恐或爲小民所樂見。

再者，城市經濟以商業爲其骨幹。商業所利，則在於財貨流通。過於儉約，將於工商不利，是以必期有相當程度之消費行爲，而鼓勵世人富豪充分消費，以便從中獲利。

職是之故，晚明江南鼓勵消費、崇奢黜儉之主張，相應出現。明末陸楫即曾論曰：

> 論治者屢欲禁奢，以爲財節則民可富也。噫！先正有云：「天地生財止有此數。彼有所損，則此有所益。」吾未見奢之足以貧天下也。自一人言之，一人儉則一人或可免於貧；自一家言之，一家儉則一家或可免於貧。至於統論天下之勢則不然。……予每博觀天下之勢，大抵其地奢則其民必易爲生；其地儉，則其民必不易爲生也。何者？勢使然也。今天下之財在吳越，吳俗之奢，莫盛於蘇杭之民。有不

〔註28〕參見龔師鵬程〈消費社會中的文化問題〉一文，收在《文化、文學與美學》。
〔註29〕《歸有光全集》卷十一〈送崑山縣令朱侯序〉。

耕寸土，而口食膏粱；不操一杼，而身衣文繡者，不知其幾何也。
蓋俗奢而逐末者眾也。只以蘇杭之湖山言之：其居人按時而遊，遊
必畫舫、肩輿、珍饈良醞，歌舞而行，可謂奢矣。而不知輿夫、舟
子、歌童、舞姑仰湖山而待爨者，不知其幾。故曰：「彼有所損，則
此有所益。」若使傾財而委之溝壑，則奢可禁；不知所謂奢者，不
過富商大賈，豪家巨族自侈其宮室、車馬、飲食、衣服之奉而已。
彼以粱肉奢，則耕者、庖者分其利；彼以紈綺奢，則鬻者、織者分
其利。正孟子所謂：「通功易事，羨補不足」者也。上之胡為而禁之？
若今寧、紹、金、衢之俗最號為儉，儉則宜民之富也，而彼諸郡之
民，至不能自給，半遊食於四方。反以其俗儉而民不能以相濟也。
要之，先富而後奢，先貧而後儉。奢儉之風，起於俗之貧富，雖聖
王復起，欲禁吳越之奢，難矣……吾邑僻處海濱，四方之舟車不一
經其地，諺號為「小蘇杭」，游賈之仰給於邑中者，無慮數十萬人。
特以俗尚其奢，其民頗易為生爾。然則，吳越之易為生者，其大要
在俗奢，市易之利特因而濟之耳。〔註30〕

議論中，「奢」毫無道德上之貶義。就總體經濟而言，個人與小單位之奢，並
不使社會因之貧困，相反，儉亦不能使社會富有。然而，奢，轉有利於財貨
流通，可使「民易為生」，「市易之利因而濟之」，頗有功於為治，符合孟子「通
功易事，羨補不足」之說。此說實能標示明末江南之消費型態社會，鼓勵豪
奢、消費，與傳統視儉為美德者絕異。

　　姑不論鼓勵消費是否有益於治世，然一消費社會，將不免引發如下之現
象：

　　其一，消費植基於物質欲望，追求消費增長，則誘發消費者以滿足欲望
為念。以追求欲望滿足為合理之行為，其後則須有一思想、意識肯定欲望之
價值。社會肯定欲望之價值，從而鼓勵世人追逐欲望，而欲望無有窮盡，則
勢必成就一縱欲之風氣。

　　其二，消費社會之形成，與商業關係密切，鼓勵消費乃商業界所樂見。
而商業體制，必具有其支配性格，商人不僅鼓勵世人消費，且亦指引消費者
如何消費。於是經營流行之品味，以吸引大量消費者，書肆宣傳、標榜風氣
之盛，已顯現此中端倪；在此製造流行風潮中，個人之價值，遂逐漸隱沒於

〔註30〕見《蒹葭堂雜著摘抄》，收在叢書集成初編四三六冊。

社會群體組織中，主體性與主動性，隨之喪失。價值之認同趨向群體化，世人亦漸趨一致化、平均化，而少獨特性。獨特性既失，則愈渴望於獨特，社會中與眾不同之行為，歷史、文學中特異之人物，乃更為時所欣羨。既渴望獨特，然又認同於群體，遂使獨特之渴望轉為新異之追逐。喜新厭舊之群體化，即成流行迭替之世界。於是世界不再穩定，價值亦顯虛浮不定，人生之虛無感，亦因而產生。〔註31〕明末文學之忽而公安，忽而竟陵，又忽而復古得勢之現象，或當由此尋思之。

　　放縱欲望之思想，渴求特異之心理以及對於人生之虛無感受，乃充斥飄盪於明末江南商業城市區。「晚明文人」之思想，即含有頗多上述之成分。唯吾人並不以為「晚明文人」全受此社會風氣濡染而然，畢竟，士人之可貴，以其有文化自覺也。蓋「晚明文人」之興起於時，為世所重，無寧因其文學中所宣洩之思想，與當時之消費社會有其共通性也。至於「晚明文人」中心思想之形成，則有其長遠之歷史淵源，將於第三章詳論之。

〔註31〕前引〈消費社會中的文化問題〉文，提出消費社中十大文化問題，其中即包含「欲望的放縱」、「商業體制的支配性格」、「個人價值隱沒」、「人生虛無」、「價值錯倒顛亂」等問題，雖專就今日之消費社會而言，然而其中推衍之理，蓋異時而不易也，是為消費型社會之共相，足以為參考。

第三章 「晚明文人」所以形成之思想背景

　　宋代道學興起，其學說以修身齊家治國平天下為大綱，志聖希賢，說談性命，濂洛關閩，一脈相承。對於文藝，或以為文學以明道為前提，甚至申說「詩文害道」。此勢力甚為強大。明朝更因政治因素，有意提倡朱子之學。成祖命大學士胡廣等編纂《五經大全》、《四書大全》、《性理大全》，即以朱子之說統一官學，以為科舉之準繩。〔註1〕而朱子所承繼者，乃為程頤，是以程朱之學成為學術主流。篤守其說以行世之儒者，為數之多，不難想見。此勢力，對於以文章書畫為性命之文人，遂形成難以排解之壓力。湯顯祖與凌濛初之尺牘云：

> 不佞生非吳越通，智意短陋，加以舉業之耗，道學之牽，不得一意橫絕流暢於文賦律呂之事。〔註2〕

顧大韶亦曾記載湯顯祖一席問答，頗能顯現文人與道學之對立：

> 近世湯義仍之子開遠，好講道學。或問義仍曰：「公，文人也，令郎何必講道學？」義仍云：「小兒只為懶讀書。欲作一文人，須讀十五年書，欲作一道學先生，只三月足矣。」〔註3〕

湯顯祖揶揄道學先生，許是針對當時道學末流而言，然吾人不得不注意：發問者乃截然分開文人與道學。若觀念中無此明顯對立，當不至於有此一問。錢謙益《列朝詩集小傳》則記載湯開遠於顯祖死後，將其戲曲未刊稿焚棄。〔註4〕

〔註1〕 可參考容肇祖著《明代思想史》第一章。
〔註2〕 《湯顯祖》詩文集卷四十七玉茗堂尺牘之四。
〔註3〕 《炳燭齋稿》〈答翁子澄妹丈書〉。
〔註4〕 《列朝詩集小傳》丁集中，564頁。「開遠好講學，取義仍續成紫簫殘本及詞

　　文人、道學之對立，是為明人普遍之感受。黃宗羲〈論文管見〉記載一無名子之子孫，因修志者將其祖先列於文苑傳，大表不滿，以為非入於儒林不可。〔註5〕宗羲雖然甚為鄙薄其人無知，感慨文章之道淪喪，然而當門人為刻印《南雷文案》時，實亦深恐世人不知宗羲理學淵源，徒以文人視之。故於序中必以文道合一歸之先生，甚至不惜曲解故訓。〔註6〕

　　文人、道學互持己見，各不相下，情況熱烈，而其源流甚長。「晚明文人」即在此歷史過程中發展而來，其特殊之人生理想，生活態度，往往即是對應於道學而加以強調其相異性。因此，欲研究「晚明文人」，不能忽略此一思想背景。

　　唯此思想背景，非成於一朝一夕，乃源本於宋代。因此，本文雖為研究「晚明文人」，乃需將時空上溯，自源頭處澄清道學與文人相異之本質，然後方能縱貫照察二者對峙之情況，以及「晚明文人」相應而形成之思想脈絡。

第一節　宋代學術內部之分歧

一、洛蜀黨爭

　　北宋哲宗元祐初年，高后主政，士大夫有洛蜀朔三黨之分裂。洛黨以程頤為領袖，羽翼者朱光庭、賈易，蜀黨以蘇軾為領袖，羽翼者呂陶、胡宗愈、孔文仲，朔黨以劉摯、王巖叟、劉安世為領袖，而羽翼尤眾，多司馬光之弟子。

　　三黨之政治意見互有出入，由於無關本文，此處不作討論。其中洛蜀兩黨之爭執較為激烈尖銳，其所以爭執，則值得吾人探討。

　　於討論之先，吾人須知：熙豐年間，王安石主持新政，程頤、蘇軾、劉摯等人，或贊同之，或反對之，政治主張，即已明顯差異。然而此時，程頤尚隱居在野，未入朝廷，因此，雖有不同，而未有黨名出現。洛蜀朔黨之目，乃至元祐始生。〔註7〕元祐之時，司馬光任丞相，召回蘇軾，起用程頤，二人

　　曲未行者，悉焚棄之。」黃宗羲《南雷詩歷》卷四「偶書」詩云：「諸公說性
　　不分明，玉茗翻為兒女情，不道象賢參不透，欲將一火蓋平生。」即指此事。
〔註5〕見《南雷文定三集》〈論文管見〉一文。
〔註6〕文中云：「文即是道，而謂道在文章之外者，非鄙陋之儒欲自掩其短，則浮華
　　之士，未一窺其奧也。」是本以文為辭章之文，進而視「辭章」等於「文章」，
　　而言文章與道不分。不甚肳合儒學本義。
〔註7〕《宋史紀事本末》卷四十五雒蜀黨議，云：「（元祐）二年……乃罷頤出管勾

同處於朝,蜀洛之爭於是展開。唯是時之爭議,並非政治主張之異,奏章中,吾人不難見意氣之爭與人身攻訐。《宋史・道學傳》記載:

> 蘇軾不悅於頤,頤門人賈易、朱光庭不能平,合攻軾。胡宗愈、顧臨詆頤不宜用,孔文仲極論之,遂出管勾西京國子監。

「不悅」、「不能平」、「詆」之措詞已大略表示兩黨所爭,參雜眾多意氣成分。

朱光庭於蘇軾之攻擊,《宋史》記載:

> 遷左司諫,又論蘇軾館職發策云:『今欲師仁祖之忠厚,而患百官有司不舉其職,或至於媮;欲法神考之屬精,而恐監司守令不識其意,流入於刻。』臣謂仁宗難名之盛德,神考有爲之善志,而不當以媮刻爲議論,望正其罪,以戒人臣之不忠者。〔註8〕

詳閱所引蘇軾之言,毫無譏諷仁神二宗之意,於仁宗,歸其忠厚,於神宗,歸其屬精。所擔心者乃百官群僚:蓋深恐群臣因察皇上之忠厚或屬精,因而媮怠或嚴刻之弊病以生。明白簡易,而朱光庭乃以爲譏諷仁神二帝,實類無中生有。因此,宣仁后並未接受其意見,王觀、范純仁亦皆不謂然。

而孔文仲奏劾程頤,則曰:

> 頤汙下憸巧,素無鄉行,經筵陳說,僭橫忘分,徧謁貴臣,歷造臺諫,騰口間亂,以償恩仇,致市井目爲「五鬼」之魁。請放還田里,以示典刑。〔註9〕

此元祐二年事也。而不過一年之前,元祐初年司馬光、呂光著共疏程頤行誼,其言乃曰:

> 伏見河南處士程頤,力學好古,安貧守節,言必忠信,動遵禮度,年踰五十,不求仕進。眞儒者之高蹈,聖世之逸民。望擢以不次,使士類有所矜式。〔註10〕

前後奏疏兩相比較,相差何啻天壤。豈程頤任經筵前後,行爲大有轉變?然尋察當時言論,並未有前賢後憸之批評。孔氏之論,乃大可疑。朱熹〈伊川先生年譜〉按云:

> 文仲傳載呂申公之言曰:「文仲爲蘇軾所誘脅,其論事皆用軾意」。

西京國子監,時呂公著獨當國,群賢咸在朝,不能不以類相從,遂有雒黨、蜀黨、朔黨之語。」

〔註8〕《宋史》三百三十三卷。

〔註9〕見《宋史紀事本末》卷四十五雒蜀黨議。

〔註10〕同註9。

又呂申公家傳亦載其與呂大防、劉摯、王存同駁文仲所論朱光庭事，語甚激切。且云：「文仲本以伉直稱，然惷不曉事，爲浮薄輩所使，以害忠良，晚乃自知爲小人所紿，憤鬱嘔血而死。」

據此言之，孔文仲之劾，言過其實，幾近訕謗，當時並不爲眾人所採信。

揆此兩例，可見蜀洛之爭，所爭者實非大事。其後賈易「劾呂陶黨軾兄弟，語侵文彥博、范純仁」，元祐五年「臺諫復論賈易諂事頤」，「賈易復劾軾元豐末，在揚州聞先帝厭代作詩，及草呂惠卿制，皆『誹怨先帝，無人臣禮』」，元祐七年「程頤服闋，三省擬除館職，判檢院蘇轍進曰：『頤入朝，恐不肯靜』，凡此種種，（引《宋史紀事本末》雒蜀黨議）皆受明顯之偏見主導，言論難於的當。明末張溥評蜀洛黨爭，感慨橫生，其言頗爲中肯：

軾與頤合志同方，出處不易。熙豐之際，或堅臥山林，或放逐湖海，一朝遇主，攜手偕行，方冀其一心奉公，更化善政，司馬光未完之業，諸賢力贊其成。而口語參商，攻訐競起。初不聞有國家大政爭若新法；仕途抵巇怨若牛李也。右頤者詆軾曰謗訕，右軾者抵頤爲矯激！在兩賢本無罪可指，而言路亦非積憾爲讎，特以師友各地，辭色不下，嘲侮小嫌，詬誶靡已，即盈朝之上書，猶家人之室鬥耳。〔註11〕

就蘇軾、程頤二人而言，其道德節操，自來皆受稱揚，著實無有險詐之性格、枉法之行事。然支持二人之雙方，反喋喋非毀對方。此確實值得吾人深思。

程端中——伊川之子；以及朱熹——伊川之嫡傳，皆以蘇軾爭名爲黨爭之起因。程端中云：

元祐初，大臣以先生道義薦諸朝，召爲崇政講官，哲宗信而敬之。既而同朝之士，有以文章重於時者，忌先生名出己右，與其黨類，巧爲謗詆，遂以罷去。〔註12〕

朱熹則云：「一時人士歸其門者甚盛，先生亦以天下自任，議論褒貶，無所顧避。由是同朝之士有以文章名世者，疾之如讎，與其黨類，巧爲謗詆」，〔註13〕其中以「以文章名世」者，即謂蘇軾。蘇軾以文章名，文人歸之者如秦觀，黃庭堅等甚夥。而程頤因議論行舉，亦頗得眾，聲名日著，有駕埒

〔註11〕《宋史紀事本末》陳邦瞻纂輯、張溥論正本，卷四十五之論。

〔註12〕《伊川先生文》，程端中序。見《二程集》，24頁，里仁書局點校本。

〔註13〕見《朱文公文集》卷九十八〈程伊川年譜〉。

蘇軾之勢，於是爭謗遂起。此爭議實因爭名好勝。朱熹、程端中乃程頤之支持者，所以將爭謗之事，諉過於蘇黨，非持平之論也。王世貞便以相勝之說論此黨爭：

> 問洛黨蜀黨。曰：「朝吉朝而夕聞父母之喪也，將不哭乎？不曰：『餘樂未忘』哉？甚矣，洛之拘也，然而爲蜀也蕩，其失則俱曰好勝。」

〔註14〕

文中，王世貞亦直指二黨之性格不同，一在於拘，一在於蕩，此觀念甚爲中肯。指洛黨「拘」，乃就程頤處司馬溫公之喪而言。情事如下：

> 頤在經筵，多用古禮，蘇馬謂其不近人情，深嫉之，每加玩侮。方司馬光之卒也，百官方有慶禮，事畢，欲往弔，頤不可，曰：「子於是日哭則不歌。」或曰：「不言歌則不哭！」軾曰：「此枉死市叔孫通制此禮也。」〔註15〕

程頤以爲方於朝庭行慶禮，繼聞說溫公之喪，實不應禮畢往弔，舉孔子之「於是日哭則不歌」爲說。孔子於是日哭不歌，乃因「餘哀未忘」，〔註16〕故不爲喜樂之歌，持此以推，今方於朝庭有吉慶之心，是以不爲哀喪之弔。程頤此論，未能服人，蘇軾等人不滿，故出俚俗語嘲弄之。

王世貞以爲若依程頤之說，倘使於朝庭有慶之後，而父母喪亡，則亦不能悲哭乎？不能忘吉朝之樂乎？此乃大悖常理！程頤之說實迂拘。然而蘇軾玩侮之，出俚語嘲之，亦失狂蕩矣。

程蘇原本不合，此番相左，乃成兩黨爭訟之導火線。

《河南程氏外書》〔註17〕卷十一記載：

> 溫公薨，朝廷命伊川先生主其喪。是日也，祀明堂。禮成而二蘇往哭溫公。道遇朱公掞。問之，公掞曰：「往哭溫公而程先生以爲慶弔不同日。」二蘇悵然而反，曰：「麈糟陂裡叔孫通也」（原注：言其山野）自是時時謔伊川。

東坡玩侮戲謔伊川，似乎即是兩黨交攻之基本原因。陳繼儒至以爲若東坡不諧戲伊川，則黨爭無由起！《讀書鏡》卷十，首條記：

〔註14〕見《弇州山人四部稿》卷一百四〇，說部箚記篇。
〔註15〕同註9。
〔註16〕朱熹《論語集注》卷四，「子於是日哭，則不歌」注云：「哭，謂弔哭。日之內，餘哀未忘，自不能歌。」
〔註17〕見《二程集》，里仁書局點校本。

> 宋史云：「蘇軾喜諧謔，頤以禮法自持，軾謂程頤不近人情，每加玩侮，以至成隙，立黨交章互詆。」世說高座道人在丞相坐，恆倨臥，見卞壺，肅然改容，曰：「彼是禮法人」。壺不賢於頤，而能以禮法使人見重。劉整恃才縱誕，服飾詭異，無所拘忌。嘗行造人，遇蔡克在坐，整終席慚不自安。整不賢於東坡也，而能以禮法重人。此二事可以定程蘇兩先生之是非矣！司馬君實、章子厚二人冰炭不相入，子厚每以謔侮困君實，君實苦之，求助於蘇公。公見子厚曰：「司馬君實，時望甚重。昔許靖以虛名無實，見鄙於蜀先主。法正曰：『靖之浮譽，播流四海，若不加禮，必以賤賢為累。』先主納之，乃以靖為司徒。許靖且不可慢，況君實乎！」公知處君實而不知處程先生，豈程先生疾公無禮法，亦無處公地耶？……當時恨無以此告之者，告之則蘇罷輸政，程弛墨守。」

文中列舉史例，以明禮法之士與不拘之士可以相得。東坡未能稍以禮法重程頤，是以引起糾紛。二人爭執之事上，眉公是程而非蘇之立場可見。同是禮法整飭之士，同具世人之望，司馬光為東坡所重，伊川卻不然！眉公所明之理，東坡何嘗不知？然何以無法禮待伊川耶？陳眉公似乎亦有此懷疑。是以設問：是否因伊川亦深疾東坡無禮法，而更形加重彼此之釁隙？

可見，原因實非出於玩侮戲謔而已，程蘇之間，存在之差異，有使二人明顯對立者。此差異不止為個性之不同，乃二人學術意味之殊。錢穆云：「但就學術意味言，則洛蜀兩派的裂痕畢竟最難彌縫。」〔註18〕所言甚是。程頤於理學之地位，以及蘇軾於文藝之地位，皆可稱為宗師。由於各是一方之典型，是以兩人之不和，足以引起眾多擁護者交相攻訐。

洛蜀之爭，乍見之甚為無謂，然而，爭執之背後，實隱藏重要之思想差異與價值差異。欲明此差異，可自蘇程二人言論中得。

二、程蘇學術之差異

程蘇學術之差異，可自二端以論之，一為性命之學，一為文學藝術。

（一）性命之學

伊川講性命之學，東坡則否。

呂希哲曾對二程之學作一概括論述，曰：

〔註18〕《國史大綱》第六編，第三十三章第二節。450頁。

　　二程之學，以聖人必可學而至，而己欲學而至於聖人。〔註19〕
聖人何以學而可至？且學何以必至於聖人而後止？此因人性本善，凡人之性
與堯舜之性，並無二致也。對於孟子之言，伊川甚為服膺，其言曰：

> 孟子言人性善是也，雖荀揚亦不知性。孟子所以獨出諸儒者，以能
> 明性也。性無不善，而有不善者才也。性即是理，理則自堯舜至於
> 塗人，一也。〔註20〕

性即是理，人人具足。人既稟此善性，與聖賢無二，則不志於聖，無疑乃向善
之心不堅，此實即是自我墮落。《論語》「唯上知與下愚不移」（陽貨篇），前人
大抵釋以「上知聖人不可移之使為惡，下愚之人不可移之使強賢」，〔註21〕依照
此說則有一部分人，命定無法使其為善為賢。此其輩不能為善，非本身之罪也，
乃天生所限。然而，伊川並不以為然，答唐思之語，言之甚明！

> 棣問：「孔孟言性不同，何也？」曰：「孟子言性之善，是性之本。
> 孔子言性相近，謂其稟受處不相遠也。人性皆善，所以善者於四端
> 之情可見。故孟子曰：『是豈人情也哉！』至於不能順其情而悖天
> 理，則流而至於惡。故曰：『乃若其情則可以為善矣！』若，順也！」
>
> 〔註22〕

此處言人人皆可為善，為善實即順人之性情而已。

> 又問：「才出於氣否？」曰：「氣清則才善，氣濁則才惡。稟得至清
> 之氣生者為聖人，稟得至濁之氣生者為愚人。……然此論生知之聖
> 人。若夫學而知之，氣無清濁，皆可至於善而復性之本。所謂『堯
> 舜性之』是生知也；曰：『湯武反之』是學而知之也。孔子所言上知
> 下愚不移，亦無不移之理，所以不移，只有二……自暴、自棄是也。」
>
> 〔註23〕

此處則言有生而知之之聖人，亦有學而知之之聖人，前者如堯舜，後者如湯
武。生知者，決定於氣稟之清濁，不能自致；若學知者，則不論清濁之稟如
何，擴充善端，盡其本性，皆可達成。而生而知之，學而知之，及其知之，
並無分殊。是故聖人者人人可成，毫無氣稟之限制。人所以不遷善徙義，求

〔註19〕《河南程氏外書》卷第十二。《二程集》點校本420頁。
〔註20〕《河南程氏遺書》卷第十八。《二程集》驗校204頁。
〔註21〕見《論語注疏》邢昺疏。
〔註22〕《河南程氏遺書》卷第二十二上，《二程集》點校291頁。
〔註23〕同前註。

爲聖人，皆由於自暴自棄也。

然而，性之本善與才之有惡，內於人身乃成一緊張之態勢，二者互相角勝。君子小人之分別，即由此二方消長分數多寡而定。

> 義理與客氣常相勝，又看消長分數多少，爲君子小人之別。義理所得漸多，則自然知得客氣消散得漸少，消盡者是大賢。〔註24〕

性即是理，此處所言義理者即性也，才由氣稟，此處所言客氣者即才也。伊川早年〈顏子所好何學論〉一文中所明「性其情」與「情其性」，情性互爭駕馭而成愚覺之分，與此處所言，皆是同一理念。

基於此一理念，所發展之修養論，乃偏向嚴格之主敬克己工夫。必時時戒愼恐懼，警察性與情之主從，理與氣之消息，深怕有虧義理。此種心理態度便是「敬」。而理之客觀化、制度化便爲禮。敬與禮，一主於內，一制於外，恆使人動作中節，威儀合度，〔註25〕而後可以立身，可以成聖。是以伊川特重克己復禮，「四箴」序云：

> 顏淵問克己復禮之目，夫子曰：「非禮勿視，非禮勿聽，非禮勿言，非禮勿動」，四者身之用也。由乎中而應乎外，制於外所以養其中也。顏淵事斯語，所以進於聖人，後之學聖人者，宜服膺而勿失也。因箴以自警。〔註26〕

「制於外所以養其中」，禮樂制度之重要性，不言可喻。伊川感慨當時學者惟有義理養其心，而禮樂制度有所缺於外。乃云：

> 今之學者，惟有義理以養其心。若威儀辭讓以養其體，文章物采以養其目，聲音以養其耳，舞蹈以養其血脈，皆所未備。〔註27〕

伊川之重禮法，正是基於上述心性之說而來。

程頤學說之精神，大抵如是，至其義理精細處，則此文不必論，蓋東坡之異於程子，並非同一系統中之精粗淺深，而是外於系統，另持相異之見也。

立志成聖，東坡批評之以爲「好名太高」。「上兩制書」中言當時天下所患者二，一在用法太密而不求情，一在好名太高而不適實。後者即是對談性

〔註24〕《河南程氏遺書》卷第一。《二程集》點校本4頁。
〔註25〕《河南程氏粹言》卷第一，言禮云：「禮者人之規範，守禮所以立身也，安禮而知樂，斯爲盛德矣。」，言敬云：「純於敬，則己與理一，無可克者，無可復者」。伊川注重敬、禮可見。
〔註26〕《河南程氏文集》卷第八。《二程集》點校本588頁。
〔註27〕《河南程氏遺書》卷第二上。《二程集》點校本21頁。

命、志聖人者之批評。其言曰：

> 何謂好名太高而不適實？昔者聖人之爲天下，使人各致其能以相濟
> 也。不一則不專，不專則不能。自堯舜之時，而伯夷、后夔、稷、
> 契之倫皆不過名一藝、辨一職以盡其能。至於子孫，世守其業而不
> 遷。夔不敢自與於知禮，而契不敢自任於播種。至於三代之際，亦
> 各輔其才而安其習以不相犯躐。凡書傳所載者，自非聖人皆止於名
> 一藝、辨一職，故其藝未喪其所長。及至後世，上失其道而天下之
> 士皆有侈心，恥以一藝自名，而欲盡天下之事。是故喪其所長而至
> 於無用。今之士大夫，其實病此也。仕者莫不談王道、述禮樂，皆
> 欲復三代、追堯舜，終於不可行而世務因以不舉；學者莫不論天人、
> 推性命，終於不可究而世教因以不明。自許太高而措意太廣，太高
> 則無用，太廣則無功，是故賢人君子希於天下而事不立。聽其言則
> 侈大而可樂，責其效則汗漫而無當。此皆好名之過。〔註28〕

根據此文，吾人可知：東坡所謂聖人，乃著眼於藝能。而才能決定於天賦，
因此，此處所言聖人，其實質意義不等於道學家之所指，尤其伊川所重「學
而知之」之聖人。此文中聖人與常人之分別即是：聖人全能全藝，而他人則
不過能一能，藝一藝。伯夷、夔、稷、契莫不如此，彼此之間不相犯躐，互
不兼能。因此常人非唯不能成爲聖人，而且必須有此認識：才大者則安其大，
才小則安其小，才大才小，各有其價值在，不必強求。

東坡以才能論定聖人之質，則志聖，無寧求一己而能具備全才。然而，
才能資稟爲天所定，成聖遂爲不可能之事。志在此不可能之事，無非是侈心
好名。學者談性命，推天人，追堯舜，復三代，皆是不切實際者，反使人不
安其藝能，終至喪其能，而天下僞亂矣。

顯然，東坡此論頗不契於王道性命之談，且亦不足批駁道學家建立之理
論系統。伊川之志爲聖人，簡言之，即要求發揮善性，善善去惡而已，何嘗
就事跡功業才能上求？

伊川之修養工夫，東坡亦極不贊同《河南程氏外書》卷十一記：

> 朱公掞爲御史，端笏正立，嚴毅不可犯，班列肅然。蘇子瞻語人曰：
> 「何時打破這『敬』字！」

涵養須用敬，乃程門爲學宗旨。而此「敬」，與東坡之善諧謔，正是立處於兩

〔註28〕見《經進東坡文集事略》卷第四十二。

極。〔註29〕

　　伊川、東坡二人對孟子之性善論，亦有相異之評價。伊川推崇備至，云：

　　　　孟子有功於聖門不可言。如仲尼只説一個仁字，孟子開口便説仁義，
　　　　仲尼只説一箇志，孟子便説許多養氣出來，只此二字，其功甚多。

　　〔註30〕

而東坡爲文雖有得於孟子，然對於孟子性善論則認爲不善立論。「子思論」云：

　　　　自孟子之後，至於荀卿、揚雄皆務爲相攻之説。其餘不足者紛紜於
　　　　天下，嗟夫，夫子之道不幸而有老聃、莊周、楊朱、墨翟、田駢、
　　　　愼到、申不害、韓非之徒，各持其私説以攻乎外，……奈何其弟子
　　　　門人又内自攻不決，千載之後，學者愈眾而吾夫子之道益晦而不明
　　　　者，由此之故歟？〔註31〕

其意以爲紛紜之起，乃由於孟子之言「性善」。是以又云：

　　　　昔三子之爭起於孟子。孟子曰人之性善，是以荀子曰人之性惡，而
　　　　揚子又曰人之性善惡混。孟子既已據其善，是以荀子不得不出於惡。
　　　　人之性有善惡而已，二子既已據之，是以揚子亦不得不出於善惡混
　　　　矣。

孟、荀、揚三家深刻之哲學內涵，東坡似乎有意忽略。而孟子所以「引起」
此糾紛，乃因其「爲論不求其精，而務以爲異於人」也。東坡乃於修辭立論
之層次評孟子，甚明。〔註32〕由於自修辭立論上說，是以孔子論性與孟子論
性，有如下之差別：

　　　　孔子孟軻道同而其言未必同。何以知之，以其言性知之，孔子之言
　　　　如珠走盤，孟軻之言如珠著氈。〔註33〕

〔註29〕《震澤語錄》：「先生曰：『明道猶有謔語，若伊川則全無。』問如何謔語。曰：
　　　　「明道聞司馬溫公解中庸至『人莫不飲食鮮能知味』有疑遂止。笑曰：『我將
　　　　謂從天命之謂性便疑了。』伊川直是謹嚴，坐間無問尊卑長幼，莫不肅然。」
　　　　引自《河南程氏外書》卷第十二。《二程集》點校本442頁。
〔註30〕《河南程氏遺書》卷第十八，《二程集》點校本221頁。
〔註31〕見《進東坡文集事略》卷第七。
〔註32〕「子思論」首云：「昔者夫子之文章，非有意於爲文，是以未嘗立論也。」又
　　　　云：「夫子既沒，諸子之欲爲書以傳於後者，其意皆存乎爲文，汲汲乎惟恐其
　　　　汨沒而莫吾知也，是故皆喜立論，論立而爭起。」諸子之意「存乎爲文」，東
　　　　坡之論，實是論文重於哲理之考辨。
〔註33〕見陳眉公《太平清話》卷上引東坡語。

不論東坡是否明瞭孟子之道，然以爲孟子道同孔子而言說不同，其批評孟子所重爲何，昭昭著矣！其於「性善論」之批評，亦因未能扣住孟子之義理精蘊，爲楊時所駁斥。〔註34〕然而，東坡類此之批評，實予吾人一啓示：文章修辭乃爲其所重者也。

（二）文藝之事

東坡重視文章修辭，伊川不然。《上蔡語錄》云：

> 學者先學文，鮮有能至道，至如博觀泛覽，亦自爲害。故明道先生教余嘗曰：「賢讀書愼不要尋行數墨。」〔註35〕

謝上蔡亦曾摘錄五經語句爲一冊，明道猶指責「玩物喪志」。記問經典，不免遭此責備，文藝一事，遑論之矣。此文所舉，雖明道之言，然伊川於此則有過之而無不及。

伊川有「作文害道」之論：

> 問作文害道否？曰：「害也！凡爲文，一不專意則不工，若專則意志局於此，又安能與天地同其大也！書曰：『玩物喪志』，爲文亦玩物也。呂與叔有詩云：『學如元凱方成癖，文似相如始類俳，獨立孔門無一事，只輸顏氏得心齋』此詩甚好。古之學者，惟務養情性，其佗則不學。今爲文者，專務章句，悅人耳目，既務悅人，非俳優而何？」曰：「古者學爲文否？」曰：「人見六經，便以謂聖人亦作文，不知聖人亦攄發胸中所蘊，自成文耳。所謂『有德者必有言』也。」曰：「游夏稱文學，何也？」曰：「游夏亦何嘗稟筆學爲詞章也？且如『觀夫天文，以察時變；觀乎人文以化成天下』，此豈詞章之文也？」
> 〔註36〕

此處討論，「作文」之「作」字，實已隱涵刻意求工，專務章句之意，非一般意謂將意念形諸文字而已。將意念形諸文字，並無不可，有德者有言，而語

〔註34〕《龜山集》卷二十七「雜說」：「蘇子曰：『道有不可名言者。古之聖人命之曰一，寄之曰中，則一也者，持道之有不可名言者耳，中亦非道也，道之寄而已。所謂道者果何物耶？子思因其語而廣之曰喜怒哀樂之未發謂之中，發而皆中節謂之和。……夫子思之言中和而已，此道之可以名言者也。所謂一者安在哉？孟子又推之以爲性善之論，性善之論出而一與中始枝矣。』夫性善之論出而一與中何自而枝耶？是必有說也，學者更深考之，則孟子蘇氏之學是非得失必有不可誣者矣！」

〔註35〕引自《河南程氏外書》卷第十二。《二程集》點校本427頁。

〔註36〕《河南程氏遺書》卷第十八。《二程集》點校本239頁。

言不足行遠流傳，必有藉于文字，經典即聖人表其意念之文字也。肯定呂大臨之詩，亦唯在意念上著意，非謂其文字之優美也。所反對「作文」者，無寧是作文者之志趣。作文求爲工巧，文字工巧便能悅人耳目，因此作文之行爲，目的在於娛悅感官。對作者而言，則其悅人之心態與俳優取人喜悅無異！此去聖人經天緯地之氣象遠甚。而對閱讀者而言，其所得不過感官之娛悅，與修德之事相去亦甚遠。〔註37〕

詩乃文字中最爲精粹者，形式上即含工巧之要求，格律聲調皆有定則，因此，伊川不常作詩，亦不喜作詩。云：

> 某素不作詩，亦非是禁止不作，但不欲爲此閑言語。且如今言能詩無如杜甫，如云「穿花蛺蝶深深見，點水蜻蜓款款飛。」如此閑言語，道出做甚？某所以不常作詩。〔註38〕

學詩，必須費心思，用工夫，不如是便不合詩人格。然亦因此，乃甚有妨於修身成德之事。伊川亦不識畫，見記於年譜。〔註39〕至於書法，雖認爲「於儒者事最近」，然亦以爲不可用心太過，而廢精力，云：

> 子弟凡百玩好皆奪志，至於書札於儒者事最近，然一向好者，亦自喪志，如王、虞、顏、柳輩，誠爲好人則有之。曾見有善書者知道否？平生精力一用於此，非惟徒廢時日，於道便有妨處，足知喪志也。〔註40〕

張旭書法造詣極高，見擔夫爭道及公孫大娘舞劍而悟筆法，伊川則深爲惋嘆，以爲錯用精力。語錄記：

> 問：「張旭學草書見擔夫與公主爭道及公孫大娘舞劍後悟筆法，莫是心常思念至此而感發否？」曰：「然須是思方有感悟處。若不思怎生得如此？然可惜張旭留心於書，若移此心於道，何所不至？〔註41〕

於此可見：伊川之議論，扣住「用心趨向」——志之差別，甚爲明顯。尹和

〔註37〕伊川曾云：「貴姓子弟於飲食玩好之物之類，直是一生將身伏事不懈。如管城之陳醋瓶，洛中之史畫匣是也。更有甚事？伯淳與君實嘗同觀史畫，猶能品題奈煩。伯淳問君實：『能如此與他畫否？』君實曰：『自家一個身猶不能事持得，更有甚工夫到此！』文藝之事，較之省身修德，實是末事。

〔註38〕《河南程氏遺書》卷第十八。《二程集》點校本239頁。

〔註39〕年譜記：「經筵承受張茂則嘗招諸講官啜茶觀畫。先生曰：『吾平生不啜茶，亦不識畫。』竟不往。」

〔註40〕《河南程氏遺書》卷第一，《二程集》點校本8頁。

〔註41〕《河南程氏遺書》卷第十八，《二程集》點校本186頁。

靖偶學虞書，伊川即下砭言，〔註42〕終身馳騁於詩文書畫之蘇軾〔註43〕不相合於伊川，其理甚明。

蘇軾，乃爲當時天下之文章領袖，其人「文統」之觀念甚強。「祭歐陽文忠公」文表示：

> 軾自齠齡，以學爲嬉。童子何謂，謂公我師。晝誦其文，夜夢見之。十有五年，乃克見公。公爲拊掌，歡笑改容。此我輩人，餘子莫群。我老將休，付子斯文。再拜稽首，過矣公言。雖知其過，不敢不勉。
>
> 〔註44〕

頗有自比孔子「文王既沒，文不在茲」之慨。唯此乃文辭之文，而非聖人之文也，實「文統」而非「道統」也。李方叔《濟南先生師友談記》中言之更明：

> 東坡嘗言：「文章之任，亦在名世之士相與主盟，則其道不墮。方今太平之盛，文士輩出，要使一時之交有所宗主。昔歐陽文忠常以是任付與某，故不敢不勉。異時文章盟主，責在諸君，亦如文忠之付授也。」

宋代古文，歐陽修倡導於前，蘇東坡宏揚於後，蔚爲大觀。歐陽修爲文，亦主於道：「我所謂文，必與道俱」〔註45〕東坡於此，有所承受，亦有所轉變。

歐陽修「答吳充秀才書」〔註46〕云：

> 夫學者，未始不爲道，而至者鮮焉。非道之於人遠也，學者有所溺焉爾。蓋文之爲言，難工而可喜，易悅而自足。世之學者，往往溺之，一有工焉，則曰吾學足矣。甚者至棄百事，不關於心，曰吾文士也，職於文而已，此其所以至之鮮也。

又云：

> 聖人之文，雖不可及，然大抵道勝者文不難而自至也。……後之惑者，徒見前世之文傳，以爲學者文而已，故愈力愈勤而愈不至。

實有懲於「文士」棄廢百事而專致於文而發。所以提出「道」之觀念，並非

〔註42〕《河南程氏遺書》卷第十二，《二程集》點校本431頁。
〔註43〕就《東坡題跋》所收記跋，詩文不必論，跋書一一九則，畫跋三十三則，記墨三十五則，紙四則，筆十七則，硯十六則，可見東坡之所從事。
〔註44〕《蘇東坡全集》後集卷十六。
〔註45〕東坡〈祭歐陽文忠公文〉中記歐公語。
〔註46〕《歐陽修全集》卷二居士集二。

爲求道志聖也，無寧主於爲文求好。「道勝者文不難而自至」，即有革於「文士」之爲文，而主張文章之美善須以「道」爲基礎，不當只著意於文字。是以，同文中以爲揚雄、王通之文不及孟荀，正由於「道不足而強言」也。「答祖擇之書」云：「道純則充於中者實，中充實則發爲文者輝光」〔註47〕無非同一意思。歐陽修志在於文，是以對於文字之修辭技巧甚爲在意。「醉翁亭記」之改定「環滁皆山也」，「晝錦堂記」之增添兩「而」字，乃爲人所傳誦。周必大云：「前輩嘗言公作文，揭之壁間，朝夕改定」〔註48〕甚可表歐公之志。

唯作爲文章基礎之「道」，在歐公則必屬儒家之道，在東坡則可爲佛禪。歐公闢佛甚力，然東坡並不如此。「送參寥」詩中云：

> 欲令詩語妙，無厭空且靜。靜故了群動，空故納萬境。閱世走人間，
> 觀身臥雲嶺。鹹酸雜眾好，中有至味永。詩法不相妨，此語當更請。
>
> 〔註49〕

「欲令詩語妙」一語實透露東坡之關注所在。空與靜乃修道之悟境，而此境界則有助於作詩！故結語云「詩法不相妨」。明人唐文獻跋《東坡禪喜集》云：

> 子瞻於生死二字，雖不能與維摩龐蘊爭一線，然其譚笑輕安，坦然
> 而化，如其爲文章，則哺禪之糟而因茹其華者多矣。〔註50〕

雖不以東坡爲深於禪理，然則肯定其文章之成就乃有得於參禪故也。蘇之與歐所言之「道」不同，與伊川純儒之立場更不相合。

至於何以道勝則文至？何以「欲令詩法妙，無厭空而靜」？此則牽涉有宋一代文藝理論中「轉識成智」之問題，〔註51〕本文不必詳論。所須明者，此一理論架構，不止於適於詩、文，亦適用於書畫。東坡之擅書，無庸贅述，而其與文同、李公麟等善繪者遊，且有重要之論畫主張，也爲人所詳知。「論畫以形似，見與兒童鄰」一語，〔註52〕更對於後世「文人畫」影響深刻。

東坡「書吳道子畫後」云：

〔註47〕《歐陽修全集》卷二居士外集二。
〔註48〕周必大「歐陽文忠公集跋」，引自《歐陽修全集》。
〔註49〕《集註分類東坡先生詩》卷二十一。
〔註50〕《東坡禪喜集》凡九卷，明徐長孺輯。
〔註51〕詳見龔師鵬程〈釋江西詩社『學詩如參禪』之說——兼論宋代詩學之理論結構〉一文。收在《江西詩社宗派研究》。
〔註52〕《蘇東坡全集》前集卷十七，〈書鄢陵王主簿所畫折枝〉。

君子之於學，百工之於技，自三代歷漢至唐而備矣。故詩至於杜子
美，文至於韓退之，書至顏魯公，畫至吳道子而古今之變，天下之
能事畢矣。〔註53〕

詩文書畫並舉而爲論，實顯示東坡對此之用心。文藝之事，長伴東坡之一生，
不謬也。

　　以上分性命之學、文藝之事二端凸顯東坡伊川二人之差異，吾人可知其
彼此間皆不只各事其事，且於對方之能事不免有所批評，雖然並未直指個人，
然針鋒相對之勢，自有不可掩者。伊川曾分別當時學風云：

古之學者一，今之學者三，異端不與焉。一曰文章之學，二曰訓詁
之學，三曰儒者之學。欲趨道，舍儒者之學不可。〔註54〕

異端乃指佛老之類，〔註55〕先已排除。而所劃分之三學，伊川爲儒學之翹楚，
東坡爲文章之領袖，二者學術意味乃截然有異也。

三、程蘇價值斬向之分歧

　　東坡伊川二人之差異，前二小節已大致說明，二人之志向、趣味、價值
觀念相差甚遠，分別展現不同之人格典型。爲掌握二人差異之本質，在此不
妨提出一設準，此設準爲：自我境界之劃分。自我境界之種種分異，乃無可
爭辯，吾人則將之四分爲：一、形軀我，二、認知我，三、情意我，四、德
性我。形軀我以生理及心理欲求爲內容；認知我以知覺理解及推理活動爲內
容；情意我以生命力及生命感爲內容，生命力表現爲勇敢、堅毅等等品質，
生命感表現於藝術活動；德性我則以是非善惡之自覺爲內容。〔註56〕

　　準此，吾人將下此判斷：東坡與伊川之差異，乃在一爲情意我之發揮，
一爲德性我之展現。

　　伊川之生命乃在展現一德性自我，其他境界均須受其制約或提昇。以形
軀我而論，伊川唯求其基本之滿足。自小其家教即如是，〈上谷郡君家傳〉云：

〔註53〕《蘇東坡全集》前集卷二十四。
〔註54〕《河南程氏遺書》卷第十八，《二程集》點校本 187 頁。遺書卷六亦記：「今
　　　　之學者，歧而爲三，能文者謂之文士，談經者泥爲講師，惟知道者乃爲儒學也。」
〔註55〕宋儒所闢異端，大抵是佛教。朱熹編《近思錄》，卷十三爲「辨異端」，凡十
　　　　四條，其中十三條皆辨釋氏之說。
〔註56〕此處所分，大致依勞思光先生《中國哲學史》第二章中所分。唯德性我部分，
　　　　先生云「以價值自覺爲內容」，爲免與本文「價值斬向」使用價值一詞混雜，
　　　　故改爲「是非善惡之自覺爲內容。」

夫人男六人，所存惟二，其愛慈可謂至矣，然於教之之道，不少假
也，纔數歲，行而或踣，家人走前扶抱，恐其驚啼。夫人未嘗不呵
責曰：「汝若安徐，寧至踣乎？」飲食常置之坐側，嘗食絮羹，即叱
止之曰：「幼求稱欲，長當何如？」雖使令輩，不得以惡言罵之。故
頤兄弟平生於飲食衣服無所擇，不能惡言罵人，非性然也，教之使
然也。〔註57〕

自幼其生理之欲求，心理之情緒，皆不容許放任。「幼求稱欲，長當何如」，
已見克治欲求之緊張度。《易‧損卦》卦辭「二簋可用享」伊川傳曰：

峻宇雕牆，本於宮室；酒池肉林，本於飲食；淫酷殘忍，本於刑罰；
窮兵黷武，本於征討；凡人欲之過者，皆本於奉養，其流之遠則為
害矣。

更指出順軀殼起念，將導致淫奢之結果。

以認知我而論：伊川為學方向不在探求自然界之律則，作純粹知識之研
究。此視其對待曆數之態度即知，《上蔡語錄》記載：

堯夫易數甚精，自來推長曆者，至久必差，惟堯夫不然。指一二近
事，當面可驗。明道云：「待要傳與某兄弟，某兄弟那得工夫？要學，
須是三十年工夫。」明道聞說甚熟，一日因監試無事，以其說推算
之皆合，出謂堯夫曰：「堯夫之數，只是加一倍法。以此知太玄都不
濟事。」堯夫驚撫其背曰：「大哥您恁聰明。」伊川謂堯夫曰：「知
易數為知天？知易理為知天？」堯夫云：「須還知易理為知天！」因
說今年雷起何處？伊川云：「堯夫怎知某便知！」又問甚處起？伊川
云：「起處起！」堯夫愕然。他日，伊川問明道曰：「加倍之數如何？」
曰：「都忘之矣！」因嘆其心無偏繫如此。〔註58〕

曆數乃對自然法則，天體運行之推算；雷聲起處之探索，則近於對自然現象
之研究，類屬知識層面之活動，二程皆表明無心理會之態度，而且，推其語
意，若予理會，實即心有所「偏繫」也。

對於情意我，其中生命感所展顯之藝術活動，上節之描述，足以交代。
而生命力所表現之品質，如東漢士人之尚名節，伊川以為未足道也。伊川評
東漢士人云：

〔註57〕 《河南程氏文集》卷第十二，《二程集》點校本653頁。
〔註58〕 引自《河南程氏遺書》卷第十二，《二程集》點校本429頁。

東漢則又不足道也。東漢士人尚名節，只爲不明理。若使明理，卻
皆是大賢。〔註59〕

世祖（漢光武）繼起，不得不褒尚名節，故東漢之士多名節。知名
節而不知節之以禮，遂至於苦節。故當時名節之士，有視死如歸者。
〔註60〕

東漢士人視死如歸，氣節凜凜，剛毅勇敢，然而識理不深，以致舉措過度激
揚，不能中節，是以不足稱爲賢者。

其實，伊川唯重德性我。德性我發揮之極盡，善善惡惡，是是非非，其
人即是聖人，其德即是仁。志於道，作聖人，乃伊川學旨，前文言之多矣。

若在東坡，不拘小節而好戲謔，持嚴格之道德觀以覈之，便有許多之不
是。戲謔之言論，往往傷人心而得罪人，或者成爲欺罔之言，張載「東銘」
即對戲言戲動下其針砭，曰：

戲言出於思也，戲動作於謀也，發於聲見乎四支，謂非己心，不明
也；欲人無己疑，不能也。

東坡伊川之爭，人多以爲東坡好謔所致。隨舉一例如下：

伊川主溫公喪事。子瞻周視無闕禮。乃曰：「正叔喪禮何其熟也！」
又曰：「軾聞居喪未葬讀《喪禮》，太中（程父）康寧，何爲讀《喪
禮》乎？」伊川不答。鄒至完聞之，曰：「伊川之母先亡，獨不可以
治喪禮乎？」〔註61〕

其言行不謹而好謔，足傷人心矣。

而東坡爲文，爲求修辭之工，意境之美，往往口出不合事實之言。著名
者莫如「刑賞忠厚之至論」云「皋陶爲士，將殺人，皋陶曰殺之三，堯曰宥
之三」。此實東坡意想之事，置於文中頗切情理，然未必合於史實。〔註62〕又
如《邵氏聞見錄》載：

或問東坡：「雲龍山人張天驥者，一無知村夫耳。公爲作〈放鶴亭記〉
以比古隱者。又遺以詩，有『脫身聲利場，道德自滲濯』，過矣。」
東坡笑曰：「裝舖席耳。」

〔註59〕《河南程氏遺書》卷第十八，《二程集》點校本232頁。

〔註60〕《河南程氏遺書》卷第十八，《二程集》點校本236頁。

〔註61〕《河南程氏遺書》卷第十一，《二程集》點校本414頁。

〔註62〕東坡省試「刑賞忠厚之至論」一事，陸游《老學庵筆記》卷八，楊萬里《誠
齋詩話》，皆載之，而互有出入。

無知村夫，而成古隱者流，乃合作者無限之想像與誇張。文學之眞，固可不必合於現實，然而不以文學心態對待其言論，則在〈刑賞忠厚之至論〉將成僞造，在〈放鶴亭記〉將難免諛諂之譏，皆有傷德性之純。

然而，小德出入可也。善戲謔而不爲虐，《詩經·衛風》曾經美武公之德寬緩洪大，有張有弛；孔子亦曾有割雞焉用牛刀之戲語。因此蘇軾不拘小節，好戲謔之個性，並不影響後人之評價，其道德仍爲後世所推崇。

至於馳騁詩文書畫諸藝術活動，此爲東坡情意我之發抒〔註63〕無庸再論。所應注意者，因從事藝術活動，相應地對於文物器具，講究其精美工巧，此則與形軀我息息相關。茶與墨往往相提並論，當可作爲註腳。東坡云：

> 茶欲其白，常患其黑，墨則反是。然墨磨隔宿則色暗，茶碾過日則香減，頗相似也。茶以新爲貴，墨以古爲佳，又相反矣。茶可於口，墨可於目。蔡君謨老病不能飲，則烹而玩之。呂行甫好藏墨而不能書，則時磨而小啜之。〔註64〕

又云：

> 奇茶妙墨皆香，是其德同也；皆堅，是其操同也。〔註65〕

講究色、香，可於口，可於目，皆生理官能之感受也。且東坡詩文亦每每提及品食之事：荔枝筍笋，河豚魚蟹等等佳餚珍饈，至今予人深刻之印象。是東坡之於生理欲求不若伊川之加以範限也。不加範限，而能以品味賞玩之態度加以觀照，是以形諸詩文，而引人共鳴，此則又屬情意之活動。對此，東坡亦有自覺，東坡嗜墨，自云：

> 阮生云：「未知一生當著幾緉屐。」吾有佳墨七十丸，而猶求取不已，不近愚耶？〔註66〕

一生當用幾丸墨？已有佳墨七十，猶求之不已，足見其求墨者乃情之所鍾，不能自已。「不近愚耶」者，東坡自我觀照之自評也，此「愚」不同愚駭之愚，

〔註63〕 「江行唱和集序」有云：「夫昔之爲文者，非能爲之爲工，乃不能不爲之爲工也。山川之有雲霧，草木之有華實，充滿勃鬱而見外，夫雖欲無有，其可得乎？……己亥之歲，侍行適楚，舟中無事……山川之秀美，風俗之樸陋，賢人君子之遺迹，與凡耳目之所接者，雜然有觸於中，而發爲詠嘆。」爲文不勉強，不得不爲，乃是因爲情有感發而自然表露於文字。此見東坡爲文之重情意之抒發。

〔註64〕 《東坡題跋》卷五，「書茶墨相反」條。

〔註65〕 《東坡題跋》卷五，「記溫公論茶墨」條。

〔註66〕 《東坡題跋》卷五，「書求墨」條。

實含藏其自我欣賞之意味。蓋既知近愚,而猶惓惓不已者,則行為之肯定,乃另有其他之標準,而此標準應即是美感。

文章道德,東坡雖得而兼之,然而其生命特彰顯情意我之境界,則可以斷言矣。

綜上所述,伊川東坡二人之差異本質,當已呈現。伊川嚴格地發展其德性自我,唯德是尚,情意我之價值乃貶置於德性我之下。東坡則不貶情意我之價值,而於道德往往忽其小節,較之伊川,其於德性我之尊崇顯然不及,而獨見情意我之發揮。就人類價值領域而言,大略可言:伊川所追求者偏於善,而東坡偏於美。

二人之差異在此,而二人皆能分別展現典型之人格,各自吸引抱持同樣價值之追求者,是以,當時形成洛蜀二黨意氣之爭,而洛蜀黨人於時間推移中消逝後,乃有文人與道學兩系統之互相批評。〔註67〕

第二節 「晚明文人」思想形成之脈絡

一、道學與文人之爭議

程蘇之差異,已如上節所述,北宋以後承續伊川人格典型者為道學家,承續東坡人格典型者為文人。

北宋之後,文人之特質,有顯著之改變。最重要者,乃書畫普遍成為文人重要活動,而與詩文並列。宋人鄧椿云:

> 畫者,文之極也,故古今文人頗多著意。張彥遠所次歷代畫人,冠裳大半。唐少陵題詠,曲盡形容,昌黎作記,不遺毫髮;本朝文忠歐公、三蘇公子、兩晁兄弟、山谷、後山、宛丘、淮海、月巖、漫仕、龍眠或評品精高,或揮染超拔。然則,畫豈獨藝之云乎?難者以為:「自古文人,何止數公?有不能且不好者!」將應之曰:「其為人也多文,雖有不曉畫者寡矣!其為人也無文,雖有曉畫者寡矣!」〔註68〕

〔註67〕 章太炎「學蠱」一文,將宋以後之學術約分為程朱、歐蘇兩派,亦明顯察覺二派存在之大差異,文中對歐蘇批評甚為強烈。其所分兩派,大抵同於道學、文人兩股對峙之勢力。文見《訄書》,世界書局。

〔註68〕 《畫繼》卷九「論遠」。

「古今文人頗多著意」，實是強調之語，並不與事實完全吻合。以所舉張彥遠《歷代名畫記》而論，雖云記中人物「冠裳大半」，然所言文人未必能詩能文，文采出眾之「文人」。而唐代惟舉杜甫、韓愈二人，二人有關於畫者，實皆立於欣賞角度之題畫記畫作品，而且作品亦極其有限。因此，便有作難之人提出反面之意見。

　　至於北宋諸人，乃大不同於前代，「或評品精高」，或「揮染超拔」，已不純是居於欣賞者之立場，評品畫作者，繪畫批評也；揮染丹青者，繪畫創作也。既有創作，又有批評，畫跋、畫記、論畫詩等等乃大量出現，關於繪畫之理論、主張，亦紛紛產生，形成文人獨特之繪畫觀，影響及於後世。北宋文人著意於丹青，由此見矣。

　　書法方面，四大書家蔡蘇黃米無不文采斐然，書作多且論書之詩文不勝枚舉。陳後山「題趙大年所畫高軒過圖」云：「晚知畫書眞有益，欲悔歲月來無多」〔註69〕足以側面表明北宋文人對於書畫活動之好尚。

　　北宋開風氣之先，後世繼之，遂如胡應麟所云：

> 宋以前，詩、文、書、畫人各自名，即有兼長，不過一二。勝國
> 則文士鮮不能詩，詩流靡不工書，且時旁及繪事，亦前代所無也。
> 〔註70〕

一人而能兼工四藝者，人數漸眾，此足以顯示宋元文人對文藝之熱衷程度。

　　日人吉川幸次郎即已注意此一發展，《元明詩概說》曾予討論。其人認爲，北宋「文學家或詩人，必須具備哲學的修養，並取得政治的職責，然後才能算是入流的文學家，入流的詩人。如歐陽修、王安石、蘇軾等，不但是北宋的代表詩人，也都是當時重要的政治家，兼出色的思想家或哲學家」。至於元末，則「文人」一詞乃指專心致力於文學、藝術之創作者，其代表人物如楊維楨、如倪雲林諸人。此一觀察，頗得實情，然仍須進一步說明：北宋與元末文人，雖有上述之演變（此演變實因於政治環境，社會環境之變遷，文壇政壇漸趨分立之故，第二章中曾作說明），然亦不可忽略二者之相同處。歐陽修、蘇東坡諸人注重文藝，游戲翰墨之間，其程度實不比楊、倪二人稍遜。

　　是故，吾人當明瞭，宋以後文人活動之發展，乃根源於北宋以歐蘇爲中心之文人集團。宋元文人，雖有差異，然不能截然二分，其間有所傳承，「晚

〔註69〕引自《朱子語類》卷一百四〇，論文下。
〔註70〕《詩藪》外編卷六。

明文人」亦是依此路線發展所至。另外，詩文書畫作爲文人表現自我情意之不同方式，〔註71〕則文人乃可藉由其任一活動而表現情思。因此，「文人」已不止限於以文字爲創作媒介之作家。主要創作在於書畫者，亦不失其「文人」之名，元人如鮮于樞、鄧文原、錢選、黃公望、吳鎮諸人皆是，明人如王紱、唐寅、祝允明、文徵明、王寵亦莫不如此。職是而言，北宋之後，文人之以爲文人者，能爲詩文，文采斐然，已非唯一因素，其決定性因素無寧在於通過媒介（文字或筆墨等）所展現之人格涵養及意態之文雅與否。

至於道學之發展，可藉周密之記載以爲說。《癸辛雜識續集》卷下言：

> 嘗聞吳興老儒沈仲固先生云：「道學之名起於元祐，盛於淳熙。其徒有假其名以欺世者，眞可以噓枯吹生：凡治財賦者則目爲聚斂；開閫扞邊者則目爲麄材；讀書作文者則目爲玩物喪志；留心政事者則目爲俗吏。其所讀者止四書、《近思錄》、《通書》、《太極圖》、〈東、西銘〉、語錄之類，自詭其學爲正心修身齊家治國平天下，故爲之說曰「爲生民立極，爲天地立心，爲萬世開太平，爲前聖繼絕學」。其爲太守爲監司，必須建立書院，立諸賢之祠，或刊註四書，衍輯語錄，然後號爲賢者，則可以擢巍科、爲名士。否則立身如溫國，文章氣節如坡仙，亦非本色也。於是天下競趨之，稍有議及其黨，必擠之爲小人，雖時君亦不得而辨之矣。其氣燄可畏如此，然夷考其所行，則言行了不相顧，卒皆不近人情之事，異時必將爲國家莫大之禍，恐不在典午清談之下也。」余時年甚少，聞其說如此，頗有嘻其甚矣之嘆。其後至淳祐間，每見所謂達官朝士者，必憤憤冬烘、弊衣菲食，高巾破履，人望之知爲道學君子也，清班要路，莫不如此，然密而察之，則殊有大不然者，然後信仲固之言不爲過。

周密生處南宋末年，入元後不仕。此文概括兩宋道學之發展，其於道學雖加

〔註71〕宋元以下論及詩畫相通，書畫同源者，爲數頗爲不少，茲以明李陳玉「書李山人畫冊」爲例，李云：「古今書法、畫苑及文章家，三堂一門，同工異曲。大要筆墨之業，書先之，文章繼之，畫則最後。六書初不過代結繩作注疏耳。一變而文章，則宛然有聲矣，再變而畫則確然有色矣。畫者書法之終，文章之極也。……是以東坡書法以塗竹，山谷竹法以作書，摩詰詩中有畫，畫中有詩。精靈所映，千燈一輝，即一顆書也，魯公學之而爲眞，道子學之而爲畫，楊惠學之而爲塑。」（引自《晚明小品選注》）相通、同源，大要在作者之精神上求，所謂「精靈所映，千燈一輝」也。因此，詩文書畫應可視爲文人自我表現之不同形式。

以嚴厲批評譴責，然其中諸多描述，乃有助於吾人對道學家之了解。以下分別說明：

其一：道學之名起於元祐，盛於淳熙，說明道學之興起及其壯大之時間。元祐與淳熙，分別是北宋二程、張子及南宋朱熹活動之時代。朱熹直承伊川學旨，又擴充及濂溪、明道、橫渠、邵雍諸儒之說，加以綜合發明。兩宋道學，發展之後，實以程朱之學爲主流。

其二，四書之重要性，二程已有發揮，至於其地位凌駕於五經之上，則緣朱子之提倡。〔註 72〕道學家之宗旨，企求正心修身齊家治國平天下之思想，即根源於四書。是以道學家爲學謹守於四書，讀誦四書經典之外，便是參酌兩宋前賢之發明，精深有餘，而博廣不足。〔註 73〕

其三，由於志在平天下，爲萬世開太平，爲往聖繼絕學，是以特重推廣其學說，不容異己。使有能力，所到之處便興建書院講學，立諸賢堂祠，並印行四書、語錄宣傳其說，教化眾人。斥不合其道者爲異端小人。

其四：道學家之道德理想秉持甚高，修身禮法守之甚嚴，深於義理奧微之探究。於是產生二種情況：一者對於不以聖人爲志，不以天理爲學者之批評嚴苛，治財賦者，開閫扞邊者，讀書作文者，留心政事者，其志皆不足道。即使如司馬光，蘇軾之受人崇仰者，猶大加批評。一者，現實與理想之距離始終存在。道學家之行事，無法與所標舉之理想完全契合，乃必然之事。是以，行不掩言，言行不一，成爲道學家不可避免之弊病。加之，道學日盛，學者日孳，分子良窳不齊，襲其皮毛而不能深得其旨者，藉其名而欲謀私利者，附夤其間，陽君子陰小人之行徑，皆足落人口實，進而破壞道學家之形象。〔註 74〕

其五：道學家持身甚謹，外貌有異於常人，而行爲亦往往超乎常情。嚴

〔註 72〕《朱子語類》卷第一百四，朱子云：「某嘗說，詩書是隔一重兩重說，易春秋是隔三重四重說。春秋義例、易爻象，雖是聖人立下，今說者用之，各信己見，然於人倫大綱皆通，但未知曾得聖人當初本意否？……今欲直得聖人本意不差，未須理會經，先須於論語孟子中專意看他。……」又同書卷十四，云：「讀書，且從易曉易解處去讀。如大學中庸語孟四書，道理粲然。人只是不去看。若理會得此四書，何書不可讀？何理不可究？何事不可處？」

〔註 73〕《弇州山人四部稿》卷之一百三十九，說部劄記內篇：「由濂洛而前，其學博而猶，其詣淺，然其人材大，其就實；由濂洛而後，其學精而純，其詣深，然其人材纖，其就虛。」應是對道學家專注於四書義理探究之批評。

〔註 74〕此現象持續發展，袁宏道「德山麈譚」亦云：「吾儒講學亦是好事。然一講學便有許多求名求利及好事任氣者相率從之，及此等不肖之人生出事來，其罪皆歸于首者。」見《袁中郎全集》卷十三。

厲克制欲求，因此「弊衣菲食，高冠破履，人望之知爲道學君子」，具有一外在形象特徵矣。

　　周密此文，所言不過兩宋道學之情形，然而，南宋之後，儒學依循程朱路線前進，無大轉折。宋元之儒黃榦、何基、眞德秀、王柏、金履祥、許謙、許衡，至於明代前期方孝孺、曹端、薛瑄、吳與弼、胡居仁諸儒，皆不出朱學矩矱。明中期陳白沙、王陽明之後，於入聖功夫上雖有修正，然道學之理想宗旨，則未轉移。陳榮捷「新儒學典範：論程朱之異」一文〔註75〕云：

> 由十二世紀以迄近代，新儒學之主要傳統，習稱爲程朱學派，即指程頤與朱熹。諸儒之所以共同信念者即緣於程頤提供最基本之學旨，而朱子則併程頤之兄顥，其師周敦頤，其舅張載，其友及鄰人邵雍諸儒之學說予以發明，擴充並綜合之。經歷此一傳統，寖假已形成確定之範型。因之，即使王陽明所領導之明儒攻朱，以及清儒之攻朱、王，而此範型保持不變。

因此，周氏之文，實可涵蓋元明兩代之道學發展。而道學輩之行事容儀，及其分子之不齊現象，宋元之後，持續存在。李卓吾筆下之道學家形象如下：

> 平居無事，只解打恭作揖，終日匡坐，同於泥塑，以爲雜念不起，便是眞實大聖大賢矣。其稍學姦詐者又攙入良知講席，以陰博高官：一旦有警，則面面相覷，絕無人色，甚至相推委以爲能明哲。〔註76〕

耿定向亦載：

> 曾有人士歆道學之聲而慕學之者，日行道上，賓賓張拱，跬步不逾規矩。久之覺憊，呼從者顧後有行人否？後者曰無，方弛恭率意以趨。其一人足恭緩步如之，偶驟雨至，疾趨里許，忽自悔曰：「吾失足容矣，過不憚改可也！」乃冒雨還始趨處，紆徐更步過焉。〔註77〕

迂與僞，確實爲道學末流之通病。然儀容動作之講求，則自程頤、朱熹、以至劉宗周諸大儒，莫不如是。劉宗周所著《人譜》，「近裡著己，實自道平生所得力」，〔註78〕文中對於一舉一動，皆有所規範。殆可視爲道學家修身法度之實錄。

〔註75〕文收在《朱學論集》一書。
〔註76〕《焚書》卷四「因記往事」。
〔註77〕《權子》「志學」。收在《續說郛》卷第四十五。
〔註78〕《人譜》傅采序。

　　如上所述，宋以後文人與道學家之發展，基本上乃蘇與程人格型態之發展。
元以後大儒恪遵程朱之學，程朱學說取得學術之主導地位，〔註79〕至於明代，
加之帝王提倡利用，政治因素，遂使程朱之學愈盛，道學團體之勢力愈大。

　　道學家一方面批評讀書作文者為玩物喪志，一方面又建立其獨立之文學
傳統。金履祥曾選《濂洛風雅》，內收濂溪以至王柏、王侶四十八人之詩，以
為風雅之遺，「欲挽千古詩人歸此一轍」。〔註80〕而眞西山亦盛推朱子之文，
以為：晦庵有東坡之氣燄，而東坡無晦庵之理致，讀朱子之文，則古人之文
幾為之盡廢。〔註81〕對於一般文人，道學之勢確實造成相當之壓力。文徵明
《甫田集》卷十七「晦翁詩話敘」云：

> 自朱氏之學行世，學者動以根本之論劫持士習，謂六經之外非復有
> 益，一涉詞章便為道病。言之者自以為是，而聽之者不敢以為非。
> 當世之士，亦自疑其所學非出於正，而有「悔卻從前業小詩」之語。
> 沿訛踵敝至於今，漸不可革。

李夢陽晚年即悔學道不明。魏莊渠云：

> 李獻吉晚而與某論學，自悔見道不明。曰：「昔吾汩於詞章，今而厭
> 矣。」〔註82〕

然而，道學家輕視文士，文士乃有反譏之舉。王世貞《藝苑巵言》云：

> 講學者以辭藻為雕搜之技，工文者則舉拙語為談笑之資，若枘鑿不
> 相入也。〔註83〕

王氏本人即嚴厲批評道學輩：

> 今之談道者吾惑焉：有鮮於學而逃者；有拙於辭而逃者；有敗於政

〔註79〕陳榮捷先生「元代之朱子學」云：「元化新儒學，實際上即朱子之新儒學，朱
　　　　子學自始至終即統取有元一代。」文收於《朱學論集》。

〔註80〕《四庫全書》集部四《仁山集》提要。

〔註81〕見《程氏家塾讀書分年日程》卷二引眞西山之言。《後村詩話》卷一記眞西山
　　　　屬劉克莊編類《文章正宗》詩歌門，約「以世教民彞為主，如仙釋、閨情、
　　　　宮怨之類皆勿取」，其後克莊所取者，西山去之太半。眞西山之詩觀主世教民
　　　　彞，且舍取甚嚴，是為道學家一路。而克莊雖出其門下，然詩人性格甚強，
　　　　其詩出入江西、四靈之間，為江湖派之首，是以與眞西山扞格如是。克莊亦
　　　　不以西山取舍為然，此又道學與文人爭議之一例也，而眞西山選編《文章正
　　　　宗》之用心，昭然若揭。

〔註82〕《明儒學案》卷二「崇仁學案三」，魏莊渠論學書。

〔註83〕何良俊《四友齋叢說》卷之四，云：「今世談理性者，恥言文辭；工文辭者，
　　　　厭談理性，斯二者皆非也。」

> 而逃者；有驚於名而趣者；有麇於爵而趣者。欲有所爲而趣者，是
> 陋儒之粉飾而貪夫之淵藪也。〔註84〕

言下之意，道學先生者不過一群鮮學拙辭、無能而好名之陋儒貪夫而已。類似之批評，亦見於張鳳翼《談輅》：

> 大抵道學輩只是自以爲是，居之不疑。本無事功也，而以功名之士
> 爲粗迹；本無才藻也，而以文章之士爲浮華。竊佛氏之作用而復詆
> 其非，盜道家之糠秕而復鬪其短。亂聖賢之道而壞人心術也，莫此
> 爲甚！

幾至全盤否認道學之價值。

「晚明文人」，即是在此反擊道學之聲浪中，逐漸茁壯形成。然其滋長之養分，尚有來自道學陣營者。蓋道學發展中，亦有自省之力量，其不滿程、朱之學而提出之修正理論，隱然與外部文人之見，有彼此桴應之處。其情詳如下述。

二、道學之修正

王陽明學說，蓋資助「晚明文人」反道學勢力者也。

「晚明文人」之思想，與王門關係密切。就其中重要文人之師友交往情形看，足供吾人深思：徐文長師於季本、王龍溪；李卓吾雖無明顯師承，其所接人物如王龍溪、羅近溪、趙大洲、何心隱，鄧豁渠、耿定理兄弟諸人皆爲王學重要人物；袁氏兄弟，心儀陽明、近溪之說；湯顯祖亦出近溪門下；陶望齡則爲周海門之徒。

然而，陽明學派給予「晚明文人」之影響者何？當然，非立志聖賢之價值追求也，而應是工夫層面之獨任良知，解粘去縛之論，於文人有所啓發。

陽明之學，實可視爲程朱道學之修正。較之程朱學說，陽明致良知教之特色，是爲平易簡直。

陽明對於道學家手規足矩過於重視外在儀容動作，不表贊同。蓋動作儀容並非理之根本，不過是外在末節。若以外務詩文有害修持，則太費心思於手足五官之容態，亦同是妨礙。《傳習錄》下，載：

> 門人在座，有動作甚矜持者。先生曰：「人若矜持太過，終是有弊。」
> 曰：「矜持太過，如何有弊？」曰：「人只有許多精神，若專在容貌

〔註84〕《弇州山人四部稿》卷之一百三九，說部箚記內篇。

上用功，則於中心照管不及者多矣！」有太直率者，先生曰：「如今
講此學，卻外面全不檢束，又分心與事爲二矣！」

既然志在至善，則外在行爲不可不檢束，然而，過於苛細拘泥，亦大可不必。
陽明所嚮往者，蓋寬洪包含之氣象也。同書又記：

王汝中、省曾侍坐。先生握扇命曰：「你們用扇。」省曾起對曰：「不
敢。」先生曰：「聖人之學不是這等細縛苦楚的，不是粧做道學的模
樣。」汝中曰：「觀仲尼與曾點言志一章略見。」先生曰：「然。以
此章觀之，聖人何等寬洪包含氣象。且爲師者問志於群弟子，三子
皆整頓以對，至於曾點飄飄然不看那三子在眼，自去鼓起瑟來，何
等狂態？及至言志，又不對師之問目，都是狂言。設在伊川或斥罵
起來了，聖人乃復稱許他。何等氣象！只如狂者便從狂處成就他，
狷者便從狷處成就他，人之才氣不同，如何同得？」

伊川之學，重嚴格之持敬工夫，不論學者性格如何，皆當遵守一定限度之規
範，道學承襲之，是以細縛苦處，行事謹敬之甚。陽明以爲，此與聖人之教
實有違背。相對於道學之細縛拘謹，陽明即能欣賞狂者胸次。曾點是狂，陽
明亦以狂自許：

我在南都已前，尚有些子鄉愿的意思在。我今信得這良知眞是眞非，
信手行去，更不著些覆藏。我今纔做得箇狂者的胸次，使天下之人
都說我行不掩言也罷！〔註85〕

相對於道學輩之苦楚狀貌，陽明則強調樂：〔註86〕

樂是心之本體，雖不同於七情之樂，而亦不外於七情之樂。

此心安處即是樂。〔註87〕

相對於朱子窮理於事物，鑽研於經籍，陽明則反求良知，自信其心；相對
於朱子析居敬存養與省察窮理爲二，陽明只言致其良知。《傳習錄》上，云：

士德問曰：「格物之説，如先生所教，明白簡易，人人易得。文公聰
明絕世，於此反有未審，何也？」先生曰：「文公精神氣魄大。是他
早年合下便要繼往開來，故而只就考索著述上用功。若先切己自修，
自然不暇及此，到得德盛後，果憂道之不明，如孔子退修六籍，刪

〔註85〕 《傳習錄》下，「薛尚謙鄒謙之馬子莘王汝止待坐」條。
〔註86〕 《傳習錄》中，「答陸原靜書」。
〔註87〕 《傳習錄》下，「問樂是心之本體」條。

> 繁就簡，開示來學，亦大段不費甚考索。文公早歲便著許多書，晚
> 年方悔是倒做了。」

蓋以為考索著述，所費精神甚鉅，朱子以其聰明而精神氣魄大，不致歧出，
且一旦悟悔便轉。然後來儒者，墨守朱子考索著述之路，便離聖學遠矣。《傳
習錄》上答希淵之問曰：

> 後世不知作聖之本是純乎天理，卻專去知識才能上求聖人。以為聖
> 人無所不知，無所不能，我須是將聖人許多知識才能，逐一理會始
> 得。故不務去天理上著工夫，徒弊精竭力，從冊子上鑽研，名物上
> 考索，形跡上比擬，知識愈廣而人欲愈滋，才力愈多而天理愈蔽。

所以演就如此情況，正因朱子以為理在於事物上。理在外，故要物物去窮，
事事去察，形成知識之追求，才能之培養，並認為識得事理盡，方能成為聖
人。此與孟子義內、集義之說並不相契。陽明批評之甚不留餘地，云：

> 朱子所謂格物者，在即物而窮其理也。即物窮理，是就事事物物上，
> 去求所謂定理者也。是以吾心而求理於事事物物之中，析心與理而
> 為二矣。……夫析心與理而為二，此告子義外之說，孟子之所深闢
> 也。務外遺內，博而寡要，……謂之玩物喪志，尚猶以為不可歟？

陽明學說系統中，天理內在於心，心即是理，心之虛靈不昧者，即是良知。
良知知善知惡，知是知非，因此，「致知格物」，即解為「致吾心良知之天理
於事事物物，則事事物物皆得其理矣」（《傳習錄》中「答顧東橋書」）。致良
知，亦只是去人欲存天理而已。是故陽明云：

> 吾輩用功，只求日減，不求日增。減得一分人欲，便是復得一分天
> 理，何等輕快灑脫，何等簡易。〔註88〕

日減，即減消人欲；日增，則指去「從冊子上鑽研，名物上考索，形迹上比
擬」諸事上用功，陽明所重在「日減」不在「日增」也。

其學正以修正道學家之支離繁瑣為事，朝向簡易做去。「聖人教人，只怕
人不簡易」〔註89〕、「道之大端，易於明白」〔註90〕，簡易云云《傳習錄》中
所見多矣。工夫之簡易灑脫，即由信得過吾心是理，能以自家良知為判斷標
準而得。判斷之標準在心，因此，五經四書，聖人之言錄，並非高高在上不
變之指導原則，其是其非，必須經吾心良知檢驗方得其中。《傳習錄》中，「答

〔註88〕《傳習錄》上，「答希淵問」條。
〔註89〕《傳習錄》下，語陸元靜。
〔註90〕《傳習錄》中，答顧東橋書。

「羅整庵少宰書」云：

> 夫學貴得之心，求之於心而非也，雖其言之出於孔子，不敢以爲是
> 也。而況其未及孔子者乎？求之於心而是也，雖其言之出於庸常，
> 不敢以爲非也，而況其出於孔子者乎？

發爲此言者，乃狂者之胸次；能行其言者，即簡易之工夫；而學貴得於心，
合於良知，則近於「反身而誠，樂莫大焉」矣！是則陽明學說之簡易寬和，
以樂爲心之本體，能欣賞狂者胸次，乃一體之呈現，而大有別於程朱之學。
王畿與王艮即明顯承繼陽明輕快灑脫之學說。〔註91〕

　　陽明事功厥偉，又經弟子各處講學，其學說迅速流佈，蔚成大觀，大有
席捲天下之勢。董其昌云：

> 理學之變而師心也，自東越始也……東越挾勛名地望，以重其一家
> 之言，濂洛考亭幾爲搖撼。〔註92〕

王世貞至比陽明爲「紫陽之逢蒙」，〔註93〕頗能傳神。

　　學說傳播雖廣，然而習其說者，並非全能了其精蘊，皆能堅其成聖之志。
陽明之學未及一傳，即有紛錯，錢德洪言之痛切，云：

> 然師既沒，音容日遠，吾黨各以己見立說，學者稍見本體，即好爲
> 徑超頓悟之說，無復有省身克己之功，謂一見本體，超聖可以跂足；
> 視師門誠意格物，爲善去惡之旨，皆相鄙以爲第二義。簡略事爲，
> 言行無顧，甚者蕩滅禮教，猶自以爲得聖門之最上乘。噫，亦已過
> 矣。自便徑約而不知，已淪入佛氏寂滅之教，莫之覺也。〔註94〕

陽明平易切己之教，淪爲學者以言說把捉良知，忽略工夫修持，言行無顧、
蕩滅禮教之流弊，確實早已出現。〔註95〕「晚明文人」接受陽明學說者，正

〔註91〕王龍溪「與存齋徐子問答」（語錄，卷六）云：「某所請教，不是謂工夫爲可
　　　無。良知不學不慮，終日學只是復他不學之體，終日慮只是復他不慮之體。
　　　無工夫中眞工夫，非有所加也。工夫只求日減，不求日增。減得盡，便是聖
　　　人。後世學術正是添的勾當，所以終日勤勞更益其病。」王艮則有〈樂學歌〉，
　　　云：「人心本自樂，自將私欲縛。私欲一萌時，良知還自覺。一覺便消除，人
　　　心依舊樂。樂是樂此學，學是學此樂。不樂是不學，不學不是樂。樂便然後
　　　學，學便然後樂。樂是學，學是樂。嗚呼！天下之樂，何如此學？天下之學，
　　　何如此樂？」由此足證二人皆甚強調簡易輕快之工夫。
〔註92〕《容臺集》卷一「合刻羅文莊公集序」。
〔註93〕《弇州山人四部稿》卷之一百三十九，說部箚記內篇。評諸儒。
〔註94〕《王陽明全書》文錄卷一，大學問後記。
〔註95〕季本著有「龍惕說」，徐文長在「奉贈師季先生序」（徐文長三集，卷十九）

是此簡略事爲之作風也，至於陽明之「必爲聖人」之志，並未見其人服膺也。

> 蓋自宋元祐中程蘇爲洛蜀之爭，後百餘年，考亭出而程學勝。又三
> 百年，姚江王伯安出而蘇學復勝。姚江非嘗主蘇學也，海內學者非
> 盡讀蘇氏之書、爲蘇氏之文也。不主蘇學而解粘去縛，合於蘇氏之
> 學；不讀蘇氏書，而所嗜莊賈釋禪，即子瞻所讀之書；不作蘇氏文，
> 而虛恢諧謔，瀾翻變幻，蒙童小子齒頰筆端往往得之。〔註96〕

所言雖就舉業而論，然程蘇勢力之消長，乃普遍之思潮，非僅限於舉業範圍
也。陽明學旨與程朱不異，當然不屬蘇學。而爲救程朱學者拘牽苦楚、支離
外索之病，乃主張簡易內求之致良知工夫。後學以其學理簡易陷於不重工夫
修持，口談心性，遂自道學心學之宗旨歧出，而學風逐漸移轉矣。新學風狂
逸放縱，理不足而任情，則與東坡之性格相近，無怪董其昌視之爲蘇學復甦
也。

　　見董其昌之描述，吾人當知：陽明之學確是學風由程朱過度於歐蘇之津
筏，亦是「晚明文人」反道學行動之資助力量。

三、「晚明文人」之反道學

　　「晚明文人」之反道學，首要人物當推李卓吾。道學家，李卓吾視之爲
好名希富而外飾仁義者流。《初潭集》中批評道學者不下二十處，卷十一師友
一，評曰：

> 自顏氏沒，微言絕，聖學亡，則儒不傳矣。故曰：「天喪予！」何也？
> 以諸子雖學，未嘗以聞道爲心也。則亦不免士大夫之家爲富貴所移
> 爾矣，況繼此而爲漢儒之附會、宋儒之穿鑿乎？又況繼此而以宋儒
> 爲標的，穿鑿爲指歸乎？人益鄙而風益下矣！無怪其流弊於今日陽
> 爲道學陰爲富貴，被服儒雅行若狗彘然也。夫世之不講道學而致榮
> 華富貴者不少也，何必講道學而後爲富貴之資也？此無他，不待講
> 道學而自富貴者，其人蓋有學有才，有爲有守，雖欲不與之富貴而
> 不可得也。夫唯無才無學，若不以講聖人道學之名要之，則終身貧
> 且賤焉，恥矣，此所以必講道學以爲取富貴之資也。

中言及季本著說原由，蓋因「後生起，不以良知無不知，而以所知無不良」。
以所知無不良，則同於放縱無忌憚矣。季本亦是直接受教於陽明，可見陽明
沒後不久，已有扭曲陽明之教者，淪於輕率，所以洪、季亟思救之。

〔註96〕《容臺集》卷一。

李卓吾以爲宋儒之義理，本身即失之穿鑿，已非儒學精蘊。道學家以之爲指歸，人已愚鄙，而借此言論爲干求富貴之資者則等又下矣。「有利於己而欲時時囑託公事，則必稱引『萬物一體』之說；有損於己而欲遠怨避嫌，則必稱引『明哲保身』之說。」〔註97〕所計較者唯個人之利益，然皆以聖人之言解釋本身之作爲，其虛矯奸詐之情可見矣。心雖喜富貴，而諱言官，諱言富貴；〔註98〕七情不能自然抒發，依循禮教儀節而行，雖至哀痛，亦不能盡情發洩悲傷。〔註99〕講道學，既不合聖言，又不切人情，事實上，乃無才能者希求富貴之策略：蓋由講學以獲取名聲，而後因其名而致富貴。原來寬衣深褶、道貌岸然之外表，實包藏私欲橫肆之內心！《焚書》中批評道學家之言論，多類此也。

卓吾眼中，道學之弊，並非只是末流之不善學，小人之假借其間而已，乃因其義理本身之不合理。於是，亦從理論上提出反駁。

首先，道學唯德是尊之人生觀，卓吾並不贊同。〈與管登之書〉云：

> 弟有所欲言者，幸兄勿談及問學之事。說學問反埋卻種種可喜可樂之趣。人生亦自有雄世之具，何必添此一種也！如空同先生與陽明先生同世同生，一爲道德，一爲文章，千萬世後，兩先生精光具在，何必兼談道德耶？人之敬服空同先生者，豈減於陽明先生哉？〔註100〕

道德並非唯一高貴者，文章自有與道德並立之價值。亦非惟文章，各種技藝皆具有其價值。〈樊敏碑後〉題：

> 造聖則聖，入神則神，技即道耳。技至於神聖，所在之處，必有神物護持，而況有識之人歟？……神聖在我，技不得輕矣！否則，讀書作文亦賤也！〔註101〕

並非技之外另有道在，而是道即在技中。技之至神至聖，無非是道，因此，技不可輕。孔融、駱賓王，皆人格高尚，志節忠貞，乃有人嘆其文章掩其行誼；王羲之富經濟才，乃有人嘆其爲書名所蓋，凡此感慨，卓吾以爲大可不必，蓋以「文章非末技」、「凡藝之極精者，皆神人也！」王羲之以書名，孔融、駱賓王以文章名，皆足以爲人敬服，何必稱其道德經濟乃已？〔註102〕

〔註97〕《初潭集》卷十九，師友九。
〔註98〕見《初潭集》卷七，父子三。
〔註99〕同註97。
〔註100〕《焚書》增補一。
〔註101〕《焚書》卷五，讀史。
〔註102〕王世貞〈文先生（徵明）傳〉云：「學士大夫自詭能知文先生，則謂文先生負

其所持之價值觀，是爲多元之價值觀，與朱子「天下之理，那有兩箇都是？必有一箇非」之看法，大不相同。〔註103〕

持此多元之價值觀，則容許異己事物存在，〔註104〕教化上乃能切近人情，謀求疏導，而非採取一致克制之策。《焚書》卷一〈答鄧明府〉云：

> 夫舜之好察邇言者，余以爲非聖則不能察，非不自聖則亦不能察。

所謂「邇言」者，乃指百姓眾人之人情欲望也。

> 間或見一二同參從入無門，不免生菩薩心，就此百姓日用處提撕一番，如好貨、如好色、如勤學、如進取、如多積金寶、如多買田宅爲子孫謀，博求風水爲兒孫福蔭，凡世間一切治生產業等事，皆其所共好而共習，共知而共言者，是眞邇言也。

又云：

> 凡今之人，自生至死，自一家以至萬家，自一國以至天下，凡邇言中事，孰待教之而後行乎？趨利避害，人人同心，是謂天成，是謂眾巧。邇言所以爲妙也。

追求道德雖然可貴，然常人之欲望、人情，有不可盡非者，須先予肯定，然後能導之正。舜所以爲至聖，便是能照顧此層。因此，「好察邇言，原是要緊之事，亦原是最難之事」。而且，「能好察則得本心，然非實得本心者，決必不能好察」，似以「趨利避害，人人同心」者爲本心，此與道學家強調道德本體爲本心，絕不相類。

道學家獨自高標，不能顧及人情及好惡，則其言論不能入人之心，以致難有教化之效。因此，卓吾批評鄧明府之師，云：

> 今令師之所以自爲者，未嘗有一釐自背於邇言，而所以詔學者，則必曰「專志道德，無求功名，不可貪位慕祿也，不可患得患失也，

大節，篤行君子，其經緯足以自表見，而惜其掩於藝。夫藝誠無所重文先生，然文先生能獨處藝哉？造物柄者，不以星辰之貴而薄雨露，卒不以百穀之用而絕百卉，蓋兼所重也。」意思大同於卓吾此論。

〔註103〕《朱子語類》卷第一百四十論文下：「劉叔通屢舉簡齋：『六經在天如日月，萬事隨時更故新。江南丞相浮雲壞，洛下先生宰木春。』（前謂荊公、後謂伊川）先生曰：『此詩固好，然也須與他分一個是非始得。天下之理，那有兩個都是？必有一個非。』」

〔註104〕《焚書》卷一〈答周友山〉：「所諭豈不是？第各人自有過活物件，以酒爲樂者以酒爲主，如某是也；以色爲樂者，以色爲命，如某是也；至如種種，或以博奕，或以妻子，或以功業，或以文章，或以富貴，隨其一件皆可度日，獨余不知何說，專以良友爲生。」

不可貪貨貪色、多買寵妾田宅爲子孫業也。」視一切邇言皆如毒藥
利刃，非但不好察之矣。審如是，其誰聽之？

至於道學家最重視之外在儀節，四勿九容，卓吾視之，亦等是迂曲之至，無
助於教化。〈四勿說〉，〔註105〕應即是針對伊川「四箴」之質疑，云：

> 此千古絕學，惟顏子足以當之。顏子沒而其學遂亡，故曰：「未聞好
> 學者」。雖曾子、孟子亦已不得乎此矣，況濂洛諸君子乎？未至乎此
> 而輕易談四勿，多見其不知量也！

道學所注重之禮教，並未得孔顏禮之本旨。而禮者何？

> 蓋由中而出者謂之禮，從外而入者謂之非禮；從天降者謂之禮，從
> 人得者謂之非禮；由不學不慮、不思不勉、不識不知而至者謂之禮，
> 由耳目聞見，心思測度、前言往行、彷彿比擬而至者謂之非禮。語
> 言道斷，心行路絕、無蹊徑可尋，無塗轍可由，無藩衛可守，無界
> 量可限，無扃鑰可啟，則於四勿也當不言而喻矣！

禮非外在客觀化之制度儀節，而外在之制度儀節亦不足憑，伊川「四箴」所
謂「制於外所以養其中」之論，卓吾必然予以否定。然而，上引文亦未具體
說明禮之內容。蓋〈四勿說〉首云：

> 人所同者謂禮，我所獨者謂己，學者多執一己定見，而不能大同於
> 俗，是以入於非禮。

則禮者，大要以同於人爲歸。此思想之精神乃與前述「好察邇言」相通。能
好察邇言爲得本心，能大同於俗爲中禮，已見李卓吾對於俗世人情之肯定。
人情乃自然具有，天之所賦，是以禮者，「從天而降」「不學而至」。此與道學
家高懸道德理想，大談道德主體，唯理獨尊，否認情欲之合理存在以抑形軀
我、情意我之發抒者，適然相反。

「晚明文人」之與道學相抗，以情與理對峙，是爲重要論點。道學家事
事以理相繩，袁宏道評之曰「腐」，以爲眞正儒學不如是，而是高明玄曠，任
達以樂者。〈壽存齋張公七十序〉云：

> 山有色，嵐是也；水有文，波是也；學道有致，韻是也。山無嵐則
> 枯，水無波則腐，道學無韻則老學究而已。昔夫子之賢回也以樂，
> 而其與曾點也以童冠歌詠。夫樂與歌詠，固學道人之波瀾也、色澤
> 也。江左之士喜爲任達，而至今談名理者必宗之。俗儒不知，叱爲

〔註105〕《焚書》卷三。

放誕，而一一繩之以理，于是高明玄曠、清虛澹遠者，一切皆歸之
二氏。而所謂腐濫纖嗇，卑滯局局者，盡取爲吾儒受用。吾不知諸
儒何所師承而冒焉以爲孔氏之學脈也。……顏之樂，點之歌，聖門
之所謂眞儒也，使公早知高明玄曠之爲眞儒，亦何必去而遠之爲快。
〔註106〕

其思想迥異於道學家之道統學脈。〈德山塵談〉中云：

曰：「儒者亦尚自然乎？」曰：「然。孔子所言絜矩，正是因，正是
自然。後人將矩字看作理字，便不因，不自然。夫民之所惡惡之，
是以民之情爲矩，安得不平。今人只從理上絜去，必至內欺己心，
外拂人情，如何得平？夫非理之爲害也，不知理在情內而欲拂情以
爲理，故去治邇遠。〔註107〕

此重情之說，與李卓吾同而更加詳明。蓋爲治之道在順人情、因自然，正如
「好察邇言」「同於大俗」之論。二人相契之甚，於此可見。道學以智賢之行
爲爲楷模，殊不知賢智之能堪人所難堪，乃賢智者之不合人情處，故云：

常見初學道人，每行難行之事，謂修行當如是，及其後即自己亦行
不去，鮮克有終。可見順人情可久，逆人情難久。故孔子說「道不
遠人」，遠人不可爲道，素隱行怪，吾弗爲之。夫難堪處能堪，此賢
智之過也。賢智之人以難事自律，又以難事責人，故修齊治平，處
處有礙，其爲天下國家之禍不小矣。〔註108〕

以賢智嚴格自律爲過，可謂言人所未言矣。然則，袁中郎肯定情欲面之思想
可見矣。

湯顯祖亦是重情說之重要代表。黃宗羲詩便云：「諸公說性不分明，玉茗
翻爲兒女情」。〔註109〕陳繼儒〈牡丹亭題詞〉載：

張新建相國嘗語湯臨川云：「以君之辯才，握麈而登皐比，何渠出濂
洛關閩下？而逗漏於碧簫紅牙隊間，將無爲青青子衿所笑。」臨川
曰：「某與吾師終日共講學，而人不解也。師講性，某講情。」張公
無以應。〔註110〕

〔註106〕《袁中郎全集》卷二。
〔註107〕《袁中郎全集》卷十三。
〔註108〕同註107。
〔註109〕參閱註4。
〔註110〕引自《湯顯祖集》點校本附錄。

湯顯祖《牡丹亭》諸劇，便是其明情之言論，著名之〈牡丹亭記題詞〉云：

> 嗟夫，人世之事，非人世所可盡。自非通人，恒以理相格耳。第云：「理之所必無」，安知情之所必有耶？〔註111〕

而〈寄達觀〉書信中云：

> 情有者，理必無；理有者，情必無，真是一刀兩斷語，使我奉教以來，神氣頓王，諦視久之，并理亦無，世界身器且奈之何？〔註112〕

情與理，乃至截然二分矣。

此外，如馮夢龍〈山歌序〉言欲「借男女之真情，發名教之偽藥」，則明白揭蘗情之大蠹以與道學名教相抗衡也。〔註113〕

至此，吾人當更能體會董其昌「至姚江王伯安出而蘇學復勝」之言矣。「晚明文人」反對以理束人，乃即反對因重視德性我之發展而抑制情意我、形軀我之自然流露。然而，因處於反對之立場，是故特予強調情之一面，乃有不善學者矯枉過正，至溺於情欲而自以為得。此則待後文明之。唯其如此，故蘇軾——情意我發抒之典型，而與程頤明顯相對者——乃成為晚明文人衷心推服嚮慕之對象。「晚明文人」選其詩文，〔註114〕接受其書畫理論，〔註115〕乃至學習其生活風流、應世態度，充分發揮情意，追求美感興味。自文人之詩文集至當時之笑話傳說，皆可見東坡所受推崇之程度。陳繼儒《太平清話》中以為「人生之樂，無過老坡」，曰：

> 東坡父老泉，弟子由，前輩韓、范、富、歐、張方平，後輩陳無己、張文潛，同曹梅聖俞、曾子固、米元章、黃魯直、秦太虛，收藏家王詵、趙德麟、李公擇諸輩，妻王縣君，妾朝雲、琴操，方外之友

〔註111〕《湯顯祖集》詩文集卷三十三。
〔註112〕《湯顯祖集》詩文集卷四十五。
〔註113〕陳萬益先生〈馮夢龍情教說試論〉（收在《晚明小品與明季文人生活》），對明季文人重情，有詳明之論說。
〔註114〕陳萬益先生「蘇東坡與晚明小品」一文言「明代蘇集的發展：大概可以區分為三段：《坡仙集》出版（萬曆二十八年）以前為一段；出版後到萬曆末年為一段；天啟、崇禎兩朝為另一段。」中間一段之出版，所選文偏重東坡富有興味之小文小說，而遺其高文大冊。乃是「晚明文人」重情重性靈思想之呈現。
〔註115〕董其昌之書畫理論頗受東坡影響。《容臺別集》卷四「作書與詩文同一關捩，大抵傳與不傳，在淡與不淡耳。極人才之致，可以無所不能，而淡之玄味必繇天骨。」淡，乃是東坡所重。「蘇子瞻曰筆勢崢嶸，辭采絢爛，漸老漸熟乃造平淡。實非平淡，絢爛之極。」只是東坡以為淡可以學而至，董其昌以為淡是生知，非可學而能。書法如此，而畫重簡淡、古淡，亦是一意。

　　佛印、參寥，子過、邁、迨。人生之樂，無過老坡，直可與漢武得

　　人之盛相抗衡也。〔註116〕

欣慕之情，溢於言表，此或即「晚明文人」對於東坡之共同心聲也。

　　總而言之，「晚明文人」乃北宋程蘇差異長期發展下之一結果。其人獨特之風格，包括文學之反前後七子而重性靈，繪畫之建立文人畫傳統等等文藝現象，乃在反道學與推揚蘇東坡〔註117〕之思想背景中產生者。

〔註116〕《太平清話》卷下。

〔註117〕《焚書》卷五讀史〈文公著書〉一則云：「文公非不知坡公也。坡公好笑道學，文公恨之，直欲為洛黨出氣耳，豈其真無人心哉！……文忠因阨一生，盡心盡力幹辦國家事一生。據其生平，了無不幹之事，亦了不見其有幹事之名，但見有嬉笑遊戲，翰墨滿人間耳。而文公不識，則文公亦不必論人矣！」是「晚明文人」之反道學，實與推崇蘇東坡一而二，二而一，不容分別。朱熹批評東坡可參考文集卷三十答汪尚書第四、五、六書，卷三十七與芮國器，卷四十一答程允夫等，及語類論本朝人物、論文部分。

第四章 「晚明文人」之生活

　　「晚明文人」乃在社會愛好文藝風氣下產生，其生活可以遠離政治、生產活動而專注於藝文。人格境界上，本即是獨顯情意我之一端，而於道學氣氛濃厚之環境中，乃與道學家形成明顯之對峙局面。亦因而更加意識地爲其行爲構築相應之思想基礎，以使其耽游於文藝、疏離於政治經濟之生活合理化，以消解來自道學家之嚴厲批判。職是之故，「晚明文人」遂恣放其情意，而置政治事功，甚至道德教化於不顧，形成一特殊而鮮明之形象。本章即試圖勾勒此一顯著之風貌。

第一節　資料之選取

　　探究「晚明文人」之生活，足資運用參考之資料相當繁富，爲使研究有所依循，不致漫汗無歸，在此以爲必須選擇核心資料作爲引導。

　　所謂「核心資料」，並非供吾人研究之唯一或主要資料。其功能在於作爲研究時之中心，依此得擴展至其他資料，以期相互引發，獲致一結論。至於核心資料之選取，吾人所特別強調者，乃是資料之眞實性與代表性。

　　袁中道之《遊居杮錄》應可作爲核心資料之一。是書，陳萬益曾作介紹云：

> 《遊居杮錄》是袁中道所作《珂雪齋外集》的一部分（其餘包括師
> 友見聞語，柞林記譚等），後人徵引，或稱《珂雪齋隨筆》或稱《袁
> 小修日記》。於今看來，此書雖然不取日記之名，但是作意和形式都
> 是日記體，是作者從明神宗萬曆三十六年（按：十月以後）到四十
> 六年（按：十月廿八前）的日記。大部分不記日月，也沒有逐日記

載，但是依照時間順序編次，部分標明日期，可以說是比較自由的寫作。其中記載作者遊山玩水，與朋友飲宴，或閒居獨處、讀書觀盡的所思所感。是具體了解晚明文人生活的一部好書。〔註1〕

袁中道為「晚明文人」之重要代表人物，無庸置疑。而此書所記凡一千五百七十二條，記載十年間生活點滴，平均近兩日一記。其中生活起伏，有落第之失意，有父兄好友相繼去逝之悲哀，有自家生命之憂，友朋論學遊玩之適；或遊於吳越，或遊於襄蜀，經歷晉豫，取道濟蘇；並於萬曆四十四年春登進士任官職，際遇可謂多矣。以此重要人物之長期生活實錄，吾人應可掌握許多「晚明文人」之生活特徵。

不同於小修之日記實錄，屠隆《考槃餘事》反映「晚明文人」於生活細節之講究，亦可作為核心資料。請四庫館臣提要云：

> 是書雜論文房清玩之事，一卷言書板碑帖，二卷評書畫琴紙，三卷四卷則筆硯爐瓶以至一切器用服御之物，皆詳載之，列目頗為瑣碎。
>
> 〔註2〕

緊接其下又評屠隆《游具雅編》一卷，云：

> 所載笠杖竿之屬，皆便於遊覽之具，故以為名。卷末附圖四式，一曰太極樽，一曰葫蘆樽，一曰山遊提盒，一曰提爐，雖書中所已具，以其形製皆須圖乃明，故復附繪於末。

今世界書局《觀賞彙錄》收有《考槃餘事》，亦分四卷，然實包含上舉兩書。《遊具雅編》改為卷四遊具箋。《考槃餘事》四卷十六箋，分別為書、帖、畫、紙、墨、筆、硯、琴、香、茶、盆玩、魚鶴、山齋、起居器服、文房器具、遊具等箋，各箋下以事物分目，逐條論列所知，品辨雅俗。此書頗具代表性，文震亨所撰《長物志》蓋與之相類者，而《四庫》提要云：

> 凡閒適玩好之事，纖悉畢具，大致遠以趙希鵠《洞天清錄》（按：應作洞天清祿集）為淵源，近以屠隆《考槃餘事》為參佐。明季山人墨客，多以是相誇，所謂清供者是也。〔註3〕

「山人墨客以是相誇」，足見講求生活閒適玩好之事，乃「晚明文人」之風尚，而《考槃餘事》乃為重要之指南，當時甚重之。

〔註1〕《明清小品》日記篇說明。
〔註2〕《四庫全書總目》卷一百三十，子部雜家類存目七。
〔註3〕《四庫全書總目》卷一百二十三，子部雜家類七。

　　又《觀賞彙錄》亦收有《蕉窗九錄》一書，題爲項元汴撰，前有文彭之序。然而比對《考槃餘事》，實多雷同，絕大部分甚至一字不異。是書《四庫》提要已言其僞，然而並未提及與《考槃餘事》雷同之事實，今所見或非編修四庫全書時本。然若即是，則又可見屠隆是書流衍之廣矣。

　　再次，吾人引爲核心資料者，則爲陸紹珩《醉古堂劍掃》。此書乃爲陸氏編錄，而非個人創作。所錄文字皆幅短旨永之言，未見長篇大論。自序云：

> 第才非夢鳥，學慚半豹，而一往神來，興會勃不能已，遂如司馬公案頭常置數簿，每遇嘉言格論，麗詞醒語，不問古今，隨手輒記。
>
> 卷從部分，趣緣旨合，用澆胸中傀儡，一掃世態俗情，致取自娛，積而成帙。

全書部分十二，分標其目爲：醒、情、峭、靈、素、景、韻、奇、綺、豪、法、倩。趣緣旨合，目下則繫言其所以衰分類聚之旨。然所錄嘉言格論，不限於必屬某類，是以偶有重出複現者。

　　序中雖言「不問古今隨手輒記」，然其所閱之書，中晚明人之著作爲多，尤其唐祝諸才子，徐渭、屠隆、李卓吾、三袁、王穉登、陳繼儒等人所著，實爲主要閱讀對象。書前列有採用書目，大抵可證。因此，此書頗能窺見「晚明文人」意趣所在。

　　再者，書前載有參閱姓氏，列陳繼儒等八十餘人。諸人蓋爲《醉古堂劍掃》之首批讀者，亦是同調之人，促成出版是書者。作者、作品、讀者之關係，在此朗現：蓋文字一經公開，即已不專屬作者一人，其能吸引讀者，乃因文字內容中具存讀者之所思與所賞愛。是故，是書所傳達之思想，不限於編者一人，亦不限於原始作者諸人，實能代表一群「晚明文人」之共同意見。

　　綜合言之，以上三書作爲核心資料，《遊居柿錄》重其爲個人長期之生活記錄，具有相當程度之眞實性；《考槃餘事》重其爲有系統、有組織之講求生活好尚，且相類之著作甚多，〔註4〕足覘一時風氣；《醉古堂劍掃》則重其彙集眾多作家之言，且足以表達眾多讀者之心聲，可作爲「晚明文人」思想意趣之指標。

　　以上三書爲核心，吾人將可旁蒐其他文人之著作，尋求「晚明文人」之共相。三書分量適中，因此，可細緻地抽繹概念，進而歸納分析，展開一基

〔註4〕如前文所提《蕉窗九錄》、《長物志》，及清初李漁《閒情偶寄》等，其性質大相似。

本架構。基本架構明確，方足以處理關於「晚明文人」之繁雜資料。詳閱三書，所得之架構如下：「晚明文人」於人格形象上，嚮往豪傑；於生活境界上，追求閒適，二者同展現一解脫束縛之精神。而其生活內容乃因之具體開展。第二、三節中，將試為詳論之。

第二節　「晚明文人」所嚮往之人生格調

文人所嚮往之理想，與生活之實際並不相同。蓋內心思慕者，無有現實勢力之限制，因此，隨心所欲，隨想即成，筆之文字，即現其純美之境界，不若現實之有缺陷。然而，理想指引行為，心所嚮往者，或因於好尚，或起於缺乏，要皆與實際生活息息相關，不即亦不離。是以探討「晚明文人」之生活，必要先明其所嚮往之人生格調。

一、人格形象之嚮往——豪傑

「晚明文人」崇尚豪傑，可自兩方面言之：

（一）反道學之精神

《醉古堂劍掃》標有「豪」目，引言云：

> 今世矩視尺步之輩，與夫守株待兔之流，是不束縛而阱者也。宇宙寥寥，求一豪者安得哉？家徒四壁，一擲千金，豪之膽；興酣落筆，潑墨千言，豪之才；我才必用，黃金復來，豪之識。夫豪既不可得，而後世倡儻之士，或以一言一字為其不平，又安與沈沈故紙同為銷沒乎？

道學盛行之際，士夫規行矩步，仁義為冠，名教為裳，依禮而行，逐漸失其自由之思想、率性之行止，無法批判僵化之禮俗，以致所言所行不知其實，甚至違反情性者所在多有。對於道學之堅持禮法，拘言謹行，「晚明文人」至為反對。而世之能解粘去縛，不為禮法常俗所限者，轉為其人所欣賞。此類蕩逸不羈之士，即是「豪」者。

道學家以中行聖賢為人格之極則，而「晚明文人」理想之人格形象，則是豪傑。

納置於儒學系統中，豪傑即是狂狷。「晚明文人」以為中行聖賢不可得而致，而世之無疵無過似聖人者，乃非中行，不過鄉愿假人而已。是以世之可

取者，其惟狂狷而已。袁中道〈報伯彥兄〉云：

> 天下止有三等人，其一等爲聖賢，其二等爲豪傑，其三等則爲庸人
> 也。聖賢者何？中行是也。當夫子之時，已難得其人矣，不得已而
> 思狂狷，狂狷者，豪傑之別名也。〔註5〕

狂狷即豪傑，文中已明白指出。而所謂中行，夫子之時已難得其人，則於今
之世，更遑論之矣。言中隱約否定凡人成聖之可能。有此認定，則視道學家
之所爲，徒使世間充滿鄉愿，進而使狂狷蒙受非毀而已。是以又云：

> 居今之時，而直以聖賢三尺律人，則天下豈有完人？反令一種鄉愿
> 竊中行之似以欺世而盜名，而豪傑之卓然者，人不賞其高才奇氣，
> 而反摘其微病小瑕以擠之庸俗人之下。此古今所浩歎也。即使古今
> 相天下者，無毀無譽，小心謹慎，保持祿位，庇蔭子孫，此皆庸人
> 作用。若豪傑者，挺然任天下事，而一身之利害有所不問，即半棱
> 氣燄未能渾融，而要之不失爲豪傑也。

袁中道所求乃爲狂狷豪傑，顯而易見。而所言之豪傑，則是高才奇氣，志任
天下而不計個人利害者。其行爲雖不免小瑕，然不足以爲大害。

在小修之前，崇尚豪傑之論，李贄已甚爲明顯。其與焦弱侯書云：

> 古今聖賢皆豪傑爲之。非豪傑而能爲聖賢者，自古無之矣。今日夜
> 汲汲欲與天下之豪傑共爲賢聖，而乃索豪傑於鄉人，則非但失卻豪
> 傑，亦且失卻賢聖之路矣。〔註6〕

聖賢乃自豪傑中來，而歷代聖賢，於卓吾眼中，實皆爲狂狷者。《藏書》卷三
十二，論孟軻云：

> 自今觀之，聖人者中行之狂狷也，君子者大而未化之聖人也，善人
> 者狂士之徽稱也，有恆者狷者之別名也。

又云：

> 惟天下之生狂者不數，故古今豪傑獨狷者差多耳。

實舉人物而論之，則堯、文王、泰伯爲狂者，舜、禹、湯、武、太公、周公、
召公爲狷者；東方朔、淳于髡、陶淵明、阮嗣宗、王無功爲狂者，伍員、屈
平、藺相如、魯仲連爲狷者。蓋歷史人物之入眼者，皆爲豪傑，而依其行舉，
又可以狂狷分之。

〔註5〕《珂雪齋前集》卷二十二。
〔註6〕《焚書》卷一，「與焦弱侯」。

　　此皆見「晚明文人」肯定豪傑之心跡。惟置於儒學系統中論，論者猶往往不忘「挺然任天下」之聖賢志業。然若論其行跡而不核其志，則狂者、豪者之特色，在於不依傍既定之法，能脫略已成之俗。陸紹珩所言豪傑之膽識，即就此不受拘縛而言。而李卓吾既以「善人」等同狂者，並謂「善人」者不踐跡，「生來自便不肯依人腳跡」，亦見其所謂豪傑狂狷之士，自是創生法則而不受限於故法者也。

　　如上所述，崇尚豪傑，即蘊含「晚明文人」對於道學禮教之反對精神。

　　而「晚明文人」之崇尚豪傑，亦可自《水滸傳》備受重視觀之。李卓吾敘《忠義水滸傳》，稱說「《水滸傳》者，發憤之所作也。」；熊飛合《三國志》、《水滸傳》刊刻《英雄譜》，回各爲圖，而圖各有論；〔註7〕陳洪綬繪《水滸葉子》；張岱爲梁山泊四十八人作贊；〔註8〕袁無涯爲《水滸傳》發凡起例，如是總總，皆見「晚明文人」之重視《水滸傳》。鍾惺《水滸傳》序，云：

　　　　今代無此人，何怪卓吾氏□《水滸》爲絕世奇文也者。非其文才，
　　　　其人奇耳。〔註9〕

則見當時稱說《水滸》，蓋以梁山泊人物之奇也。其人皆豪傑，是以爲「晚明文人」所深喜。《遊居柿錄》甲寅年中，記常志之事，云：

　　　　常志者，乃趙瀫陽門下一書吏，後出家，禮無念爲師，龍湖（按：
　　　　李卓吾之號也）悅其善書，以爲侍者。常稱其有志，數加讚嘆鼓舞。
　　　　使抄《水滸傳》，每見龍湖稱說水滸諸人爲豪傑，且以魯智深爲眞修
　　　　行，而笑不喫狗肉諸長老爲迂腐，一一作寶法會。

李贄以豪傑許水滸諸人物，且必深許之，贊揚之，是以弟子常志遂一一作寶法會。其後，常志竟效梁山泊人物，因小忿至欲引火燒屋。稍後於李贄，楊明琅序《英雄譜》，〔註10〕亦時時以英雄豪傑稱許水滸人物。

　　而水滸人物所以見許爲豪傑，蓋以其有血性也。五湖老人《忠義水滸傳》序云：

　　　　茲余於梁山公明等，不勝神往其血性。總血性發忠義事，而其人足
　　　　不朽。至如血性不朽矣，而鬢眉眼耳鼻，或不經於著述，如是者易
　　　　湮。嘗見夫《西洋》、《平妖》及《痴婆子》、《雙雙小傳》，甚者《浪

〔註7〕　《英雄譜》卷首，刊刻緣起。引自《水滸資料彙編》卷一。
〔註8〕　《瑯嬛文集》，贊。
〔註9〕　《鍾伯敬批評忠義水滸傳》卷首，引自《水滸資料彙編》卷一。
〔註10〕同註7。

史》諸書，非不紛借其名，人函戶織，滋讀而味說之爲愉快，不知
濫觴啟實，只導人惱淫耳。茲余於《水滸》一編，而深賞其血性。
總血性有忠義名，而其傳亦足不朽。〔註11〕

而所謂「血性」者，指謂人之眞性情也。序首言「眞人」難得，而所謂眞人，
「即使好勇鬥狠之輩，皆含眞氣」，則血性者，眞性情者，近於原始之生命力，
而迥異道學所言之性情也。

　　職是而言，「晚明文人」以水滸人物爲豪傑，其所稱說之「豪傑」，實爲
生命力賁張磅礴、元氣淋漓外現之人格形象也。其勝處在於原始之自然，而
非人文之陶化，是以與道學之教化人格，淬練德性者，絕不相類。

　　舉世滔滔講道學，而末流依附爲名，喪其眞情。「晚明文人」崇尙豪傑，
殆亦顯示「晚明文人」對於道學家過分壓抑情意我之抗議。五湖老人論云：

今天下何人不擬道學，不扮名士，不矜節使，久之而借排解以潤私
橐，逞羽翼以剪善類，賢有司惑其公道，仁鄉友信其義舉，茫茫世
界，竟成極齷齪、極污蔑乾坤。此輩血性何往？而忠義何歸？……
雖然，與其爲僞道學，假名士，虛節俠，不若尙友公明輩矣！

不計梁山漢子凶殘之性，以爲水滸諸人猶勝於世間虛僞之名士道學，則其提
倡血性，以反道學之用心甚明白矣！

　　總之，「晚明文人」崇尙豪傑，實即其反道學精神之表現。豪傑不循故法
之行徑，相對於道學之拘守禮法；豪傑重血性眞情之生命，相對於道學之過
度重理與重德。

　　而由於重豪傑，「晚明文人」之五倫觀念，殆亦有異於儒學傳統。蓋五倫
之中，朋友居其末，然「晚明文人」則有凸顯朋友一倫之現象。

　　李贄云：

吾不知何說，專以良友爲生。故有之則樂，舍之則憂，甚者馳神於
數千里之外，明知不可必得，而神思奔逸不可得而制也。〔註12〕

其重友之情，形於文中。若袁中道，欲離家遠遊，所持原由，乃以有良朋勝
友可資論學晤談。〔註13〕

　　而張岱「魯谷雲傳」記：

〔註11〕《忠義水滸全傳》卷首，引自《水滸資料彙編》卷一。
〔註12〕《焚書》卷一，〈答周友山〉。
〔註13〕見〈東游記〉，《珂雪齋前集》卷十二，及《遊居柿錄》第一條。

> 數月前有客在座，命蒼頭取所藏雪水煮茶，而大爲室人所譴。雲谷大怒，經旬不與交語。謂余弟道之曰：「某以朋友爲性命，乃欲絕我朋友，不若去此蠢婦。」只此一語，具見俠腸。〔註14〕

「只此一語，具見俠腸」，意謂以友爲性命者，豪傑俠者之義氣也。

李贄長年在外，寄食友所；袁中道以家事爲累，魯谷雲重友而輕夫婦，皆非敬於齊家者也。此當足以說明「晚明文人」於朋友一倫之重視，其程度至有超越夫婦一倫者也。

然儒門重友，原本欲朋友相輔，以成就仁德，而「晚明文人」之重友，非全爲此也。《醉古堂劍掃》「倩」云：

> 賞花須結豪友，觀妓須結澹友，登山須結逸友，汎水須結曠友，對月須結冷友，待雪須結艷友，捉酒須結韻友。

此所事事，概皆玩賞逸樂也。其間論學談道之友，誠有之，然「晚明文人」類此文所舉之友朋，蓋亦不少也。

然則「晚明文人」重朋友一倫，其故安在？此或與其重豪傑之精神相通也。

蓋五倫之中，朋友一倫最爲特殊。父子、兄弟之關係，來自天成，無可改異；君臣、夫婦之關係，雖不若前二者之命定，然而個人無法抉擇，夫婦成於父母之命，君臣則除非革命，否則亦無選擇之自由。唯朋友之交不然，或以趣味，或以學問，或深交，或淺應，決定之權，全由個人自主操持。意氣投合，是爲最主要之因素。

此完全自主之因素，乃與豪傑之生命相融合。是故「晚明文人」嚮往豪傑，相應地，亦重朋友，而朋友一倫遂無形中凸顯而出。

（二）審美之心態

豪傑爲「晚明文人」所嚮往，殆又有一因。

蓋豪傑者，異於流俗世網者也，其人行不履常，不受成法範限，與人世相隔相離。而距離，利於美感之引發，豪傑活潑潑之生命張力，所展現之姿態，遂爲「晚明文人」賞鑑審美之對象。

「晚明文人」尚奇，湯顯祖〈合奇序〉云：

> 世間唯拘儒老生不可與言文。耳多未聞，目多未見，而出其鄙委牽拘之識相天下文章，寧復有文章乎？予謂文章之妙，不在步趨形似

〔註14〕《瑯嬛文集》，傳。

之間，自然靈氣，恍惚而來，不思而至，怪怪奇奇，莫可名狀，非
尋常得以合之。蘇子瞻畫枯林竹石，絕異古今畫格，乃愈奇妙，若
以畫格程之，幾不入格。〔註15〕

論文、論畫，皆以精妙處不在形似步趨、合於規矩。其怪怪奇奇者，方有可
觀。《醉古堂劍掃》標有「奇」部，云：

我輩寂處窗下，視一切人世，俱若蟻蠓嬰媿，不堪寓目。而有一奇
文怪說，目數行下，便狂呼叫絕，令人喜、令人怒、更令人悲，低
廻數過，床頭短劍亦鳴鳴作龍虎吟，便覺人世一切不平俱付煙水。

〔註16〕

對於奇，實難掩其欣羨之情，奇文怪說，引起之震憾頗鉅。而文中「視一切
人事，俱若蟻蠓嬰媿，不堪寓目」之心態，即文人辨別雅俗之心態也。

於文於畫，有如是者，則人生世界，人物之能不從流俗，如豪傑者，亦
奇而又奇者也，勢必成為「晚明文人」審美之對象。

袁宏道「人日自笑」詩云：

是官不垂紳，是農不秉耒。是儒不吾伊，是隱不蕨薇。是貴著荷芰，
是賤宛冠佩。是靜非杜門，是講非教誨。是釋長鬢鬚，是仙擁眉黛。
倏而枯寂林，倏而喧囂闠。逢花即命歌，遇酒輒呼籌。一身等輕雲，
飄然付大塊。〔註17〕

此詩雖題自笑，然亦猶東坡自笑嗜墨之愚，皆含有自我觀賞之心態！詩中表
現之人格形象，不屑與於人世，而世間名相，可名之又不足以名之，其與人
世之距離，正自不小。

欣賞豪傑，即如欣賞此類人物也。

「晚明文人」筆下之傳記人物，往往狂怪而忤逆於世。如袁中道〈回君
傳〉之回君，張岱〈五異人傳〉之紫淵、燕客，皆無常法者，亦不足以與於
豪傑之列。袁、張文中雖有貶意，然筆墨至為含蓄。此其輩，脫略狂蕩，狀
似豪傑，猶受欣賞，則豪傑之士，「晚明文人」深以為美，不難想見也。

是故，「晚明文人」嚮往豪傑之人格形象，實亦含有明顯之審美心態
也。

〔註15〕《湯顯祖集》，詩文集卷三十二。
〔註16〕《醉古堂劍掃》「奇」部。
〔註17〕《袁中郎全集》卷二十八。

二、生活境界之嚮往──閒適

　　袁宏道〈識伯修遺墨後〉云：「世間第一等便宜事，真無過閒適者。白蘇言之，兄嗜之，弟行之，皆奇人也。」〔註 18〕宗道宏道嗜閒適，中道亦不例外。萬曆四十四年丙辰，袁中道進士登科，三月二十五日別李京兆，《遊居柿錄》記其對談，云：

> 時京兆以副都御史撫山東，行矣，且言若選館，定當讀書中秘，如不然，應作縣令，縣令亦可行己意，勉爲之可也。予曰：「予日來多病，不如改教官爲愈耳。」李曰：「豈欲追步中郎乎？」一笑而別。

教官之職甚閒，袁宏道萬曆二十六年復官，即任京兆教官，其答吳敦之尺牘中云：

> 教官職甚易稱，與弟拙懶最宜。每月旦望向大京兆一揖，即稱煩劇事，歸則閉門讀書。蹄輪之聲，決旬一有之。〔註 19〕

是以中道欲任教官，李京兆即以爲追步中郎，欲去吳令之煩而就教官之清閒也。隔年，果任命教官，中道記：

> 予就教之疏下，此生得遂閒適之樂，爲之一快。〔註 20〕

足以明其就任教官之心跡。中道好閒，《遊居柿錄》每多表白：

> 且謂金一甫曰：「我拚此生住舟中，舟中即是家，他不可必得，清閒之字更少我不得也。」遠遊訪友，俱非大不得已事，可止則止，不強爲之。我自去年十月登舟，即欲追步張玄眞、趙子固、陶峴、水仙諸公，永無塵沙之興矣。（一二四條，萬曆三十七）
>
> 予年已近五旬，世閒樂事盡讓人矣，獨閒適一種光景，聊以耗磨壯心遣餘年。（八四八條，萬曆四十一）
>
> 隱爲快，仕而後隱尤快，況官居侍從，棄去入山，以清泉白石娛我心目，逍遙自在，豈非一生大便宜人，但恐造物者不肯與吾輩此等福耳。（一四一五條，萬曆四十五）
>
> 襄陽張鳳塗年兄來，曰：「應酬良苦。」予曰：「應酬無可避處，只在人偷閒耳，閒非偷不能得也。」（一四一六條，萬曆四十五）

〔註 18〕《袁中郎全集》卷十六。
〔註 19〕《袁中郎全集》卷二十二。
〔註 20〕《遊居柿錄》一三八七條。

列此數例，見中道任官之前後，皆樂閒適也。仕後於閒適之生活更形嚮慕，以爲非偷不能得，又以「仕後隱尤快」聊以慰藉。當然，樂閒之心，非只三袁爲然，「晚明文人」皆懷有之，反之，宋代士夫「先天下之憂而憂，後天下之樂而樂」爲世奔走之雄志，遂難能窺見。

華淑「題閒情小品序」云：

> 夫閒，清福也。上帝之所吝惜而世俗之所避也。一吝焉而一避焉，所以能閒者絕少。仕宦能閒，可撲長安馬頭前數斛紅塵；平等人閒，亦可了卻櫻桃籃內幾番好夢！蓋面上寒暄，胸中冰炭，忙時有之，閒則無也，忙人有之，閒則無也。〔註21〕

世人紛紛奔走於名利之間，應酬逢迎，勾心鬥角，無時不忙。對照之下，清閒者無奔波之苦，且能全其性情之眞，不必爲求名利而委屈意願，僞裝好惡。閒居者，心胸閒曠，舉目所見，亦莫非無機景色，與己之性靈相交。華淑描繪此中境地，云：

> 余今年栖友人山居，泉茗爲朋，景況不惡。晨起推窗：紅雨亂飛，閒花笑也；綠樹有聲，閒鳥啼也；煙嵐滅沒，閒雲度也；藻荇可數，閒池靜也；風細簾清，林月空印，閒庭悄也。以至山扉晝扃，而剝啄每多閒侶；帖括因人，而几案每多閒編；繡佛長齋，禪心釋諦，而念多閒想，語多閒辭。閒中自計，嘗欲挣閒地數武，構閒屋一椽，顏曰「十閒堂」。

心閒神定，乃能一一領略林泉高致，體會生活之趣，華淑愛閒亦深矣。《醉古堂劍掃》「倩」部數錄此段文字，並云「閒中滋味，洵是樂也」。蓋閒適之嗜，非止少數人嚮往而已，《醉古堂劍掃》中言及清閒者，幾乎隨手可得。而閒非指無事而已，實乃關乎人之品格：

> 我輩光陰有限，越閒越見清高。（醒部）
>
> 閒非易事，須是胸中有靈丹一粒，方能點化俗情。（靈部）

清閒之境界，無塵事相嬲，固爲重要條件，然尚須人心雅靜，方能得之。是以從容之儀態，清閒之生活，實是心靈修養之外現，「胸中有靈丹一粒」，正從人之修養言之。而高雅之修養，乃從讀書得來，「閒居覓伴書爲上」，〔註22〕直言閒居之時不可不讀書也。而「閒暇之時，取古人快意文章，朗朗讀之，

〔註21〕引自《晚明小品選注》。
〔註22〕《醉古堂劍掃》素部。

則心神超逸鬚眉開張」，〔註23〕讀書使心靈韻逸由此可見。陳繼儒《巖棲幽事》
提及吾子彥書室中修行法，云：

> 心閒手懶則觀法帖，以其可逐字放置也；手閒心懶則治迂事，以其可
> 作可止也；心手俱閒則寫字作詩文，以其可以兼濟也；心手俱懶則坐
> 睡，以其不強沒于神也；心不甚定宜看詩及雜短故事，以其易于見意，
> 不滯於久也；心閒無事宜看長篇文字，或經註或史傳或古人文集，此
> 又甚宜于風雨之際及寒夜也。
>
> 又曰：手冗心閒則思，心冗手閒則臥，心手俱閒則著作書字，心手俱
> 冗則思早畢其事以寧吾神。

讀書須閒，閒居亦不可不讀書，袁宏道「歸則閉門讀書」有以也。蓋讀書作
文，本是文人分內事，而清閒之環境、心境，有助其讀寫。反之，亦因其讀
書，習染於風雅，是故能創造正面意義之活動，展現其清高之情操，不致使
閒居淪為放蕩之始。「人生莫如閒，大閒反生惡業」，〔註24〕所以下此砭語，
蓋為提醒居閒者毋忘正面意義活動之展開也。而事實上，人類心靈智慧之開
發，亦舍閒居以思不可得也。湯顯祖以為「士固天下之閒者也」，〈臨川縣新
置學田記〉〔註25〕云：

> 世固天下之閒者也，博士先生盱衡而燕坐，諸生儼雅而遊翔，上無
> 公方期會之侵，下無井里竭蹶之苦，舞蹈太平之世，歌詠先王之風，
> 當此之時，其亦有不閒者乎？

〈臨川縣古永安寺復寺田記〉〔註26〕中更為天下閒人請閒地以養生。文中先
辨忙閒，云：

> 何謂忙人？爭名者於朝，爭利者於市，此皆天下之忙人也，即有忙
> 地焉以苦之。何謂閒人？知者樂水，仁者樂山，此皆天下之閒人也，
> 即有閒地焉而甘之。甘苦二者，誠不知於道何如？然而趣則遠矣。

進而言曰：

> 非閒非遊不可以涉道。是故聚百閒人而食之，必將有意乎道者焉，
> 聚千閒人而食之，必將有進乎道者焉，不已，而食閒人至於萬，猶
> 將有得道者焉。道之喪世也久矣，幸而有一人焉，其何禁於千萬人

〔註23〕同註19。
〔註24〕《醉古堂劍掃》靈部。
〔註25〕《湯顯祖集》詩文集卷三十四。
〔註26〕同註22。

之間，而奪其養哉？

復寺田以活方外士，置學田以為儒生之養，所養之人——乃儒生僧道，不參與人世名利之爭奪者，亦不經營生產，不勞形體，世人眼中之閒散人也。然而，閒逸之身，其所創發或傳承之人生智慧，乃人世之不可或缺者。蓋世人精神之所託在此也。

湯顯祖顯然深知閒之積極意義，故當為令時，必求自己忙中能閒，〈與周叔夜〉尺牘〔註27〕云：

> 人生忙處須閒，弟作縣何如？直是閒意多耳。

處閒雖有如湯顯祖所明之積極意義，然而常人處閒適，殆皆偏重其「趣」，《醉古堂劍掃》「素」部云：

> 閒居之趣，快活有五：不與交接，免拜送之禮，一也；終日觀書鼓琴，二也；睡起隨意，無有拘礙，三也；不聞炎涼囂雜，四也；能課子耕讀，五也。

唯其不與人世交接之姿態，雖清高然終若無益於世用，世人乃有以此批評居閒恬退者。對於世人此類批評，「晚明文人」顯然在意，並且有所回應。《醉古堂劍掃》「法」部云：

> 國家尊名節、獎恬退，雖一時未見其效，然當患難倉卒之際，終賴其用。如祿山之亂，河北二十四郡皆望風奔潰，而抗節不撓者，止一顏真卿，明皇初不識其人。則所謂名節者，亦未嘗不自恬退中得來也。故獎恬退者乃所以勵名節。

恬退閒淡之人，平時雖「未見其效」，無功於世，然當其變異之時，能支拄世維者，未嘗不自此輩出也。世人批評恬退之士無益世用，此說當足反駁之，然猶拘牽於「用」之一念。然而天下事物何必皆當於「世用」？又何必固定於表現某些功能始稱「用」？是故更具批判意味之回應，乃能跳脫「用」之觀念，此若錢謙益云：

> 余惟唐宋以來，名人魁世以風流儒雅為宗者，若李汧公、米南宮、趙魏公之流，其標置欣賞往往在勳名德業之外，無當於世用，而世顧不可少焉者，何也？草之有秋蘭也，木之有古松老梅也，味之有苦茗也，臭之有名香也，於世用亦復無當，而世亦不可少焉，譬之於人倫，其亦汧公之流也歟？〔註28〕

〔註27〕《湯顯祖集》詩文集卷四十五。

〔註28〕《初學集》卷三十一，〈李君實恬致堂集序〉。

政治教化，經濟民生，最切於世人，乃世之有用者。乃若風流儒雅，雖餘閒所從事者，然世間固亦不可無此物點綴也。世間既不可缺，即為合理之存在，議者豈能以前者為有用，而思盡去後者耶？知乎此，則文人處世閒淡，無心世用，無論如何，不可以為非也。

「晚明文人」此種處境之具體事實，可以祁彪佳為例。祁彪佳經營寓山園，中有四負堂，《寓山注》記此堂得名之由，云：

> 時金如玉先生，余所師事者，因余北築之癖，責之以書曰：「頃見尊園，蓋有四負，君處其三，弟居其一：君受國深恩，當圖稱報，即退休林下，亦宜講道論業，日思所以匡扶社稷，澤潤生民。乃今兩年於茲，不務乎此而徒經營土木，刻鏤花石，逞一己之小慧，忘天下之大計。人盡如此，國復何賴？是謂負君。尊大人久依有道，旁通宗乘，購書萬卷，貽厥孫謀。光昭前烈，實在嗣人，今君年近不惑，位居台諫，立身行道，豈異時事？而此志未見卓然，但能踵事增華，此豈善述之孝？是謂負親。君天資敏達，賦性忠厚，允稱濟世之通才，堪為入道之利器，又復天假之緣，師友之樂不出戶庭，乘此一往事心，自當立躋聖域。而乃不自珍惜，與俗上下，興茲一役，流聞四方，僅贏兒女詫說，不顧有道者之攢眉。混明珠於瓦礫，棄良苗為稊稗，是謂負己。〔註29〕

此文頗見當時反對「玩弄風雅，優遊林下」者之意見，「匡扶社稷，澤潤生民」、「立身行道」之經世思想流露字裡行間。祁彪佳聞言，深以為良規善戒，亦自以為負之矣，然而，終未有改轍意，是以又自增一過曰「負友」（如玉先生本以「負友」自罪未盡規勸之責。祁則轉用其意，引以自居其不聽勸之過），並以「四負」名其堂。個中原因，頗值玩味。除因其「開園之癡癖」外，實有「風流儒雅亦世所不可少」之理念予以支持。

祁彪佳與張岱、秦一生交往頗為密切。秦一生生平「風花雪月，無日無之」，「於世界實毫無所損益」，〔註30〕張岱祭秦一生文中，特別言及其於易簣之時，猶念念不忘一遊寓山。祭文中有議論，云：

> 世間有絕無益於世界，絕無益於人身而卒為世界人身所斷不可少者：在天為月，在人為眉，在飛植則為草木花卉、燕鸝蜂蝶之屬。

〔註29〕引自《明人小品集》。
〔註30〕見《瑯嬛文集》「祭秦一生」。

> 若月之無關於天之生殺之數，眉之無關於人之視聽之官，草花燕蝶
> 無關於人之衣食之類，其無益於世界人身也明甚。而試思有花朝而
> 無月夕，有美目而無燦眉，有蠶桑而無花鳥，猶之乎不成其爲世界，
> 不成其爲面龐也。

以此理論，爲秦一生風花雪月、鬥博漫浪之生命辯護，可；移以解釋祁彪佳
癖好園林之行爲，亦甚恰當。

同樣之思想，亦見於袁宏道。

袁宏道分世間學有四種人，爲玩世者（如莊周、阮籍）、出世者（如達摩、
臨濟）、諧世者（如孔門儒士）、及適世者。所謂適世者，其人「以爲禪也，
戒行不足；以爲儒也，口不道堯舜周孔之學，身不行羞惡辭讓之事。於業不
擅一能，於世不堪一務，最天下不緊要人。雖於世無所忤違，而賢人君子則
斥之惟恐不遠矣！」（與徐漢明尺牘），然宏道於四種人中，所最喜者，正此
天下最不緊要人也。此等人，即閒適之人也，無益於世用者也。宏道必亦以
爲世間少此種人，即不成世界矣。

「晚明文人」嚮往閒適之生活境界，乃發展出此一理念相支持。然此理
念，蓋審美之人生態度也。前言「閒居之趣，快活有五」。「趣味」、「快活」
之感受，實即美之感受；張岱特舉之月、眉、花、島，蓋綺麗之意象也。「晚
明文人」之嗜好閒適，欣賞閒人，亦猶其品賞詩文書畫，山水雲石，皆爲美
感之經驗也。而美之爲物，本身即目的，非世用之手段、工具，故不須負載
人生種種責任。閒逸姿態，原有其美之價值，世人以不堪世用而批評之，恐
「晚明文人」非惟不接受，且轉將以此嗤笑世人之俗也。

第三節 「晚明文人」之生活內容

屠隆《考槃餘事》所記事物，大自齋室小及鈕扣，其中書籍文墨，被褥
枕帳，以至盆花魚鶴、釣竿杖笠，皆求精雅，不稍徇俗，生活至爲精緻幽閒。
若再參酌程羽文《清閒供》，吾人大抵能掌握「晚明文人」生活之輪廓。《清
閒供》中「四時歌」分寫四季之閒居：

> 春時：晨起，點梅花湯，課獒奴洒掃護階苔。禺中取薔薇露浣手，
> 薰玉蕤香，讀赤文綠字書。晌午，採筍蕨，供胡麻飯，汲泉試新茗。
> 午後，乘欸段馬，執剪水鞭，攜斗酒雙柑，往聽黃鸝。日晡，坐柳
> 風前，裂五色箋，集錦囊佳句。薄暮，繞逕灌花種魚。

夏時：晨起，芰荷爲衣，傍花枝吸露潤肺。禺中，披古圖書，展法帖臨池。晌午，脫巾石壁，據匡床談《齊諧》、《山海》，倦則取左宮枕，爛遊華胥國。午後，剖椰子盃，浮瓜沈李，搗蓮花飲碧芳酒。日晡，浴罷硃砂溫泉，櫂小舟，垂釣于古藤曲水邊。薄暮，籜冠箬扇，立層岡，看火雲變現。

秋時：晨起，下帷檢牙籤，挹露研硃點校。禺中，操琴調鶴，玩金石鼎彝。晌午，用蓮房洗硯，理茶具，拭梧竹。午後，戴白接羅，著隱士衫，望紅樹葉落，得句題其上。日晡，持蟹螯鱸膾，酌海川螺，試新釀，醉弄洞簫數聲。薄暮，倚柴扉，聽樵歌牧唱，焚伴月香，壅菊。

冬時：晨起，飲醇醪，負暄盥櫛。禺中，置氈褥，市烏薪，會名士作黑金社。晌午，挾籃理書舊槀，看晷形移階，濯足。午後，攜都統籠，向古松懸崖間，敲冰煮建茗。日晡，布衣皮帽，裝嘶風鐙，策寒驢，問寒梅消息。薄暮，圍爐促膝煨芋魁，說無上妙偈，談劍術。

此處讀書作文，披圖臨帖，玩金石古硯，《考槃餘事》則有書、帖、畫、紙、墨、筆、硯以及文房器具諸箋；此處操琴調鶴、灌花種魚，《考槃餘事》則有魚鶴，盆玩、琴諸箋；此處試茗薰香，《考槃餘事》則有茶箋香箋；此處櫂舟垂釣，策蹇尋梅，《考槃餘事》則有遊具箋。二處所敷陳之文人生活，大略相彷彿。因此，儘管二人所言未必「晚明文人」之實際生活狀況，或生活之全部，然而其生活重點，心之所繫，蓋亦不外乎此讀書談藝，玩物遊賞等範圍。以下分就此兩方面描述「晚明文人」之生活。

一、讀書談藝

（一）讀書

閒居之時不可不讀書，唯「晚明文人」之讀書，乃生活中之享受，其態度不同於訓詁學者窮研搜討，考辨名物制度，亦不同於道學家以德性修養爲宗旨，更不同於士子應付科考，名利橫膺。「晚明文人」讀書以求怡情適性，記誦以供談助，是以讀書至爲從容。略舉《醉古堂劍掃》數則爲例：

看書只要理路通透，不可拘泥舊說，更不可附會新說。（靈部）
會心語，當以不解解之。（醒部）

> 余嘗淨一室，置一几，陳幾種快意書，放一本舊法帖，古鼎焚香，
> 素塵揮麈，意思小倦，暫休竹榻，餉時而起則啜苦茗，信手寫漢書
> 幾行，隨意觀古畫數幅，心目間覺瀟洒空靈，面上塵當亦撲去三分。
> （素部）

又如袁中道閱書見可抄記者，即命傭侍代為抄錄。〔註31〕比較顧炎武之親筆
細楷記寫，〔註32〕相異甚大，一則瀟灑，一則謹嚴。

讀書既成享受，因此展閱之時，茗香相伴自是常事，並且注意環境，謂：

> 讀書宜樓，其快有五：無剝啄之驚一快也，可遠眺二快也，無濕氣
> 侵床三快也，木末竹顛與鳥交語四快也，雲霞宿高簷五快也。〔註33〕

此外，亦講求書籍物質性部分之優劣，書本成為玩賞之物，《考槃餘事》書箋
每每流露此種心態。如云：

> 宋書紙堅刻軟，字畫如寫，格用單邊，間多諱字，用墨稀薄，雖著
> 水溼，燥無漬跡，開卷一種書香，自生異味。

> 凡印書，永豐綿紙上，常山東紙次之，順昌書紙又次之，福建竹紙
> 為下……閩中紙短窄黧脆，刻又舛訛，品最下而直最廉，余筐篋所
> 收，什九此物，若稍有力者弗屑也。

於書籍之紙張、字體、墨色、裝訂等等頗為費心講究，亦頗善於保藏圖書，
深怕損毀。

（二）文藝

北宋之後，文人以其閒暇漸從事書畫之批評與創作，詩文書畫普遍成為
文人具備之能力，文人生活之重心。「晚明文人」正是此一歷史演進之成果，
其詩文酬唱、書畫賞鑒之活動更為活躍。

既為文人，當然離不開詩文，袁宏道云：

> 詩文是吾輩一件正事，去此無可度日者。窮工極變，舍兄不極力造
> 就，誰人可與此道者？如白蘇二公豈非大菩薩，然詩文之工決非以

〔註31〕《遊居柿錄》六○七條云「閉門閱稗海，命小童及一傭書者，隨閱隨抄」，又
一二○八條云：「廷試……平日作書，多作行書草書大書，至于窗下作課，皆
令人代筆謄錄。是日作楷書，甚窘。」

〔註32〕王山史《山志》記顧亭林「四方之游，必以圖書自隨，手所抄錄，皆作蠅頭
行楷，萬字如一。每見予輩或宴飲終日，輒為攢眉。客退必戒曰：「可惜一日
虛度矣。」轉引自《清顧亭林先生炎武年譜》附錄。商務。

〔註33〕《醉古堂劍掃》景部。

草率得者，望兄勿以信手爲近道也。〔註34〕

鍾惺「自題詩後」亦附和其言，以爲「余輩今日不作詩文，有何生趣？」詩文爲生，自非信口而言。此處不必多論。

至於書畫，可從著述之多得見盛況：徐渭有《玄抄類摘》、董其昌有《畫禪室隨筆》、陳繼儒有《妮古錄》《書畫史》、莫是龍有《畫說》。而《考槃餘事》《長物志》《清秘藏》等書，論書畫者亦皆佔多數篇幅，加之書畫題跋題詩，則書畫著述不勝枚舉矣。以袁中道爲例，中道並無書畫名，然其流連書畫，興致不淺。《遊居柿錄》記其觀覽書畫者多矣，略舉數條於下：

> 復回公安發舟，舟中裏一年糧，載書畫數筒。（一六條，萬曆三十六）
>
> 新購沈石田畫一小軸，乃石田學趙松雪者，上有吳鮑翁一詩云：「日煖烘窗辰巳時，猶關著睡鍊新詩，鳥聲聲似催人起，落葉滿階通不知。」後又有徵仲題數語，因掛之舟壁間。前掛黃太史草書古詩「春水滿四澤、夏雲多奇峯，秋月揚明輝，冬嶺秀孤松。」字勢飛揚，得龍翔鳳翥之勢。（九七條，萬曆三十七）
>
> 登雲浦書樓閱趙子昂泥金書道德經，爲刑部尚書不忽木公作，有子敬並虞伯生跋。陳君中文姬觀獵圖，柯九思跋；劉松年四皓圖，有薩天錫、看雲老人、吳全節跋；趙公敏小篆千文，有元人汝南任子蓋臣及蔡和並本朝商太師跋。其中四皓圖甚佳。（八九五條，萬曆四十一）

畫有詩意，畫中有書，題跋或以詩或以文，觀覽書畫亦有詩文活動在，四者相融不可分矣。

「晚明文人」於詩文書畫有其一貫之主張，亦即：對自由自然之追求。詩文方面，乃有高標「獨抒性靈，不拘格套」，大力批駁七子模擬說之現象，前人述之多矣。書法主張，則如董其昌云：

> 以豪逸有氣，能自結撰爲極則，西昇雖俊媚，恨其束於法，故米漫仕不甚賞心。〔註35〕

繪畫上，則爲重元而輕宋。《考槃餘事》畫箋云：

> 宋畫，評者謂之院畫，不以爲重，以巧太過而神不足也。不知宋人之畫，亦非後人可造堂室。

屠隆雖以宋畫不可輕損，然而，亦以爲元畫高出宋畫：

〔註34〕《袁中郎全集》卷二十五，與黃平倩尺牘。

〔註35〕《容臺別集》卷四。又如奇宕勝平正之說，亦每見之玄宰論書文字中。

> 元畫，評者謂士夫畫，世獨尚之，蓋士氣畫者，迺士林中能作隸家
> 畫品，全法氣韻生動，不求物趣，以得天趣爲高。觀其曰寫而不曰
> 畫者，蓋欲脫盡畫工院氣故耳。

文中輕重標準甚明，蓋所謂宋畫，巧太過神不足，雕琢多而少自然，元畫則天趣獨完，有氣韻生動之美。〔註36〕袁宏道優劣山陰西湖之美，便以宋元畫爲譬：

> 余嘗評西湖如宋人畫，山陰山水如元人畫。花鳥人物細入毫髮，濃
> 淡遠近，色色臻妙，此西湖之山水也。人或無目，樹或無枝，山或
> 無毛，水或無波，隱隱約約，遠意若生，此山陰之山水也。二者孰
> 爲優劣，具眼者當自辨之。〔註37〕

詩文書畫評賞標準，並非孤立存在，而有一相通之美學基礎，在此甚爲明白。「晚明文人」實頗重自由精神之發揮，而不尙工巧規矩也。

（三）音樂

音樂亦是「晚明文人」常親之事，雅集之時文酒往復，絲竹能添詩興，有助嘯歌。張岱「虎邱中秋夜」〔註38〕頗能反映時人笙歌之盛：

> 天暝月上，鼓吹百十處，大吹大擂，十番鐃鈸，漁陽摻撾，動地翻
> 天，雷轟鼎沸，呼叫不聞；更定，鼓鐃漸歇，絲管繁興，雜歌唱，
> 皆「錦帆開澄湖萬頃」同場大曲，蹲踏和鑼，絲竹肉聲，不辨拍煞。
> 更深，人漸散去，士夫眷屬皆下船水嬉，席席徵歌，人人獻技，南
> 北雜之，管弦迭奏，聽者方辨句字，藻鑒隨之。二鼓人靜，悉屏管
> 弦，洞簫一縷，哀澀清綿，與肉相引，尚存三四，迭更爲之。三鼓，
> 月孤氣肅，人皆寂闃，不雜蚊虻，一夫登場，高坐石上，不簫不拍，
> 聲出如絲，裂石穿雲，串度抑揚，一字一刻，聽者尋入鍼芥，心血
> 爲枯，不敢擊節，惟有點頭。然此時雁比而坐者，猶存百十人焉，
> 使非蘇州，焉討識者。

全文以音樂貫串遊人中秋夜之活動，而時間移轉，俗客一一離去，音樂亦由喧鬧而幽美，而清雅。自始至終，不論雅俗，皆以音聲爲伴，而「晚明文人」樂音之興，實亦甚爲濃厚。

〔註36〕 王世貞《觚不觚錄》言畫當重宋而時人重元以及沈文諸人畫，頗爲不解。根
　　　　 據其記載，一方面可知：重元畫乃中晚明以後事，一方面則可推想王世貞文
　　　　 學理論重模擬與畫重宋人，皆含有重「法」之精神。
〔註37〕 《袁中郎全集》卷九「禹穴」。
〔註38〕 《陶庵夢憶》卷五。另可參看袁宏道「虎丘」一文，亦頗著重聲歌之描寫。

　　樂器當中，「晚明文人」於琴最爲重視，所謂「月夜焚香，古桐三弄，便覺萬慮都忘，妄想盡絕」，〔註39〕「對棋不若觀棋，觀棋不若彈瑟，彈瑟不若聽琴」，〔註40〕因此書室能蓄古琴一床，便增高致。《考槃餘事》論琴云：

　　　　琴爲書中雅樂，不可一日不對清音。居士談古，若無古琴，新者亦
　　　　須壁懸一床。無論能操，縱不善操，亦當有琴。淵明云「但得琴中
　　　　趣，何勞弦上音」？吾輩業琴，不在記博，唯知琴趣，貴得其眞。

蓋欣賞琴趣，即是追求雅韻。徐渭、張岱皆善琴，且能自譜曲，〔註41〕徐渭「友琴生說」頗有無弦之趣，〔註42〕而張岱琴友甚多，曾約絲社互相琢磨琴藝。〔註43〕

　　此外，簫聲、鐘磬亦常出現文字中，爲「晚明文人」所欣賞。

二、玩物遊賞

（一）玩物

　　袁宏道曾云「人情必有所寄然後能樂」，〔註44〕「晚明文人」大抵同意此一說法，因此對於周遭之物充滿賞玩之情。陳繼儒《巖棲幽事》云：

　　　　香令人幽，酒令人遠，茶令人爽，琴令人寂，棋令人閒，劍令人俠，
　　　　杖令人輕，塵令人雅，月令人清，竹令人冷，花令人韻，石令人雋，
　　　　雪令人曠，僧令人談，蒲團令人野，美人令人憐，山水令人奇，書
　　　　史令人博，金石鼎彝令人古。

所列十九物，包括無生物、有生物，甚至梵僧美人，皆陳繼儒美感觀照之對象，能引發其美感聯想。此感受，蓋不止陳繼儒個人如此。諸物之能令人興起感會，並非自然而然，亦非理所當然，其間人爲主觀想像有其重大作用。然此主觀想像，非憑空而來，亦非全出於個人，乃因積蓄長久時間、眾多人類之共通感情而產生。因此，「晚明文人」對於陳繼儒之說，應有相接近之

〔註39〕《醉古堂劍掃》素部。
〔註40〕《醉古堂劍掃》靈部。
〔註41〕徐渭〈畸譜〉自云十四歲學琴，先生只教〈顏回〉一曲，便自會打譜，後自譜〈前赤壁賦〉。張岱曾學琴於王侶鵝及王本吾，琴法甚稱合作，見《陶庵夢憶》卷二。
〔註42〕《徐文長三集》卷二十九。
〔註43〕《陶庵夢憶》卷三「絲社」：「越中琴客不滿五六人，經年不事操縵，琴安得佳？余結絲社，月必三會之。」
〔註44〕《袁中郎全集》卷二十，與李子髯尺牘。

感覺。即令因某物所引發之情緒或與陳眉公相異，然而，所列諸物，頗具美感價值，而為「晚明文人」所賞玩，則可以斷言也。

香與茶，乃「晚明文人」一日不可或缺之供具。焚香煮茗，清香苦茶，往往相伴出現於詩文。《考槃餘事》言及香與生活之密切關係，云：

> 香之為用，其利最溥：物外高隱，坐語道德，焚之可以清心悅神；四更殘月，興味蕭騷，焚之可以暢懷舒嘯。晴窗搨帖，揮塵閒吟，篝燈夜讀，焚以遠辟睡魔，謂古伴月可也；紅袖在側，密語談私，執手擁爐，焚以薰心熱意，謂古助情可也。坐雨閉窗，午睡初足，就案學書，啜茗味淡，一爐初熱，香靄馥馥撩人，更宜醉筵醒客；皓月清宵，冰弦戞指，長嘯空樓，蒼山極目，未殘爐熱，香霧隱隱繞簾，又可祛邪辟穢。隨其所適，無施不可。〔註45〕

而當香煙繚繞之際，其境如入太虛，使人塵慮都忘，得有暫時之解脫。

至於茶之嗜，自宋代士夫已然，司馬光、歐陽修、王安石、蘇東坡等人與茶結緣不淺，「晚明文人」亦復如是。文人品茗，重其清雅，因此，飲茶以人少為尚：

> 飲茶以客少為貴，客眾則喧，喧則雅趣乏矣。獨啜曰幽，二客曰勝，三四曰趣，五六曰泛，七八曰施。

此《考槃餘事》所記，引自《東原試茶錄》者。陳繼儒亦有類似意見。〔註46〕對飲之客，亦宜人品雅雋，能體會茶味淡苦者。《醉古堂劍掃》韻部云：

> 煎茶非漫浪，要須人品與茶相得。故其法往往傳於高流隱逸，有煙霞泉石磊落胸次者。

是故，不辨茶味，不識茶趣者，一吸而盡，則俗鄙之誚必隨之而至。

茶，香之外，酒亦有助文人興味。袁宏道不善飲，然亦寄情於酒，「每聞鑪聲，輒踴躍，遇酒客與留連，飲不竟夜不休」，且著有《觴政》以為醉鄉甲令。〔註47〕徐渭則以為酣醉得以全真，〈贈子錫序〉云：

> 有人于此，羅麴糵，聚卮罍，一啜而頹焉，則生平不能容一介于胸中者，至此冰融於大海，水之外無一物梗隔于六合之中。若此者，一時之天全于酒也。故聖人積銖累寸有終其身而不得者，而子錫乃

〔註45〕《考槃餘事》卷三香箋「論香」。
〔註46〕《巖棲幽事》：「品茶，一人得神，二人得趣，三人得味，七八人是名施茶。」
〔註47〕《袁中郎全集》卷十四，《觴政》序。

欲于一醉而得之。〔註48〕

雖不無文人故作驚人語之意，然而酣醉之時，不拘之態，固亦與「晚明文人」自由自在之嚮往相近也。

歡聚悲離，皆宜飲酒，袁宏道《觴政》云：

> 凡醉各有所宜：醉花宜晝，襲其光也；醉雪宜夜，清其思也；醉得意宜唱，宣其和也；醉將離宜擊缽，壯其神也；醉文人宜謹節奏，畏其侮也；醉俊人宜益觥盂加旗幟，助其烈也；醉樓宜暑，資其清也；醉水宜秋，泛其爽也。此皆審其宜、考其景。反此，則失飲矣。

然而酒為太和湯，亦是穿腸藥，飲而過量，每為大醉所苦，有害養身。袁中道壯時豪飲，後則戒之甚嚴，蓋即為養身計也。〔註49〕

次如花木，亦幽人韻士之不可少者。玩賞於花木之間，足明其遠離名利奔競之志。袁宏道《瓶史》云：

> 夫幽人韻士，屏絕聲色，其嗜好不得不鍾於山水花竹。夫山水花竹者，名之所不在，奔競之所不至也。天下之人棲止于囂崖利藪，目眯塵沙，心疲計算，欲有之而所不暇，故幽人韻士得以乘閒而踞為一日之有。

能完全投入山水林木間者，乃隱者之事。「晚明文人」並未與世隔離，仍處於市、居於官，因此，退而求其次，則植花種木於庭除檻畔，若又遷徙無常，則更有盆栽瓶花足供暫時之快。「雪後尋梅，霜前訪菊，雨際護蘭，風外聽竹」，已道盡文人賞嗜花木之心。閒居高致，正在於此。

「晚明文人」愛花，推其愛花之心，則至品賞女色，或云「美人所居，如種花之檻，插枝之瓶」，或云「美人不可無婢，猶花不可無葉」，〔註50〕雖是行文比喻，然而其於女色，蓋懷玩物之心態也，此或「晚明文人」特異諸代之癖好。聲稱「美人自少至老，窮年竟日，無非行樂之場」，並云：

> 了此則日日受用，時時受用，以至一生受用，無半日虛度，都是不枉做了一世人。〔註51〕

〔註48〕《徐文長逸稿》卷十五。

〔註49〕《遊居柿錄》七九五條云：「客有苦勸予飲者，不知予之非昔酒人也。本無量，人苦勸飲，本不善書，人苦索字。索字勉強塗抹，聊以塞責可耳，若多飲則有性命之憂。可以性命狗人哉？苦勸苦辭，甚費分疏。」

〔註50〕衛泳「枕中秘」談美人。引自《明人小品文》。

〔註51〕同註50。

袁宏道有青蛾之癖，〔註52〕董其昌家多姬侍，〔註53〕張岱好美婢，〔註54〕至若文人與名妓之情史，〔註55〕及才子佳人小說之盛行，皆能反映此賞玩女色之現象。〔註56〕

賞玩女色，當然亦有其說辭，李漁云：

> 食色性也，不知子都之姣者，無目者也。古之大賢，擇言而發，其所以不拂人情而數爲是論者，以性所原有，不能強之使無耳。人有美妻美妾而我好之，是謂拂人之性，好之不惟損德，且以殺身；我有美妻美妾而我好之，是還吾性中所有，聖人復起，亦得我心之同然，非失德也。孔子云「素富貴，行乎富貴」，人處得爲之地，不買一二姬妾自娛，是素富貴而行乎貧賤矣。〔註57〕

可謂比附聖言而恣其縱情慾之私也。姬妾用以娛人，其功能殆無異瓶花缸魚，一物而已，「晚明文人」玩物之心至此極矣！

以上所舉，惟擇其犖犖大者，若其細事，則雜瑣難述不能殫記也。

（二）遊賞

不樂山林，則不成其爲「晚明文人」。「晚明文人」好遊山水，人所共知，不止舟陸以從，無遠弗屆，使有地一畝，亦必營之而成林泉之所。記遊文字，卷帙繁多，西湖虎丘，五泄天目諸勝，及乎大小園庭，至今猶歷歷見於耳目。陳繼儒自言其遊之樂，云：

> 余出不能負向平五岳之笈，入不能闢香山五畝之園，惟買舟襆被於郡城內外名勝處，避客息躬。

倪尚書錕堂所謂「每月一遊則日日可度，每歲一遊則可閱三十

〔註52〕見《袁中郎全集》卷二十五，與李湘洲編修尺牘。
〔註53〕見《列朝詩集小傳》丁集下。
〔註54〕見《瑯嬛文集》「自爲墓誌銘」。
〔註55〕如王穉登與馬湘蘭，侯方域與李香君，錢謙益與柳如是，冒辟疆與董小宛等等風流韻事甚多。
〔註56〕「晚明文人」對於女色之欣賞，蓋亦與其「重情」主張相關。馮夢龍「山歌序」云：「借男女之眞情，發名教之僞藥。」又「情史序」云：「六經皆以情教也。易尊夫婦，詩首關雎，書序嬪虞之文，禮謹聘奔之別，春秋於姬姜之際詳然言之，豈非以情始男女？」皆以男女之情爲情之核心。重情，而以男女之情爲核心，是以「晚明文人」對於女色，較爲注意，談論品鑑女性之言論，因之多矣。關於晚明重情之情形，可參看陳萬益〈馮夢龍情教說試論〉一文。
〔註57〕《閒情偶寄》卷六聲容部選姿第一。

年」。〔註58〕

文後列其遊覽之所,有觀音閣、龍樹庵、橋柳堤、竹素園、濯錦園、熙園、文園等三十二處,而庭園居多。「晚明文人」好遊庭園,可謂盛矣。即使無地可營,無力能營,亦可遊於他人園圃,或經營於胸壑楮毫間。劉士龍「烏有園記」即以文墨經營其理想之林園,充分表示對於庭園之熱愛及意見。〔註59〕類似之文字《岩棲幽事》、《醉古堂劍掃》中觸可見。而祁彪佳「寓山注」,自經營園林之始,及其間所費心思、財力、歲月,至園林規模具備之後安名作記皆詳載之,癖癡於園林之情,溢於言表。

文人營園,結構布局,景色搭配直接呈現園庭雅俗,各處亭榭樓臺、泉石園圃之命名,更關係主人之涵養。因此,為庭園景致安名,以取點睛之妙,亦成為文人常有之應酬。張岱與祁彪佳書中云:

> 造園林之難,難於結構,更難於命名。蓋命名俗則不佳,文則不妙。名園諸景,自輞川之外,無與並美。即蕭伯玉春浮之十四景,亦未見超異,而王季重先生之絕句,又只平平。故知勝地名詠,不能聚於一處也。

寓山諸勝,祁彪佳命名之後,並請張岱和之,張岱是以回書應和,而言及此。

「晚明文人」遊於園林,亦遊於山水之間。唯其遊山之情形,如徐宏祖之充滿冒險精神者,實不多見,往往從容閒逸,類似雅集,張岱〈游山小啓〉云:

> 幸生勝地,鞋韈間,饒有山川;喜作閒人,酒席間,只談風月。野航恰受,不逾三兩;便榼隨行,各攜一二。僧上鳧下,觸止茗生。談笑雜以詼諧,陶寫賴此絲竹。興來即出,可趁樵風;日暮輒歸,不因剡雪。願邀同志,願續前遊。〔註60〕

出遊山水而茶香酒食皆具,絲竹並陳,並非張岱如是而已。以《考槃餘事》所列遊具,亦足覘出遊之情狀。如提盒條云:

> 以四格,每格裝碟六枚,置菜殽供酒觴;又二格,每格裝四大碟,置鮭菜供饌筯。外總一門裝卸,即可關鎖,遠宜提,甚輕便,足以供六賓之需。

〔註58〕見《筆記》,收在叢書集成初編。
〔註59〕引自《晚明小品文》。
〔註60〕見《瑯嬛文集》。

如備具匣條云：

> 以輕木爲之，……中作一替，上淺下深，置小梳匣一、茶盞四、骰
> 盆一、香爐一、香盒一、茶盒一、匙筯瓶一。上替內小硯一、墨一、
> 筆二、小水注一、水洗一、圖書小匣二、骨牌匣一、骰子枚馬盒一、
> 香炭餅匣一。途利文具匣一，內藏裁刀、錐子、窵耳、挑牙、消息、
> 肉义、修指甲刀銼、髮剌等件。酒牌一、詩韻牌一、詩筒一（內藏
> 紅葉各箋以錄詩）。下藏梳具匣者，以便山宿。外用關鎖以啓閉，攜
> 之山遊，亦似甚備。

日常用具與文具，應有盡有，居家悠閒之態，移見於山水之間也。

　　蓋「晚明文人」與城市關係密切。是故雖好山水，然又不得舍市廛以就
之，惟能以園林之居、或短暫之游償其所願。以此而言嗜愛山林，人或不以
爲然，因此，則又有說，以爲：嗜山水者以神不以跡也。袁宏道〈題陳山人
山水卷〉，〔註61〕云：

> 陳山人嗜山水者也。或曰：「山人非能嗜者也，古之嗜山水者，煙嵐
> 與居、鹿豕與遊，衣女蘿而味芝术。今山人之跡，什九市廛，其于
> 名勝，寓目而已。非眞能嗜者也。」余曰：「不然，善琴者不弦，善
> 飲者不醉，善知山水者不巖棲而谷飲。……唯于胸中之浩浩與其至
> 氣之突兀，足與山水敵，故相遇則深相得。縱終身不遇而精神未嘗
> 不往來也。是之謂眞嗜也。

山水之嗜愛與否，著眼於個人精神與山水精神之會通，是故不能以外在身跡之
棲處，爲山水嗜好之判斷。因此，雖身不處山水間，然能養其性靈，則即使置
身於園林，或暫遊於山水，其所得之眞趣，亦足以比於隱居之幽人韻士也。

第四節　嚮往與實際之差距

　　「晚明文人」，人格上嚮往豪傑，生活上嗜愛閒適，並非偶然所値，二者
實共同體現掙脫桎梏之精神。蓋豪傑之生命，乃超拔於禮法習俗之自由生命；
閒適之境界，乃擺脫於塵紛名利之自在境界。二者意旨並不殊異。

　　江盈科〈白蘇齋冊子引〉〔註62〕云：

〔註61〕《袁中郎全集》卷十六。
〔註62〕《雪濤閣集》卷八。

夫人之元神無不活潑，有弗然者，或梏之也。梏有二端：塵俗之慮
入焉而梏，義理之見入焉而梏。二者清濁不同，其能梏則若臧穀之
於亡羊，均也。

所言梏梏之來源有二，一為塵俗之慮，一為義理之見。義理者，即人世既定
之倫理、禮法；塵俗者，則是人世名利汲營之現象。前者或使人行事侷迫拘
謹，後者使人忙戀爭鬥，而人之元神，乃因此而斲喪、扭曲。

元神者，個人之真精神、生命之本原也。保此本來面目，則「抒為文章、
激為氣節、洩為名理、豎為勛猷，無之非是」也。因此，梏梏必須去之。而
去義理之梏梏，則展現一豪傑之生命型態；去塵俗之梏梏，則展現一清閒之
生活境界，二者之致，則自由逍遙之處世態度也。

江盈科此段議論，蓋已總括表露「晚明文人」嚮往豪傑及閒適之內在精神。

然而，理想如此，其落於實際也，則未必是。「晚明文人」並未能超脫梏
梏，得真逍遙。

顯而易見者，以其玩物之甚，癖癡之深也。第三節引《巖棲幽事》所言，
茶酒琴棋令人如何如何，美人山水令人如何如何者，實可反映「晚明文人」
於物之執待與虛矯。袁宏道「人情必有所寄，然後能樂」之語，蓋「晚明文
人」之實際境界。

何以須寄於物，然後能樂？此乃中心無主，修養未練，有待於物與境之
供養，方能愉悅也。既待物境之養而後能樂，則其樂已非自主。當所寄既毀，
則樂亦無存矣。是以袁宏道晚年深悔言語之失，云：

往日孟浪之語最多，以寄為樂，不知寄之不可常。今已矣！縱幽崖
絕壑亦與清歌妙舞等也。兄早自警發，他日意地清涼，得離聲色之
樂，方信弟言不欺。〔註63〕

此殆有所覺悟之言。終知外物無常，即清如山水者亦與人間歌舞無異，皆幻
象不可倚靠者。然而，其早年所為，及他人之行徑，蓋皆以物為寄，以境悅
情，有待而不能自主者也。

亦因以境物寄情，是以「晚明文人」不免黏滯於物，往往造作境界以求
雅尚，以悅情性。而刻意造作，乃顯虛矯而不自然矣。

因此「晚明文人」雖企望解脫梏梏，得元神之真，然無形中，羈牽於境
物，轉而不得自由，且喪失其自然。

〔註63〕《袁中郎全集》卷二十五，與李湘洲編修尺牘。

茲以袁宏道著作《觴政》為例。所謂政者,乃將一事納於管理規則之中。觴飲流連而須以政理之方得適意,此顯示一事實:飲宴之時,與飲座客,或互相妨,以致不得自由以各暢其懷。袁中道《遊居柿錄》中,載其苦於飲客勸飲,足資參證。《觴政》序言,云:

> 社中近饒酒徒,而觴客不習,大覺鹵莽。夫提衡糟丘,而酒憲不修,
> 是亦令長之責也。今採古科之簡正者,附以新條,名曰《觴政》,凡
> 為飲客者,各收一帙,亦醉鄉之甲令也。

《觴政》之作,亦有懲於飲客之鹵莽也。序雖云「採古科之簡正者」,然觀所言,設一人以主斟酌,設一人以糾座客,刊刑書以科罰不經,諳掌故以求暢敘清談,等等,規則亦不少,總非無拘無束者。唯其所言,顯有幾許遊戲成分或未必實施之,然覈其心態,政與所謂「解脫桎梏」者有別。

飲酒一事,本求適意,以不拘為貴,猶演成苦事,而有如上立憲執科之設想。以此而推,「晚明文人」之實際生活,執待於物,以致為物所限,恐不為淺,去其標舉之理想人生格調,當仍有一大距離。

第五章 結 論

　　中唐以降，東南地區經濟蓬勃發展，及至明末，江南社會繁華富庶商業發達，而貧富差距懸殊，是以整體經濟上鼓勵消費，促進生產活動，思以羨餘補不足。

　　增加消費，必以刺激人群慾望，誘發其享用之心為務，在此情況下，人類物欲大為鼓盪，黜儉崇奢之侈靡主張於是發生，以作為行為合理化之理論基礎。此主張與傳統節儉為德之觀念，適相逕庭，而與宋明理學「去人欲，存天理」之思想，更不相容。理學普及化之發展，至此乃有一大轉折。陽明學派，簡易修持工夫，以希企內聖學為大眾所接受之作法，實為理學普及化運動之代表。而其精神，在此消費型社會中顯然為世俗扭曲：成聖之理想，並不為接受，輕易狂簡工夫，反被誇大宣揚，終至於漫無修身之實。

　　《明儒學案》云：「陽明先生之學，有泰州、龍溪而風行天下，亦因泰州、龍溪而漸失其傳。」〔註1〕蓋以王艮、王畿之修持工夫最為簡略，不注意於問學一端，是以世人易接受其說。泰州傳人，身分為農工商賈者不少，即足為證矣。然因過於簡易，接受者且普遍為庶民，是以陽明學濟世成聖之理想，亦漸消泯矣。其風行天下以此，而失其傳亦以此。

　　理想既失，而事為輕易，遂演而至於承認情欲、順軀殼起念而不顧。

　　在此理學勢力轉化、消弱之時，原本即存在之相對主張乃逐漸抬頭，蘇東坡以下之文人系統，諧謔灑脫疏狂豪放之人格典型，乃受到廣泛之重視。而文學、藝術本根於情意者多，文人於此時，遂標舉「情教」以對治僵化之道學。宋以後道學與文人之爭議，至此激盪沖撞，興為洶湧波濤，展現兩股極為明顯而相對頡頏之潮流。

〔註 1〕　《明儒學案》卷三十二，「泰州學案一」。

　　同時，由於經濟富裕之餘，人民更思精緻其生活，世俗慕求風雅之習，日漸上揚。文藝生產、消費增加，市場體制擴大，書肆功能膨脹，足以左右文藝市場之生產與消費。書肆營利，以大量之書籍藝品消費為追求目標，為求其效，則以迎合消費大眾之趣味為取向，是故作品之沾染市井品味，乃為理所必至。以書肆為主，流通於群眾之作品，論其風格，乃不如昔時文人之高雅；論其思想，乃大同於前所述之俗尚：順承、頌揚人生之情欲面。

　　「晚明文人」乃即此類格調淺薄之文人，而為當時之文藝消費社會所支持者。錢鍾書《談藝術》論公安竟陵派詩云：

　　　　《鈍吟雜錄》卷二曰：「杜陵云『讀書破萬卷，下筆如有神』，近日鍾譚之藥石也。元微之云『憐渠直道當時語，不著心源傍古人』，王李之藥石也。」又曰：「鍾伯敬創革弘正嘉隆之體，自以為得真性情也，人皆病其不學。余以為此君天資太俗，雖學亦無益。所謂性情，乃鄙夫鄙婦，市井猥媟之談耳。君子之性情不如此也。」按鄙夫鄙婦一語，可以譏公安派所言性靈，於竟陵殊不切當。「必有靈心，然後可以讀書」，此鍾伯敬所自言，與鈍吟所以譏訶伯敬者，正復相同。
　　　　此又予所謂「鍾譚才若學，不能副識」之證也。

譏評鍾譚詩格鄙俚者，蓋不止鈍吟，又如王船山，亦有同感。〔註2〕如此之評，錢鍾書以為不切當，所持之故，乃是鍾譚不以信手信口為已足，強調讀書以厚實其氣。〔註3〕然此固其識見，而非表現。鍾譚之作，才不鴻學不富，眼高手低，於學殖深厚之學者眼中，蓋猶嫌粗鄙。至於公安之「不拘格套，獨抒性靈」，正錢鍾書以為叫囂淺鹵者也。

　　然而，吾人評價「晚明文人」，不當以其風格淺易為依準。傳統士夫之貶其鄙陋，以及近代學者之讚揚其接近平民大眾，批評者主觀情緒作用甚為濃

〔註2〕 船山《明詩評選》卷四，論明詩三變，批評竟陵，云：「公安乍起，即為竟陵所奪，其黨未盛，故其敗未極，以俗誕而壞公安之風矩者，雷何思、江進之數子而已。若竟陵則普天率土，乾死時文之經生，拾瀋行乞之遊客，樂其酸俗淫佻而易從之，乃至黧色老嫗且分壇坫之半席。」亦以俗鄙貶之也。

〔註3〕 見同引書。云：「隱秀軒文集與高孩之觀察書曰：『詩至於厚，無餘事矣。然從古未有無靈心而能為詩者。厚出於靈，而靈者不能即厚，古人詩有以平而厚者，以險而厚者，非不靈也。厚之極，靈不足以言之也。然必保此靈心，方可讀書養氣以求其厚』云云，議論甚佳，即滄浪所謂別才非學，而必學以極其至也；亦即樗亭所謂承艾添膏，以養火種也。以厚為詩學，以靈為詩心，賢於漁洋之徒言妙悟，以空為靈矣。」由鍾惺之言，亦見其詩論自宋人出，錢鍾書所謂同於滄浪，甚是。

厚，殊不足以為歷史之定評。蓋若以文人階層之發展而言，則「晚明文人」
為文人階層擴大，而與市民文化交互影響之結果。量之擴大，而欲保其質之
一如理想，殊非常理。是以不當因其不若理想之士夫而非之也！然亦不當因
其富有平民生活氣息，而過度推揚之。

　　所當論者，則請從其重情主張始。

　　「晚明文人」重情，已於第三章明之。宋元以來道學強調以天理制人欲，
其流弊至於僵守外在禮制，以理限事，不知變通，壓抑情欲否定其存在價值。
在此情況下，「晚明文人」肯定人情，較能合理看待人之為生物之事實，無乃
有其積極除弊之意義。

　　然打破道學以理制情之思想模式，「晚明文人」於重情之同時，亦含享樂
以至縱慾之傾向。袁宏道〈與龔惟長先生書〉所舉之五快活，蓋不離聲色享
受，云：

> 目極世間之色，耳極世間之聲，身極世間之鮮，口極世間之談，一
> 快活也。堂前列鼎，堂後度曲，賓客滿席，男女交舃，燭氣薰天，
> 珠翠委地，金錢不足，繼以田土，二快活也。篋中藏萬卷書，書皆
> 珍異，宅畔置一館，館中約真正同心友十餘人，人中立一識見極高
> 如司馬遷、羅貫中、關漢卿者為主，分曹部署，各成一書，遠文唐
> 宋酸儒之陋，近完一代未竟之篇，三快活也。千金買一舟，舟中置
> 鼓吹一部，妓妾數人，游閒數人，浮家泛宅，不知老之將至，四快
> 活也。然人生受用至此，不及十年，家資田地蕩盡矣，然後一身狼
> 狽，朝不謀夕，托缽歌妓之院，分餐孤老之盤，往來鄉親，恬不知
> 恥，五快活也。士有此一者，生可無愧，死可不朽矣。〔註4〕

所言或非其真心，或有隱情，或者唯欲顯一美之姿態，然所宣洩者，含有極
端之享樂主義思想，甚明。袁中道〈心律〉中之自省，〔註5〕張岱〈自為墓誌
銘〉中之自敘，〔註6〕皆能真實反映其享樂之生活內容。

　　道學家獨顯其德性我，抑情意我及形軀我甚力，「晚明文人」則去其桎梏，

〔註4〕　《袁中郎全集》卷二十，與龔惟長先生尺牘。

〔註5〕　《珂雪齋近集》卷十〈心律〉云：「吾生平固無援琴之挑，桑中之恥，然浮
　　　　冶之場，倡家桃李之蹊，或未得免。」又云：「吾因少年縱酒色，致有血疾。」

〔註6〕　《瑯嬛文集》〈自為墓誌銘〉云：「少為紈綺子弟，極愛繁華，好精舍，好美
　　　　婢，好孌童，好鮮衣，好美食，好駿馬，好華燈，好煙火，好梨園，好鼓吹，
　　　　好古董，好花鳥，兼以茶淫橘虐，書蠹詩魔，勞碌半生，皆成夢幻。」

是以情意我、形軀我皆得舒張。其順遂情欲，而有享樂主義思想，乃爲必然之結果，是故玩物溺情而無深刻之文化關懷，實爲「晚明文人」之最可議者。

然又因其重視情意，是以特重藝術之生活，其於花花世界，要皆以審美態度觀照之。《考槃餘事》〈遊具箋〉記漁竿一物云：

> 所謂一鈎掣動滄浪月，釣出千秋萬古心，是樂志也，意不在魚。或
> 於紅蓼灘頭，或在青林古岸，或值西風撲面，或教飛雪打頭，于是
> 披羽簑，頂羽笠，執竿烟水，儼在米芾寒江獨釣圖中，比之嚴陵、
> 渭水，不亦高哉？

漁竿細物，凡俗人用之而已，文人則別有感懷。而所刻劃者，正欲顯其清雅之美感境界。前章所引張岱、錢謙益「無益於世界」、「不當於世用」之論，概亦爲美之觀照所引生之理念也。

唯過度求美尙雅，則將淪於虛矯。吾人所謂虛，乃相對於實而言。美之爲物，既薆關於世用，人若唯此是求，亦將棄絕世事，不能務實，則成其空靈窈巧而已，畢竟少樸厚淳正之氣。吾人所謂矯，則謂造作飾美，失其眞情者也。袁中道〈書遊山豪爽語〉〔註7〕記友人於草中假寐，「欲以一覺點綴山景」，正是矯造以爲美之病。袁中道雖以此爲可嘔，然「晚明文人」矯飾之病自亦不能免。袁宏道名篇〈雨後遊六橋記〉，臥地上飮、以面受花多浮少歌之戲樂，其文美則美矣，唯男子作此柔態，細思之，亦不免令人失笑。其發爲文章，遂每每唯逞其談說，以求其意境之美及論理之機妙靈活。清人俞正燮云：

> 明人喜言笑者，由趨風氣僞言之。文集中曰余笑而不言者，必有二
> 三處，非是，不爲尖新。〔註8〕

實無其笑，而必言笑者，蓋用以經營意象，純爲作文章，求尖新而已。而人多用之，遂至於俗濫。文中雖未明指「晚明文人」，然爲文而欲「尖新」，則去公安、竟陵亦不遠矣。陳繼儒曾言名妓翻經，老僧釀酒，武將弄翰，書生揮兵，是爲韻致之事；〔註9〕吳從先亦言讀書宜映雪，讀子宜伴月，讀佛書宜對美人，讀《山海經》《水經》宜倚疏花瘦竹冷石寒苔，讀忠烈傳宜吹笙鼓瑟，讀奸佞論宜擊劍捉酒……等等，〔註10〕皆不脫矯揉之習，恐非自然自在之事。

〔註7〕《珂雪齋近集》卷八。
〔註8〕見《癸巳存稿》卷十四「僞笑」條。
〔註9〕見《巖棲幽事》。
〔註10〕見《明人小品集》卷一，「賞心樂事五則」。

　　文字中作態者多，論理每涉玩說，滋益研究者頗多困擾。關於此點，龔鵬程〈由菜根譚看晚明小品之基本性質〉一文論之甚諦，可以參看。

　　綜上言之，「晚明文人」重情、尚雅固有其可貴之價值，然而，因之導致享樂縱慾、虛矯造作之風，弊端自亦不為小。

　　至此，吾人或可概括描述「晚明文人」之型態，曰：「晚明文人」是為興起於明末之一群特殊風格之文人，其人重情而近於縱慾，唯美而至於虛矯，且充滿平民通俗之氣息。自文化發展之歷程而言，是為宋文化普及擴張過程中之一結果。

參考書目舉要

一、

1. 《徐文長三集》，徐渭，國立中央圖書館。
2. 《徐文長逸稿》，徐渭，淡江書局。
3. 《焚書》，李贄，河洛圖書出版社。
4. 《藏書》，李贄，學生書局。
5. 《續藏書》，李贄，學生書局。
6. 《初潭集》，李贄，人文世界雜誌社。
7. 《白榆集》，屠隆，偉文圖書公司。
8. 《由拳集》，屠隆，偉文圖書公司。
9. 《白蘇齋類集》，袁宗道，偉文圖書公司。
10. 《袁中郎全集》，袁宏道，偉文圖書公司。
11. 《雪濤閣集》，江盈科，萬曆廿八年西楚江氏北京刊本。
12. 《珂雪齋前集》，袁中道，偉文圖書公司。
13. 《珂雪齋近集》，袁中道，偉文圖書公司。
14. 《遊居柿錄》，袁中道，筆記小說大觀，新興書局。
15. 《容臺集》，董其昌，國立中央圖書館。
16. 《隱秀軒詩集》，鍾惺，偉文圖書公司。
17. 《譚友夏合集》，譚元春，偉文圖書公司。
18. 《陳眉公先生全集》，陳繼儒，崇禎間華亭陳氏家刊本。
19. 《王季重雜著》，王思任，偉文圖書公司。
20. 《瑯嬛文集》，張岱，上海廣益書局。
21. 《陶庵夢憶西湖夢尋》，張岱，漢京文化事業公司。

22. 《考槃餘事》，屠隆，觀賞彙錄，世界書局。

23. 《娑羅館清言》，屠隆，叢書集成初編，商務印書館。

24. 《續娑羅館清言》，屠隆，叢書集成初編，商務印書館。

25. 《雨航雜錄》，馮時可，叢書集成初編，商務印書館。

26. 《巖棲幽事》，陳繼儒，續說郛，新興書局。

27. 《狂夫之言》，陳繼儒，叢書集成初編，商務印書館。

28. 《續狂夫之言》，陳繼儒，叢書集成初編，商務印書館。

29. 《安得長者言》，陳繼儒，叢書集成初編，商務印書館。

30. 《銷夏》，陳繼儒，筆記小說大觀，新興書局。

31. 《辟寒》，陳繼儒，筆記小說大觀，新興書局。

32. 《陳眉公四種》（太平清話、偃曝餘談、眉公群碎錄、枕譚），廣文書局。

33. 《讀書鏡》，陳繼儒，筆記小說大觀，新興書局。

34. 《筆記》，陳繼儒，叢書集成初編，商務印書館。

35. 《長物志》，文震亨，觀賞彙錄，世界書局。

36. 《清閒供》，程羽文臣，筆記小說大觀，新興書局。

37. 《秋園雜佩》，陳貞慧，筆記小說大觀，新興書局。

38. 《閒情偶寄》，李漁，長安出版社。

39. 《醉古堂劍掃》，陸紹珩，老古文化事業公司。

40. 《菜根譚》，洪自誠，金楓出版社。

41. 《園冶》，計成，金楓出版社。

二、

1. 《歐陽修全集》，歐陽修，世界書局

2. 《二程集》，程顥、程頤，里仁書局。

3. 《經進東坡文集事略》，蘇軾，四部叢刊正編，臺灣商務印書館。

4. 《龜山集》，楊時，景印文淵閣四庫全書，臺灣商務印書館。

5. 《朱文公文集》，朱熹，四部叢刊正編，臺灣商務印書館。

6. 《朱子語類》，黎靖德，文津出版社。

7. 《歸田錄》，歐陽修，木鐸出版社。

8. 《澠水燕談錄》，王闢之，木鐸出版社。

9. 《東軒筆錄》，魏泰，叢書集成初編，商務印書館。

10. 《濟南先生師友談記》，李廌，叢書集成初編，商務印書館。

11. 《癸辛雜識》，周密，景印文淵閣四庫全書，臺灣商務印書館。

12. 《王陽明全書》，王守仁，正中書局。
13. 《莆田集》，文徵明，國立中央圖書館。
14. 《弇州山人四部稿》，王世貞，偉文圖書公司。
15. 《恬致堂集》，李日華，國立中央圖書館。
16. 《歸有光全集》，歸有光，盤庚出版社。
17. 《吳風錄》，黃省曾，筆記小說大觀，新興書局。
18. 《談輅》，張鳳翼，叢書集成初編，商務印書館。
19. 《觚不觚錄》，王世貞，筆記小說大觀，新興書局。
20. 《四友齋叢說》，何良俊，筆記小說大觀，新興書局。
21. 《萬曆野獲編》，沈德符，筆記小說大觀，新興書局。
22. 《五雜俎》，謝肇淛，商務印書館。
23. 《蒹葭堂雜著摘抄》，陸楫，叢書集成初編，臺灣商務印書館。
24. 《炳燭齋稿》，顧大韶，四庫禁毀書叢刊。
25. 《南雷文定》，黃宗羲，臺灣商務印書館。
26. 《黎洲遺著彙刊》，薛鳳昌輯，隆言出版社。
27. 《顧亭林詩文集》，顧炎武，漢京文化事業公司。
28. 《牧齋初學集》，錢謙益，四部叢刊正編，臺灣商務印書館。
29. 《牧齋有學集》，錢謙益，四部叢刊正編，臺灣商務印書館。
30. 《列朝詩集小傳》，錢謙益，世界書局。
31. 《宋人題跋》，毛晉，世界書局。
32. 《四庫全書總目》，紀昀等，臺灣商務印書館。

三、

1. 《廿二史箚記》，趙翼，華世出版社。
2. 《國史大綱》，錢穆，臺灣商務印書館。
3. 《國史新論》，錢穆，東大圖書公司。
4. 《中國文化史》，柳詒徵，正中書局。
5. 《國史要義》，柳詒徵，臺灣中華書局。
6. 《國史舊聞》，陳登原，明文書局。
7. 《國史探微》，楊聯陞，聯經出版事業公司。
8. 《思想與文化》，龔鵬程，業強出版社。
9. 《江西詩社宗派研究》，龔鵬程，文史哲出版社。
10. 《宋元明經濟史稿》，李劍農，華世出版社。

11. 《宋史紀事本末》，陳邦瞻，華世出版社。

12. 《明史》，張廷玉，鼎文書局。

13. 《明會要》，龍文彬，世界書局。

14. 《明代史》，孟森，臺灣中華書局。

15. 《中國近世宗教倫理與商人精神》，余英時，聯經出版社。

16. 《明代江南市民經濟試探》，傅衣凌，谷風出版社。

17. 《明代社會經濟初探》，韓大成，北京新華書局。

18. 《萬曆十五年》，黃仁宇，食貨出版社。

19. 《明清之際黨社運動考》，謝國楨，臺灣商務印書館。

四、

1. 《中國哲學史》，勞思光，友聯出版社。

2. 《中國學術思想史論叢》，錢穆，東大圖書公司。

3. 《宋明理學概述》，錢穆，學生書局。

4. 《從陸象山到劉蕺山》，牟宗三，學生書局。

5. 《宋明心學評述》，甲凱，臺灣商務印書館。

6. 《明儒學案》，黃宗羲，華世出版社。

7. 《明代思想史》，容肇祖，臺灣開明書局。

8. 《朱學論集》，陳榮捷，學生書局。

9. 《陽明學述要》，錢穆，正中書局。

10. 《左派王學》，嵇文甫，臺灣開明書局。

五、

1. 《中國文學發展史》，劉大杰，華正書局。

2. 《中國文學批評史》，劉大杰，文匯堂。

3. 《中國文學史》，葉慶炳，學生書局。

4. 《中國文學史論文精選》，羅聯添編，學海出版社。

5. 《中國藝術精神》，徐復觀，學生書局。

6. 《美的歷程》，李澤厚，元山書局。

7. 《談藝錄》，錢鍾書，明倫出版社。

8. 《也是集》，錢鍾書，廣角鏡出版社。

9. 《文化、文學與美學》，龔鵬程，時報出版公司。

10. 《傳統文學論衡》，王夢鷗，時報出版公司。

11. 《文學概論》，王夢鷗，帕米爾書店。

12. 《宋詩派別論》，梁昆，東昇書局。

13. 《宋詩概說》，吉川幸次郎，聯經出版事業公司。

14. 《元明詩概說》，吉川幸次郎，幼獅文化事業公司。

15. 《明代文學》，錢基博，臺灣商務印書館。

16. 《現代中國文學史》，錢基博，文學出版社。

17. 《中國新文學的源流》，周作人，里仁書局。

18. 《文藝社會學》，埃斯卡皮著，顏美婷編譯，南方叢書出版社。

19. 《藝術社會學》，豪澤爾著，居延安譯，雅典出版社。

六、

1. 《晚明小品與明季文人生活》，陳萬益，大安出版社。

2. 《晚明小品論析》，陳少棠，源流出版社。

3. 《公安派的文學批評及其發展》，周質平，臺灣商務印書館。

4. 《泰州學派對晚明文學風氣的影響》，周志文，臺大中研所碩士論文。

5. 《晚明性靈小品研究》，曹淑娟，文津出版社。

6. 《王世貞研究》，王志民，政大中研所博士論文。

7. 《李贄的文論》，陳錦釗，政大中研所碩士論文。

8. 《屠隆文學研究》，周志文，臺大中研所博士論文。

9. 《徐渭的文學研究》，田素蘭，文史哲出版社。

10. 《張岱生平及其文學》，黃桂蘭，文史哲出版社。

11. 《張岱生平及其小品文研究》，陳清輝，高師國研所碩士論文。

12. 《明人小品集》，周作人，金楓書局。

13. 《晚明二十家小品》，廣文書局。

14. 《晚明小品選注》，朱劍心，臺灣商務印書館。

15. 《明清小品》，陳萬益，時報出版公司。

七、

1. 〈論明代文學思潮中的學古與求真〉，簡錦松，收在《古典文學》第八集。

2. 〈從繪畫看明代及清初社會的文人業餘精神〉，李文蓀著，張永堂譯，收在聯經《中國思想與制度論集》。

3. 〈明私家藏書概略〉，袁同禮，收在《文史集林》第四輯。

4. 〈明代社會風氣的變遷——以江、浙地區為例〉，徐泓，中央研究院第二

屆國際漢學會議宣讀論文。

5. 〈菜根譚的社會思想〉，鄭志明，金楓出版社印行《菜根譚》導讀。

6. 〈醉古堂劍掃的社會人格〉，鄭志明，金楓出版社印行《醉古堂劍掃》導讀。

7. 〈徐文長書、詩、文、畫自評之探究〉，黃明理，收在淡江大學中文系編《晚明思潮與社會變動》。

8. 〈由菜根譚看晚明小品之基本性質〉，龔師鵬程，台灣師大國文系《中國學術年刊》第 9 期。

附錄一　精魅觀點──
論〈西湖七月半〉的敘述主體

一、是七月半嗎？

「天上月圓人間月半，月月月圓逢月半。」這是一副巧聯妙對的上句，撰寫者玩弄字詞的歧義性，將陰曆月中而望的現象，有趣的表達出來。圓月可觀，一個月三十個晚上的月相，飽滿的圓月分外引人，每次月圓，大柢不乏瞻仰月色的幽人雅士。然而，並不是每一個月圓之夜都吸引著人們集體地仰天而望，在月下展開游觀休閒活動。漢人的社會習俗裡，這種集體的大眾的觀月行為，一年之中就只落在八月中秋，江南秦中、海陬山隅，莫不如此。宋人林光朝〈中秋月夜〉所謂「一年月色最明夜，千里人心共賞時。」〔註1〕是此風俗的最佳寫照。在這樣的文化下，從小我們便知道賞月是中秋節特有的節慶活動，它因此而有別於元宵、中元，不同於清明、端午。也正因如此，初讀張岱的〈西湖七月半〉時，相信很多人都會閃過一個念頭：何以杭州人如此特別，選在七月十五共看明月夜遊西湖呢？那麼，中秋呢？他們到不到西湖？賞不賞月？

不過，這萌生於即時一瞬間的問題，是不被鼓勵的。

研究晚明文學頗有成就的學者，導讀〈西湖七月半〉，壓根兒不討論這些〔註2〕。他們盡力讚美作者細膩入微的觀察、靈動的修辭、奇崛的句法，以及

〔註 1〕 宋蒲積中編：《歲時雜詠》（台北：臺灣商務印書館，景印文淵閣四庫全書 1348 冊）卷 32，頁 1348～420。

〔註 2〕 如陳萬益：《明清小品》（台北：時報文化出版公司，1987 年）頁 186～194。又如陳平原，他在明清散文研究課上也講到此篇，文字記錄於《從文人之文

高雅的品味、眞摯的性情，而後再對比張岱走過繁華與蒼涼的心境，便足以讓初學者驚嘆連連，從而忘掉原本的疑惑——彷彿再去追究杭人何以七月賞月，都屬枝微末節的傻問題。

而有些文章評賞者似乎意識到這個問題，於是擺出杭州通的架子，用一種地陪導遊的口吻告訴讀者：

> 杭州人遊西湖，一般都是巳時出來，酉時就回家……只有七月十五晚上，因爲是一般說的鬼節，按習俗是必須出來與死去的亡靈同樂的，所以賞月之風才稍稍旺些。〔註3〕

> 晚明時，杭州西湖的各大寺院這天晚上都要舉行盂蘭盆佛會，爲信徒們誦經拜懺，以超度其祖先亡靈。所以，七月半晚上，杭州人去西湖夜遊的也是很多的。〔註4〕

這些說明頗有問題，中元夜「與死去的亡靈同樂」，豈是漢人文化所曾聽聞？而超度祖先亡魂之後的夜遊，爲何又以看月笙歌爲樂？而最大的問題是，這些說明概無文獻根據，如何能解答疑惑、取信於人？

然而，回歸文獻卻會發現：張岱筆下的西湖中元夜是悖離常俗的。嘉靖年間，田汝成（約1503～？）撰《西湖遊覽志餘》，其書所記的西湖中元、中秋夜景如下：

> 七月十五日爲中元節，俗傳地官赦罪之辰，人家多持齋誦經，薦奠祖考，攝孤判斛。屠門罷市，僧家建盂蘭盆會，放燈西湖及塔上、河中，謂之「照冥」。官府亦祭郡厲、邑厲壇。張伯雨〈西湖放燈〉詩云：「共泛蘭舟燈火開，不知風露濕青冥。如今池底休鋪錦，此夕槎頭直掛星。爛若金蓮分夜炬，空於雲母隔秋屏。却憐牛渚清狂甚，苦欲燃犀走百靈。」劉邦彥詩云：「金蓮萬朶漾中流，疑是潘妃夜出遊。光射魚龍離窟宅，影搖鴻鳥亂汀洲。凌波未必通銀浦，趁月偏憐近綵舟。忽憶少年清泛處，滿身風露獨憑樓。」

到學者之文》（北京：三聯書店，2004年）頁104～107。七月半就是陰曆七月半，都不曾有一絲懷疑。

〔註3〕見《歷代散文名篇》（台北：時報文化出版公司，2004年）頁223。是書選編名篇，各篇皆附相關影畫圖版，並作語譯。全書作者歸於古人，故不知譯者之名氏，唯書前有署名詹丹者所爲序。

〔註4〕此爲網路資料，屬在某一「高中語文論壇」下，網址爲：http://www.dearedu.com/bbs/dispbbs.asp?boardid=313&id=33514&star=1&page=14

> 八月十五日謂之中秋，民間以月餅相遺，取團圓之義。是夕人家有
> 賞月之燕，或攜榼湖船，沿遊徹曉，蘇堤之上聯袂踏歌，無異白日。
> 〔註5〕

元人張雨（字伯雨，1283～1350）、劉邦彥（？～？）的兩首詩，雖都未明白顯示特殊日期，然田汝成是錢塘人（張雨也是），嫻於杭民習俗，是以一望而知西湖放燈屬七月中元之事，故引繫於此，以志記風俗。此夕的西湖活動，是盂蘭盆齋祭的延伸，與次月的中秋賞月遊燕：「或攜榼湖船，沿遊徹曉，蘇堤之上聯袂踏歌，無異白日」，意義、形式截然不同。而〈西湖七月半〉描寫的情景，無乃近於中秋而遠於中元。

　　倘若懷疑田書所載不一定是明代之事，則不妨再看張瀚（1510～1593）的描述：

> （杭俗）七月望祀，釋家謂之盂蘭齋（按：讀若齋），俗云鬼節，謂
> 地獄放假五日，則矯飾甚矣。時民間翦紙為袍，燃硝磺為燈，以木
> 板泛於湖上，多至數百，夜望如星，亦足娛目。
> 中秋泛湖，招邀良朋勝友，舉觴把玩，甚暢幽懷。夜涼人靜，月色湖
> 光，上下澄澈如洗，當此之時，擊楫浩歌，心神飛越，曾不知天之高、
> 地之下，悠然樂而忘人世矣，即有蓬壺三島，何以過之？〔註6〕

張瀚地籍仁和，也是廣義的杭州人，他筆下的西湖七月半與八月半，夜晚都有人群活動，然而，呼朋引伴夜泛西湖，舉酒浩歌、欣賞月色的活動，終究還是歸屬中秋；至如七月半夜，西湖到處是人們施放的燈──與我們今日習見的普渡水燈，或許有通同的意義──燈光如星，流映湖面，才是特殊的景觀，引人注目的焦點。這是明代中葉的景觀，足證前引田汝成所記不是詳遠略近。

　　看過這兩則文獻，還是可以設疑：生於神宗廿五年（1597）的張岱，晚張瀚近一世紀，百年之間，杭人的習俗可能有了改變，所以他熟悉的西湖七月半，便不同於張瀚。也就是說，有可能西湖中元的泛燈習俗，萬曆天啟年間消失了，所以張岱之時，七月半的西湖已無可以「娛目」的「燈火鬧」可看。不過，這推測很難成立，蓋民俗轉變如此之大，怎會不見世人提起而興物換星移之感呢？又為何不見地方誌有所記載呢？

〔註5〕　《西湖遊覽志餘》（台北：臺灣商務印書館，景印文淵閣四庫全書585冊）卷
　　　　20，頁585～548。
〔註6〕　張瀚：〈時序紀〉，《松窗夢語》（上海：上海古籍出版社，1986年）卷7，頁
　　　　121。點校者以「齋」字屬下，作「齋俗云鬼節」，不妥，遂改如上。

清初的張英（1637～1708），他晚於張岱四十年，有〈七月十五日夜湖上〉詩，倒足以判定上述的推測不真，其詩云：

> 新秋客路在餘杭，此夕偏教斷客腸。鐘磬數聲河兩岸，火珠千點水中央。果蔬竟日惟呼佛，涕淚多時一望鄉。莫向斷橋高處立，鐙光雲影總悲涼。〔註7〕

「湖上」，雖不書湖名，但在餘杭稱湖，所指應即是西湖，此猶洛人呼「花」唯指牡丹之例，更何況西湖名勝「斷橋」，已明示在詩中。如果這是張英四十歲前寫的話，那時張岱仍然健在！清初的七月半，杭州居民猶是虔誠地薦奠祖考，舉行盂蘭盆會，一樣在水上放燈，湖上河面燈光點點的景象，與張雨、張瀚詩文的描寫相差無幾。顯然可見：從元末歷明中葉到清初，杭州西湖七月半的人文風景，一直是以夜放水燈為代表。淵遠流長的民俗活動，沒有理由會在張岱生存的某些年頭消失一陣子，隨後又恢復。

七月半，杭州人的確會來到西湖，也有夜晚的活動，但從來不是以結伴看月為主軸。此夜放燈是整日敬祖攝孤儀式的一部分，氣氛不是狂歡享樂的，因此客中的張英會興起懷鄉之感，說：「莫向斷橋高處立，鐙光雲影總悲涼。」熟悉杭州、以西湖為命，寫《西湖夢尋》的張岱，對此應該相當清楚，然而，〈西湖七月半〉為何會將這晚報導成看月勝會、狂歡之夜呢？

把中元夜寫得像中秋夜，豈不是文不對題了？文題不相對，相信不是文章高手會犯的錯，那麼，閱讀此文時，面對內容與題目存在著不對應的荒謬感，難道不用疑問：這是後人傳鈔之誤？還是作者有意為之的設計？若是傳鈔錯誤，能否找到可能的發生點？若是作者有意為之，張岱想表達的又是什麼？對於文章經營有何作用？一連串大大小小的的問題，並不容易回答，這或許是「杭人何以七月半賞月」的提問，之所以不被鼓勵的真正原因吧！

二、就是中秋夜

〈西湖七月半〉果非描寫中元夜，那麼所記盛況又屬哪一天呢？

張岱打一開始便告訴讀者：這是大家遊燕看月的晚上，西湖裏外到處是前來「看月」之人──雖然當中不乏湊熱鬧、作樣子、炫耀自己等等意不在月的人。這已不是暗示，而是明明白白指出他所寫的就是──中秋夜。

為了更明確傳達這個訊息，文章在帶過五類「看七月半之人」後，馬上

〔註7〕張英：《文端集》（台北：臺灣商務印書館，景印文淵閣四庫全書1319冊）卷15，頁1319～427。

就說：

> 杭人遊湖，巳出酉歸，避月如（避）仇，是夕好名，逐隊爭出──
> 多犒門軍酒錢，轎夫擎燎，列俟岸上；一入舟，速舟子急放斷橋，
> 趕入勝會。〔註8〕

短短兩行，可以得知：文章所寫的是杭人的風俗慣習，年度盛事，而非經由某人倡議的偶發性大會。偶而為之的大規模賞月，如張岱於崇禎七年曾發起蕺山亭大會，在閏中秋的夜晚群聚觀月看劇，各方好友，連同童僕妓伎以及擁觀者，大約近千人〔註9〕。但見其描述，仍無法與西湖此夜杭人「逐隊爭出」的情況相比。

杭人平時沒有夜遊西湖的風氣，故多未領略西湖月景，很多文人雅士對此感到不解，偶而還會調侃他們俗，陳繼儒（1558～1639）便說：「西湖有名山，無處士；有古剎，無高僧；有紅粉，無佳人；有花朝，無月夕。」曹娥雪（？～？）作詩嘲之曰：「燒鵝羊肉石灰湯，先到湖心次岳王。斜日未曛客未醉，齊拋明月進錢塘。」〔註10〕張岱曾題西湖名景「三潭印月」，曰：「湖氣冷如冰，月光淡於雪。肯棄與三潭，杭人不看月。」〔註11〕也從杭人不解風情處著筆。此文則化用袁中郎「杭人遊湖止午未申三時」〔註12〕名句，更尖銳地說：「杭人遊湖，巳出酉歸，避月如避仇。」

張岱的認知中：杭人平時是不來西湖看月的，但唯有一天例外。〈西湖七月半〉寫的就是這一天，杭人異於平常地爭相西湖看月去。

杭人一年中唯一的西湖夜，以我們對漢文化的理解，有哪天的可能性會大於中秋夜呢？而即使中元的夜晚活動也包含望月，試想：它的規模能超越中秋嗎？

杭人此夜之所以群起而出，張岱說是因：「好名」。好，作動詞，義同愛

〔註8〕王文誥編，張岱：《陶庵夢憶》（上海：上海古籍出版社，2003年，續修四庫全書1260冊）卷7，頁373。（避）仇，括弧內字乃筆者根據清乾隆間金忠淳本《夢憶》所加，見鈔本《硯雲甲編》（台北：故宮博物院圖書文獻館，善本古籍「故觀003558」）第5冊。以下徵引〈西湖七月半〉之文，皆據續修四庫王編本，不另加注。

〔註9〕見〈閏中秋〉，《陶庵夢憶》卷7，頁376。

〔註10〕見〈冷泉亭〉，《西湖夢尋》（上海：上海古籍出版社，2003年，續修四庫全書729冊）卷2，頁126。

〔註11〕見〈明聖二湖〉附詩，《西湖夢尋》卷1，頁114。

〔註12〕〈西湖二〉，錢伯城箋校，袁宏道：《袁宏道集箋校》（上海：上海古籍出版社，1981年）卷10，頁423。

好，語中為述語，其主語即承上之「杭人」。然而，此處「好名」，並非一般所謂愛好名譽名聲的意思，而是愛此節日之名義——願意隨著傳統，從俗地進行節日的活動，譬如元宵提燈、寒食禁火、端陽競渡食粽、重九登高飲酒之類〔註13〕。陶淵明〈九日閒居〉序云：「余閒居愛重九之名，秋菊盈園，而持醪靡由。」詩曰：「日月依辰至，舉俗愛其名。」〔註14〕愛節日之名，非僅愛節日之名稱而已，乃愛其名義、愛其依此名義而有的習俗也。張岱詩文曾取法鍾惺（1574～1624），鍾惺〈九日攜姪昭夏登雨花臺〉詩亦云：「節物登高雨未成，閉門聊復愛其名。客邊難見重陽好，郭外剛傳此日晴……」〔註15〕「愛其名」，正表示願於此日從俗登高也。是則，張岱說杭人「是夕好名，逐隊爭出」，往西湖看月、趕入勝會，自然是在以看月為名、遊燕享樂的節日中進行的。此日，絕對是中秋。若是中元，人群早該在白天便到西湖寺廟舉行盂蘭盆會了，怎會日暮才趕著出城？而地方父母官，又豈敢放任此敬孝祖先、憐憫孤魂的日子，變作聲光相亂的歡娛晚會？

　　明明描寫西湖的中秋夜，卻將此日喚作「七月半」，此中必有緣故，下節將會深入討論。這裡先從版本的考察，確定在刻本大量流傳以前，此文便以「西湖七月半」面目出現了。

　　蓋今日所見《陶庵夢憶》，大抵根據清咸豐年間伍崇曜所刻《粵雅堂叢書》（1852），當時所本，則是清乾隆五十九年（甲寅，1794）王文誥版《陶庵夢憶》〔註16〕。王文誥甲寅刻本，二千零三年上海古籍出版社《續修四庫全書》收入，這應是目前所見《夢憶》最早最完全的刻本。

　　王文誥將全書釐為八卷，每卷輯文十餘首，每首冠有篇名，篇末附「純生氏曰」的評語。其整理編輯的幅度不小，各首篇名，以及加上「陶庵」二字的書名，有可能都是成於其手，因此，此版每卷卷首未標撰著者，而僅題

〔註13〕近人時興過西方傳入之節，如母親節、父親節、耶誕節、情人節之類，每近節日商人鼓吹過節氣氛，大眾則不吝消費，購贈禮物、祝福感謝，皆循一套俗成的模式在進行，都會區青年尤甚，彷彿這些時日便應如此過。節日「名義」牽引人的行為有如是者，觀此，則所謂「好其名」可知過半矣！

〔註14〕〈九日閒居并序〉，戚煥塤校：《靖節先生集》（台北：華正書局，1975年）卷2，頁5。

〔註15〕鍾惺：《隱秀軒詩集》（台北：偉文圖書公司，1976年）七言律2，頁415。

〔註16〕伍崇曜跋云：「乾隆甲寅（59年）仁和王文誥謂從王竹坡、姚春漪得傳鈔足本，實八卷，刻焉。顧每條俱綴純生氏曰云云，純生殆文誥字也。又每卷直題文誥編，恐無此體。茲概從芟薙，特重刻焉。」見馬興榮點校：《陶庵夢憶/西湖夢尋》（台北：漢京文化事業公司，1984年）頁80。

「仁和王文誥純生編」。編書之前，他至少看過兩種版本，書首識語云：

> 〈陶庵夢憶序〉見甌山金氏本，刻入《硯雲甲編》，書僅一卷，十失
> 六七。此本余從王竹坡、姚春漪得之，輾轉鈔襲，多有脫譌，置篋
> 中且十年矣，歲辛亥遊嶺南，暇時繙閱，粗爲點定，或評數語於後，
> 意之所至無容心也。客過寓，見者請公同好，遂以付梓。而是書不
> 著姓氏，卷中曰「張氏」、曰「岱」、曰「宗老」，據金氏考《浙江通
> 志》：張岱字宗子，山陰世族，晚境著書率以夢名，唯《石匱書》埋
> 之娜嬛山中，世未盡見。〔註17〕

由此可知：《陶庵夢憶》全本乃經過王文誥點定，才梓行面世的。那麼，〈西
湖七月半〉會不會在他修改前本「脫譌」時，被改了字句，以致有此「中秋
而七月半之」的突兀面貌？

答案是否定的。識語中的甌山金氏，是金忠淳，《硯雲甲編》的編者，甲
編收《夢憶》一卷，共收文四十三首，與王刻的八卷百廿三首相比，固缺十
之六七〔註18〕，但幸運的是，其中第三十四首即是〈西湖七月半〉〔註19〕。
今查證鈔本《硯雲甲編》，文章開端：「西湖七月半，一無可看，止可看看七
月半之人」，乃與後世所傳一字不異。顯然，在王文誥之前，文章已經如此，
而且，他整理時，並未覺得此中有何譌誤，所以也就保留了下來〔註20〕。

如此看來，假設「七月半」是傳鈔間的錯誤，那也是相當早期的事，現今
要從搜檢文獻資料去發現，難度甚高，並不值得繼續窮搜深究。況且，以理推
之：文章接連出現三次「七月半」，不應該是鈔寫間無心的筆誤。換言之，字形
差異甚大的「七」與「八」，傳鈔者在短短三句話裡，連三次誤八爲七，那機率
是微乎其微的！此外，《西湖夢尋》卷三西湖中路「十錦塘」後亦收〈西湖七月
半記〉，文字與《夢憶》所刻稍稍幾字差異而已，「七月半」仍然不變。二書各

〔註17〕王文誥，《陶庵夢憶》書首識語，頁315。

〔註18〕其中第二篇以及末三篇（共四篇），且不見於王文誥刻本。雖然如此，王文誥
對金氏的貢獻並未忽略，他將金本原序存於書首，並在此識語中彰顯其考知
作者的功勞。《夢憶》書後金忠淳有二跋，其一考陶庵老人即張岱，其二察其
家世，爲張天復、張元忭、張汝霖後人。不過，他誤天復三人爲張岱之曾、
祖、父，實漏一世（岱父耀芳，三人乃其高、曾、祖）。見手鈔《硯雲甲編》
（台北：故宮博物院圖書文獻館，善本古籍「故觀003558」）第5冊。

〔註19〕《硯雲甲編》本所收四十三篇，皆無篇名，是以推測今各篇篇名乃王文誥所
定。

〔註20〕王本與金本在此篇的差別，只有「避月如避仇」省一「避字」。他如「艤舟」
金本已誤作从舟義聲之字，王本仍沿其誤。

自流傳，其中版本若有變訛，文字應不會如此整齊。因此，與其費心求證杳不可期的假設，不如換個方向思考：作者製造此荒謬矛盾之感，所爲何事？

三、反常設疑，以待追問

言語有指涉的功能，在一語言系統內，詞彙與外在事物的對應連結關係，相當穩定，人們才能藉之以傳達溝通。是故，一般情況下，言說者是不會指鹿爲馬、顛倒黑白的，即使是小學生作文，大致不會把中秋節的題目，錯寫成穿新衣戴新帽、貼春聯放鞭炮的內容。因爲他們知道那與經驗相違背，如此牛頭不對馬腳地寫，必定招來訕笑責備。

這道理張岱不會不懂，然則，描摹西湖中秋而稱七月半，必定有他顛覆平常言語的指涉功能，企圖達到某種文學效果的苦心孤詣。

反常的、顛覆的，對習於平常的大眾而言，本來就充滿吸引力。擅於驅遣文字的文人墨客，往往即利用此道在詩文中形成焦點，進而在聽讀者訝異驚疑之餘，傳送一個圓通的說法，以釋解聽讀者的疑惑。此傳達與接受，經過一個反常設疑以引起注意、激發疑問，以及適時提供解答的過程，接收者思緒的塞通起伏，較諸平常要來得複雜、具衝擊性，所傳達的意旨更可以深植人心。張岱經營〈西湖七月半〉，正是用此「反常設疑」的手法。

類此手法，最具代表性的文獻是「趙盾弒其君」的左氏傳文。《春秋》宣公二年秋九月記：「晉趙盾弒其君夷皋。」《左傳》存其事，大抵言晉靈公不君無道，時宣子（趙盾）爲正卿，驟諫不聽，反成靈公眼釘肉刺，欲除之而後快；趙盾連番躲過刺殺，已行出亡，此時盾弟趙穿攻殺靈公於桃園。事後，趙盾重返其位，史官於是秉筆書：「趙盾弒其君。」《傳》云：

> 乙丑，趙穿攻靈公於桃園，宣子未出山而復。大史書曰「趙盾弒其
> 君」，以示於朝。宣子曰：「不然！」對曰：「子爲正卿，亡不越竟，
> 反不討賊，非子而誰？」宣子曰：「嗚呼！『我之懷矣，自詒伊慼。』
> 其我之謂矣！」〔註21〕

雖然，儒者歷來稱此爲「書法不隱」、爲董狐「直筆」，直接揭露趙盾原本有恨君之心、弒君之意，所以才會「亡不越竟（境），反不討賊」。但成其爲直筆之前，其實讀者還得經過一道曲折的思考過程。可以想見：當史狐榜示「趙盾弒其君」時，對其他朝臣國人而言，這是不合於所聞所見的論斷。攻殺靈

公者，明明是趙穿，史官怎誤書是出亡的趙盾？如此違反事實之言，必定激起疑問，趙盾之所以大呼不然以此。然而，史狐似乎也成竹在胸，準備要在趙盾否認時，宣揚其罪，將君臣大義說明白。於是此段義正詞嚴的史家洞見，駁得趙盾不得不接受，也讓後世千千萬萬的讀者留下深刻的印象。

志在撰寫明代史的張岱，當然熟知此典。另外，此道不只限於文字敘述，南宋遺民鄭思肖，乃用之於畫，《姑蘇志》記其事：

> 鄭思肖，字憶翁，號所南，連江人……宋亡乃改今名，思肖即思趙，憶翁與所南，皆寓意也……精墨蘭，自更祚後爲蘭不畫土，根無所憑藉。或問其故，則云：「地爲他人奪去，汝不知邪？」〔註22〕

鄭思肖忠直剛介，宋末，曾以太學生應博學弘詞科；宋亡，隱耕吳中，平居坐必面南，厭聞北語，常常向南痛哭。善畫蘭，著《蘭譜》；又有《心史》傳世。除號所南，另自稱「三外野人」。其國亡之前所繪蘭，蓋如平常畫爲附著於土石的花草，因此，當其作失根之蘭時，勢必引起觀覽者的疑惑。問之，則曰：「地爲他人奪去，汝不知邪？」話中有亡國的悲憤，也有示不忘國恥的諷世意味。於是，不與俗同的「反常」畫作，成爲焦點，它凝聚觀者的心思，靜待畫家傳布最最關切的意念！此中傳達與接受的過程，一如史狐之筆。

鄭思肖的典故，張岱熟悉嗎？鄭著《心史》，置鐵函中藏於井，張岱則著《石匱書》，埋於瑯嬛山；張岱憑借記憶保存西湖、保存明代繁華，名書《夢尋》、《夢憶》，思肖則有「憶翁」之字——前後兩代遺民，彼此聲氣何其相通！而張岱〈自爲墓誌銘〉正以「必也尋三外野人，方曉我之衷曲」作結〔註23〕，自許爲鄭思肖的異代知音，然則，他於畫蘭之典故豈有不知之理？

有此必爲張岱熟知的兩則典故爲例，推敲〈西湖七月半〉故爲反常的經營手法，其合理性乃大大提高。遺憾的是，張岱寫成文章之後，不像史狐、憶翁即時有人提問，從而可以表達深意，而後載諸筆記史傳，廣爲傳播。他寫中秋而故稱七月半，歷四百年至今，竟幾乎激不起疑問！

是操作手法不夠高明嗎？不然。事實上，張岱運用反常設疑的手法，遠非上舉二例可以望其項背。在史狐、憶翁的故事裡，他們都必須站在主要傳媒之外，另行補充說明。若從文學批評、藝術批評的角度來看，此非值得鼓

〔註22〕 王鏊：《姑蘇志》（台北：臺灣商務印書館，景印文淵閣四庫全書 493 冊）卷 55〈卓行〉，頁 493～1044。

〔註23〕 張岱：〈自爲墓誌銘〉，夏咸淳校點：《張岱詩文集》（上海：上海古籍出版社，1991 年）瑯嬛文集卷 4，頁 297。

勵之事。〈西湖七月半〉則大異於是,張岱純粹訴諸文學媒介,以文章為完足的敘述結構,既故設疑惑,則所有解答的線索,也鋪陳於文章的字裡行間,待人尋繹、發現,待人自行解答、詮釋。它不假作者現身說法,無容作者搶白,一切回歸作品,回歸文學感盪心靈的活動本身。

七月半的設計與上述二例相較,大輅之於椎輪,自是不可同年而語。而也正因如此,作者隱微的心意,必然面對著更大的不被理解的風險。

四、七月半,「吾輩」非人的暗示

張岱描寫八月半的名篇,尚有〈虎邱中秋夜〉,收在《夢憶》卷五,其文敘說蘇州人中秋夜在虎邱歡聚的盛況。文章以全知(第三人稱)觀點展開敘述,不同於以第一人稱敘述的〈西湖七月半〉。

「吾輩」是〈西湖七月半〉中重要的關鍵詞,它與「看七月半之人」在文中的對立,是尋思作者反常立題的重要線索。所謂對立,是就「觀看」與「被觀看」、「敘述」與「被敘述」的關係上說的,並非指二者彼此敵視、對抗、互不相容。

張岱——不,文章的敘述主體,是「吾輩」的代表,他代表說出他們眼中中秋遊湖賞月人的各種姿態、活動過程,以及或雅或俗的趣味。他們將參與勝會的人分作五類:

> 看七月半之人,以五類看之:
> 其一,樓船簫鼓,峨冠盛筵,燈火優傒,聲光相亂,名為看月,而實不見月者,看之。
> 其一,亦船亦樓,名娃閨秀,攜及童孌,笑啼雜之,環坐露台,左右盼望,身在月下而實不看月者,看之。
> 其一,亦船亦聲歌,名妓閒僧,淺斟低唱,弱管輕絲,竹肉相發,亦在月下,亦看月,而欲人看其看月者,看之。
> 其一,不舟不車,不衫不幘,酒醉飯飽,呼群三五,躋入人叢,昭慶、斷橋,嘄呼嘈雜,裝假醉唱無腔曲,月亦看,看月者亦看,不看月者亦看,而實無一看者,看之。
> 其一,小船輕幌,淨几煖爐,茶鐺旋煮,素瓷靜遞,好友佳人,邀月同坐,或匿影樹下,或逃囂裏湖,看月而人不見其看月之態,亦不作意看月者,看之。

杭人遊湖止於午未申，平時的西湖夜晚遊客甚稀，此夜人潮湧入，主要以賞月為名，享受一年一度的狂歡，文中以「看七月半」來概括這樣的舉動。暴增的人群，喧囂的場面，破壞了西湖一向的清幽雅韻，卻也形成一幅難得一見的浮世繪，是以「吾輩」們轉覺這是今晚西湖勉強可看的風景。

在他們的眼裡，擠進西湖的「看月」人群，可分五種類型。第一類是官員仕紳，他們藉今晚玩月之名，設宴西湖樓船之上，交際應酬，聽歌觀場，「名為看月，而實不見月。」第二種人應是隨著官員仕紳出遊的女性眷屬，這些名娃閨秀，趁此難得的公開場合，坐在樓船露臺上炫耀自己的身份，以及優渥的生活，無心看月，屬於「身在月下而實不看月」的一群。第三種類型，是「看月，而欲人看其看月」的高調文人，他們一樣在船上作樂尋歡，攜帶名妓、約集閒僧，吟詠於月下湖上，展現有別於常人的風流雅致，欲以凸顯自身的優越。第四種人則沒有前三類的闊綽，大柢是平民大眾或是寒儉士子，他們沒有舟船車轎的排場，酒足飯飽之餘，三五成群四處遊走，湖岸堤路充滿他們的歡樂聲、叫囂聲，旁若無人，自得其樂，有月無月對他們而言並不重要，是「月亦看，看月者亦看，不看月者亦看，而實無一看」的湊熱鬧者。迥異於第四類的噪鬧，第五種人是閒靜之士，他們乘著小舟隱匿僻處，划向裏湖，避開人群，唯有好友佳人相伴，靜靜賞月、品茗、談心，「看月而人不見其看月之態，亦不作意看月」，高雅而自在。

順著敘述脈絡來看，這五類，並不是敘述者特別挑出的值得一觀的人，而是指此晚的遊人，適足以用此五類概括殆盡。當然，服侍人的各色雜役，舉凡船夫、轎手、倡優、傒僕等，非為賞月而來的勞動者，是不包括在內的。然而，文章如此讀來，乃又不免衍生疑問：那麼，看人的人──此夜同在西湖的「吾輩」們，又是屬於哪一類呢？可以因他們不是今晚刻意前來看月的一群，故而與「看月之人」區別開來嗎？

似乎如此，包括敘述者張岱在內的「吾輩」們，應是常常造訪、甚至長居於西湖者，自是不同於中秋之夜偶臨的群眾，是以他們可居五類人之外。但，難以理解的是：如果他們是長居湖上的戀湖者，或者是山僧隱士、當地住家，何以會產生歸屬成群的意念，聚合於今夜共看遊人？共稱「我們」的基礎是什麼？

還是說「吾輩」只是張岱自我的擴編，僅僅稱他與三兩好友而已？但以他們為主體展開的敘述，何以又彷彿不存在觀察視角的有限性？他們幾人竟能無所不在地看盡廣佈各處的遊客，且洞悉各類遊客的一舉一動。

　　而且，「看七月半」，是西湖的年度勝會，勝會的場景，年復一年、大同小異的搬演著，可是，包括張岱在內的「吾輩」們，如此年年奉陪到底，似乎也有違常理〔註24〕。更詭異的是，文章之末寫著：

　　　月色蒼涼，東方將白，客方散去。吾輩縱舟酣睡於十里荷花之中，

　　　香氣拍人，清夢甚愜。

雖說張岱「在西湖，多在湖船作寓」〔註25〕，黎明之後縱舟酣睡於荷花叢中，不是不可能，但重複爲之，同此雅興者能有幾人？

　　圍繞著觀看者/「吾輩」的謎團，看來並不比稱名「七月半」爲小。然有趣的是，當想不通「吾輩」會是什麼樣的人，而戲問「難道是鬼」時，「七月半」一詞，竟似有了感應，令人恍然大悟：這兩個難解之詞，彼此原來是相互照應的。

　　「吾輩」非人。至少不是具體活在世間的人，他們是張岱寫作〈西湖七月半〉時，刻意設定的觀看者。文章的敘述主體，不直接是作者張岱；張岱是站在所設定觀看者的角度，用擬代之筆，來描寫西湖中秋夜。所擬代者是誰？蓋指西湖的山靈水仙、木精花魅，以及在此留下韻事、與湖相契的風流人物舊魂魄。張岱馳思加入他們，共稱「吾輩」，更代爲發聲。

　　山水有靈，迷人的西湖尤其多。祁豸佳曾說：「西湖之妙，妙在空靈晶映，一入於詩，便落脂粉。」不唯爲詩不易，圖畫亦難，「世間凡物，竹籬茅舍、雞犬桑麻，一入於畫無不文雅，而西湖圖景，雖桃柳舟航，猶是滓穢太清。」〔註26〕何以如此呢？祁說是因爲西湖「空靈晶映」。空靈晶映，仍就景上說，但晶映易了，空靈實難揣摩。其實，西湖不只是山水景物而已，它豐富的人文資產——歷史名人事蹟、詩文吟詠、傳奇異說等等，相融互攝於山水景物之間，其吸引力不在自然景觀之下。試想：少了駱賓王、白樂天、蘇東坡，少了神仙葛洪、隱士林逋，少了慧理禪師、參寥和尚，沒有蘇小小，沒有濟

〔註24〕因爲從文章綜觀、籠罩式的敘述如「西湖七月半一無可看，止看看七月半之
　　　人」、「杭人遊湖巳出酉歸，避月如避仇，是夕好名，逐隊爭出」看來，「吾輩」
　　　所描述的是杭民的風俗，年度的節慶活動，他們眼中雅人俗客遊湖的畫面，
　　　是年復一年地搬演著，故而「吾輩」當然也「扮演」著每年看盡來湖「看七
　　　月半之人」且最後離場的角色。而這樣的角色，當由誰來承擔呢？現實存在
　　　的張岱可能嗎？由張岱的個性去推想，他大概不會如此單調地過節！至少〈虎
　　　丘中秋夜〉一文，顯示他曾經一度去蘇州虎丘度節，而在西湖缺席。
〔註25〕見〈冷泉亭〉，《西湖夢尋》卷2，頁126。
〔註26〕祁豸佳：〈西湖夢尋序〉，《西湖夢尋》卷首，頁106。

顛，沒有白蛇許仙……西湖還會不會那麼有靈性？是以越是熟習西湖人文掌故，如祁豸佳這樣的文人，越不能滿足於「表面的」西湖。而西湖也因長期累積的美談傳奇而更添風韻，具顯豐富的美感；除了看得見的山水土石、草木蟲鳥之外，還有大量看不見的文化元素，時時招喚遊人，令人心馳神往。其空靈，也許與此息息相關，所以難以言宣、不易圖繪，文巧如張岱，還需費一整部《西湖夢尋》的筆墨，為它傳神寫照！

王雨謙為《西湖夢尋》作序，稱張岱「盤礴西湖四十餘年，水尾山頭無處不到。湖中典故，真有世居西湖之人所不能識者，而陶庵識之獨詳；湖中景物，真有日在西湖而不能道者，而陶庵道之獨悉。」〔註27〕典故，是以西湖景物為依托的流傳往事，有真實的歷史，也有虛構的傳說。發生的年代，或遠或近；事情的傳播，或顯或僻，但不論遠近顯僻，它們被述說時，彷彿都是具存於眼前西湖的人事。換言之，這些相契於景物的典故人物，精神不朽，儼然活生生地存在西湖周遭。張岱於此獨詳獨悉，稍事想像，換個角度想，不難體會：這些歷久彌新的典故人物，與山川之靈一樣，無疑都是西湖的主人。

寫作〈西湖七月半〉，張岱正是站在西湖主人們的立場，冷靜客觀地陳說中秋夜杭人遊湖的百態。西湖主人，是「吾輩」所以為群的共同意識，共稱「我們」的基礎便在於此；「吾輩」非人，而是山川草木之靈、典故人物之魂的集合，他們與「看七月半之人」的對立，除了前述的觀看/被觀看、敘述/被敘述關係之外，更是「非人」與「人」、「幽」與「明」的不同。是故，他們可以年復一年，觀此遊人勝會而不厭；勝會當中，他們可以無所不在，無所不睹，看人而人莫之覺；東方將白，人散之後，他們可以繼續縱舟花叢，酣睡於十里清香之中。

這是非常特別的敘述角度，為了使敘述主體的轉換讓讀者察覺，張岱用「七月半」——一個與幽冥、鬼靈特別容易聯想的字眼，取代「八月半」或「中秋」。此詞先在文中形成疑點，激發讀者思考索解；而當讀者繼而對「吾輩」的身份生疑時，「七月半」的暗示性，便有如關鍵，能為讀者打開認識敘述主體之門。

五、西湖老魅，冷說末世繁華

代言，原非多特別的寫作手法，詩歌史上擬代思婦寫下的閨怨之詞，所

〔註27〕王雨謙：〈西湖夢尋序〉，《西湖夢尋》卷首，頁106。

在多有；明代科舉經義，要求入口氣代聖立言，亦同擬代之體；而張岱精通的戲劇，編劇者創造腳色生命，所憑藉的尤其是揣摩擬代的工夫。所以〈西湖七月半〉之虛擬敘述主體，並非創體；其特殊之處，乃在代言的對象是精靈鬼魅，而且其設擬的形象，不是一般的陰森飄忽、惑人駭人的妖精鬼怪，卻是與人無殊、長存西湖的亙古精魂。

當然，假使張岱不語怪力亂神，不信什麼精靈鬼魅，則上述的解讀將不值一哂。然而，從他有關西湖的記敘中，卻不難得知他並不排斥這些。《西湖夢尋》卷三〈蘇小小墓〉，他寫著：

> 蘇小小者，南齊時錢塘名妓也。貌絕青樓，才空士類，當時莫不豔稱。以年少早卒，葬於西泠之塢，芳魂不歿，往往花間出現。〔註28〕

卷二的〈三生石〉，除了記其位置在下天竺寺後外，全錄蘇東坡所撰的〈圓澤傳〉，蓋指此石為圓澤和尚轉世精魂寄託處。傳述洛僧圓澤投胎始末，臨亡與好友李源相約見於「後十三年中秋月夜，杭州天竺寺外」，李源依約往，則：

> 聞葛洪川畔有牧童扣角而歌之曰：「三生石上舊精魂，賞月吟風不要論。慚愧情人遠相訪，此身雖異性長存。」呼問：「澤公健否？」答曰：「李公真信士。然俗緣未盡，慎弗相近，惟勤修不墮，乃復相見。」
> 又歌曰：「身前身後事茫茫，欲話因緣恐斷腸。吳越山川尋已遍，卻回烟棹上瞿塘。」遂去不知所之。〔註29〕

且不論圓澤精魂最終歸於何處、勤修結果如何，然木石之上得寄精魂，精魂又可附於牧童（或化身牧童），卻是故事中言之鑿鑿的事實。

另外，《夢憶》卷三〈陳章侯〉，寫崇禎某年八月十三夜與陳洪綬湖上賞月，遇女郎乞搭便船前往一橋，舟中洪綬邀酒，女郎欣然就飲之事。文章以「移舟至一橋，漏二下矣，竟傾家釀而去。問其住處，笑而不答。章侯欲躡之，見其過岳王墳，不能追也！」〔註30〕作結，月夜獨行、往過岳王墳的女郎，人耶？鬼耶？令人有幽幽玄異之想，這是張岱有意營造的效果。

由上三例，可見他並不諱談精靈鬼魅。況且，國破家亡之後，張岱「無所歸止，披髮入山，駭駭如野人，故舊見之如毒藥猛獸，愕窒不敢與接。作

〔註28〕《西湖夢尋》卷3，頁142。此文還記載北宋時司馬槱洛下夢蘇，後五年為幕於杭，得拜小小墓，又夢與合巹，終幽昏而卒，卒葬小小墓側之事。事涉玄奇，而張岱津津樂道，其好異搜奇之心可見。

〔註29〕《西湖夢尋》卷2，頁133。

〔註30〕〈陳章侯〉，《陶庵夢憶》卷3，頁341。

自輓詩，每欲引決，因《石匱書》未成，尚視息人世」〔註31〕。別人不敢與接，以如見「毒藥猛獸」爲譬固然貼切，但若換以如見「鬼魅」，也無不可；以他有引決之念來看，雖仍苟活，卻早已悠悠忽忽，自視爲一縷幽魂了。所以〈自爲墓誌銘〉上說：

　　任世人呼之爲敗子，爲廢物，爲頑民，爲鈍秀才，爲瞌睡漢，爲死
　　老魅也已矣。

敗子、廢物等等，雖說是外人加予自己的詬罵，但他自甘如此，實表達了雖生猶死、似死還存的悲痛。「死老魅」一詞，頗堪玩味〔註32〕。以今觀之，愛戀西湖如癡、熟稔西湖成精的張岱，若眞成了老魅，其最佳出沒的地方，恐非西湖莫屬。那麼，張岱在人呼且自認爲「死老魅」時，若曾想及魂魄歸遊之處，西湖——盤礴四十餘年的老地方，大概也會是他的首選吧？

　　張岱要轉換敘述主體，站在西湖精魅的角度來述說，可能性是存在的。然而這樣做，目的何在？對文章經營有何好處？

　　首先，談到遊人西湖賞月這件事，愛月的他，實有與「避月如仇」的杭人切割的必要。歷來像他那麼貼近西湖、盡享西湖月夜的沒有幾人，對此他相當自豪〔註33〕。中秋之夜，當杭人大量湧入西湖時，現實上的張岱，絕對曾經是那人群中的一個，而且不只是一次兩次，否則他不會對此夜遊人的舉動如此熟悉。作爲一個現實存在的人，要劃出與一般群眾區隔的界線，而後以第一人稱敘述觀點談說彼此差異，很難不墮入自命高雅、抑人揚己的惡趣——然則，與其塑造一個高高在上的自己，不如轉換敘述觀點，站到虛擬的立場，統觀芸芸眾生（包括現實的自己在內〔註34〕）。如此，更可盡情地將此

〔註31〕張岱：〈夢憶序〉，《張岱詩文集》瑯嬛文集卷1，頁110。
〔註32〕精與魅，分言之或有不同，如謂：「山魈屬鬼，依草附木而爲祟，是之謂魅。老樹千年，英華內聚，積久而成形，如道家之結聖胎，是之謂精。魅爲人害，精則不爲人害。」見紀昀：《閱微草堂筆記》（台北：大中國圖書公司，1994年）卷8「益都朱天門言」條，頁139。然世人用其詞，言人人殊，並無固定的區別，本文使用精魅之詞，乃取彼非人之共相而已，不予嚴分細別。
〔註33〕〈冷泉亭〉：「余在西湖，多在湖船作寓，夜夜見湖上之月；而今又避囂靈隱，夜坐冷泉亭，又夜夜對山間之月，何福消受！余故謂：西湖幽賞無過東坡，亦未免遇夜入城。而深山清寂，皓月空明，枕石漱流，臥醒花影，除林和靖、李岣嶁之外，亦不見有多人矣。即慧理、賓王，亦不許其同在臥次。」《西湖夢尋》卷2，頁126。
〔註34〕現實的張岱，若以五類看月人來歸納，第三類、第五類當最合其風調，然而

夜遊人描寫出來，男的女的、雅的俗的、高貴的低賤的、靜謐的喧譁的、有趣的無趣的，人情百態通通籠聚筆下，通過平等的看待、客觀的語調予以呈現。而「虛擬的立場」，再沒有比站到西湖精魅的位子上更適合的了。

文章中那些張岱累積多年觀察所得的印象，時空舛錯、頭緒紛雜，若由現實存在的他作第一人稱的敘述，要達到宏觀全面的效果，並不容易。但精魅可以無處不到、無時不在，以他們為主體的敘說，便可以無所不能知，無所不能道，突破第一人稱觀點的有限性〔註35〕。在敘述主體轉變之後，那些時空舛錯、頭緒紛雜的往事可以被壓縮，像只是一夜間發生的事，從頭到尾精簡地、完全地被陳述，而讓讀者相信它們就是西湖中秋的常態，年年重演的劇碼。

其次，這個虛擬的立場，其存在是幽隱的，他們可以看人，人卻看不到他們〔註36〕。如果將〈西湖七月半〉當作影片，我們可以清楚感覺：入鏡的「看七月半之人」，似乎不曾察覺拍攝者的存在，片中沒有局部特寫，沒有面部表情，整部影片像是以隱藏的以及遠距離的鏡頭為主。面對遊湖群眾，拍攝者旁觀、不涉入的立場相當清楚，而也正因如此，再多的人物車船、再多的樂音人聲、再多的動作姿態，交織而成的熱鬧喧譁，卻總籠罩著一股幽冷疏離的氛圍。似真非真，若實若虛，直像夢境一般。當敘述者如此運鏡、如此呈現，如此展現風格，其實，它向讀者表白、引導讀者進一步索解作者之心的用意是明顯的——為什麼要將熱鬧場面寫得如此的冷？於是，了解作者的心事，便也成了閱讀的目的。

而幽冷的調性，似乎告訴眾人：張岱此時已非張岱，作者已死，無意立足此世矣！早年生活的世界，隨國破而不存在，山河改異，苟存的自己，充

樓船上的上流社會、岸上的狂肆喧譁場面，他也不無親臨的機會。總之，湖上經驗豐富的他，中秋晚上雖不見得每年都在，但曾經與會的時候，如何歡度良宵？不同年不同友伴，應會有不同的嘗試。

〔註35〕 第一人稱觀點在敘述上的有限性，乃緣於人類存在、感知的有限。我們的經驗中，人只能在一個時空下觀看外物，耳目感官所不及的地方，便無法得知其情狀，無從敘述。至於鬼神則不然，他們既非人類，「能力」便超乎人類之外。是以當他們作第一人稱敘述時，即使有全知的觀看感知，也無甚不可。

〔註36〕 精魅可以化作人形，化作人形，還可以只對特定之人呈現，變化頗多，可參註31所引《閱微草堂筆記》卷8。〈西湖七月半〉末了「吾輩呼客縱飲、往通聲氣、拉與同坐」，可以想像為他們現人形與客交往，但也不作如是想。畢竟敘述者是精魅，他們可把「淺斟低唱者」、「匿影樹下者」於夜深人散後湖上相見這事，說成由他們主導促成，彼此互通聲氣、同坐共飲，周旋於韻友名妓之間。然而，事實上人倒未必真看得見他們。

其量不過是新世界的局外人，甚至是亡魂了。他在《夢憶》的序裡說：

> 雞鳴枕上，夜氣方回，因想余平生，繁華靡麗，過眼皆空，五十年
> 來，總成一夢。〔註37〕

夢中醒來，已非夢中人；假如夢是一世界，夢醒之人，不正是從此夢中世界消逝的幽魂？回想夢境雖仍歷歷在目，夢內夢外的界線，卻清楚畫出了不可逾越的距離。過眼皆空，往事如夢，若非經歷亡國破家，紈綺如張岱難能有此領悟。但其空夢觀背後，實亦掩藏著巨大的失落感──夢中的一切，畢竟他仍以「繁華靡麗」來形容，那感覺，還記憶著呢！藉著幽魂冷冷的敘述調性，張岱乃自然地將失落後的心灰意冷、疏離孤寂，汨汨流洩於看似客觀冷靜的敘述中。

於是，這篇記事之文，也成了抒情之文；它既是西湖採風之作，也是一篇道地的詠懷文章。巧妙的是：張岱竟能不著攄懷感興之筆，只憑白描敘述，便意在不言中地散發抒情的力量，讓讀者觀文之後，焦點回到作者身上，感其遭遇、同其悲涼，而不只是停在西湖、停在杭民風俗上。

這謀篇的巧妙，倘值得喝采的話，其成功之所在──轉換敘述主體的設計，是不容忽視的。

六、千古絕唱

陳平原在〈晚明小品論略〉評張岱長於記游，筆墨清新空靈，讚許：「其〈西湖七月半〉、〈湖心亭看雪〉等，可謂千古絕唱。」〔註38〕不過，思繹他所舉的理由，我曾懷疑以「千古絕唱」推許〈西湖七月半〉，不免言過其實。彼時對於文章的謎團未解，只能笑稱：文不對題之作，流傳數百年，而人不但不以為意，兀自高標樂道，確實是文學史上所罕見。

如今發現解讀的關鍵，茅塞頓開，不得不佩服張岱的靈心巧手。這種靈巧，與雕琢巧繪、玩弄文字遊戲者截然不同，背後蘊藏的是亡國遺民的倔強之氣。他以反常的稱名、異常的敘述觀點，扣擊讀者的思考，引領人進入他的夢憶世界，感受其滄桑、追悔與幽憤。散文史中之有它，猶如畫史中之有失根蘭花，皆前人所未有，後人所不能炮製，天地間有獨而無偶者也。從這點來看，「千古絕唱」四字，〈西湖七月半〉絕對承受得起。有詩贊之，正是：西湖七月中秋夜，宗子謬題人莫知。曾有畫蘭根失土，今同幽憤語尤奇。

〔註37〕〈夢憶序〉，同註30。

〔註38〕文收吳承學、李光摩編：《晚明文學思潮研究》（武漢：湖北教育出版社，2001年）頁303～313。引句見311頁。

徵引文獻

（一）古籍

1. 明·王鏊:《姑蘇志》,台北:臺灣商務印書館,景印文淵閣四庫全書 493 冊。

2. 明·田汝成編:《西湖遊覽志餘》,台北:臺灣商務印書館,景印文淵閣四庫全書 585 冊。

3. 清·金忠淳編:《硯雲甲編》,台北:故宮博物院圖書文獻館,善本古籍「故觀 003558」第 5 冊。

4. 清·紀昀:《閱微草堂筆記》,台北:大中國圖書公司,1994 年。

5. 明·袁宏道:《袁宏道集箋校》（錢伯城箋校）,上海:上海古籍出版社,1981 年。

6. 晉·陶淵明:《靖節先生集》（戚煥塤校）,台北:華正書局,1975 年。

7. 明·張瀚:《松窗夢語》（蕭國亮點校）,上海:上海古籍出版社,1986 年。

8. 明·張岱:《西湖夢尋》,上海:上海古籍出版社,2003 年,續修四庫全書 729 冊。

9. 明·張岱:《陶庵夢憶》,上海:上海古籍出版社,2003 年,續修四庫全書 1260 冊。

10. 明·張岱:《陶庵夢憶/西湖夢尋》（馬興榮點校）,台北:漢京文化事業公司,1984 年。

11. 明·張岱:《張岱詩文集》（夏咸淳校點）,上海:上海古籍出版社,1991 年。

12. 清·張英:《文端集》台北:臺灣商務印書館,景印文淵閣四庫全書 1319 冊。

13. 宋·蒲積中編:《歲時雜詠》,台北:臺灣商務印書館,景印文淵閣四庫全書 1348 冊。

14. 明·鍾惺:《隱秀軒詩集》,台北:偉文圖書公司,1976 年。

（二）近人論著

1. 吳承學、李光摩編:《晚明文學思潮研究》,武漢:湖北教育出版社,2001 年。

2. 陳萬益:《明清小品》,台北:時報文化出版公司,1987 年。

3. 陳平原:《從文人之文到學者之文》,北京:三聯書店,2004 年。

4. 詹丹:《歷代散文名篇》,台北:時報文化出版公司,2004 年。

附錄二　徐文長書、詩、文、畫
自評之探究

一、

宋人鄧椿所著《畫繼》卷九〈論遠〉：

> 畫者，文之極也，故古今文人頗多著意。張彥遠所次歷代畫人，冠
> 裳大半；唐則少陵題詠，曲盡形容，昌黎作記，不遺毫髮；本朝文
> 忠歐公，三蘇父子，兩晁兄弟，山谷、後山、宛丘、淮海、月巖、
> 漫仕、龍眠，或評品精高，或揮染超拔。然則畫豈獨藝之云乎？難
> 者以爲：「自古文人，何止數公？有不能且不好者！」將應之曰：「其
> 爲人也多文，雖有不曉畫者寡矣！其爲人也無文，雖有曉畫者寡
> 矣！」

從這段論述我們可以得到一個概念：宋代文人活動之範圍已經擴展出繪畫的
領域。

今日看來，傳統中國文人的審美創造活動，大抵以詩、文、書、畫爲主。
詩與文無寧是文人之所以爲文人的基本活動，不詩不文，不足得文人之名。
書法則與詩文關係密切，詩文藉文字傳達意象，不能不形諸文字。而求美乃
人之本性，在書寫之時要求墨妙筆妍，不難想見。搦管揮毫既久，書寫的美
感規律便被發掘出來，書法的獨特藝術性也就產生了，自然這便是文人審美
創作中的一部分。至於繪畫則不然，它與文人原本沒有什麼關聯。繪畫者往
往只是個擁有技藝的匠人，不必定有文學修養，甚至可以目不識丁。而一個
文人即使一生中從未作畫看畫，也不損他文人的身份。繪畫本身本具有繁複

的技巧性，以及距離生活實用較遠，因此，文人著意及此，並從事創作與批評，其發生的時間，必然較晚。所以，當我們知道宋代文人積極地展開繪畫活動；或是揮染（創作），或是評品（批評），而且認為繪畫不只是技藝小道，而是人文精神之表現時，那麼，說這時候詩、文、書、畫已經成了文人藝術創作活動的四個支柱，殆無疑義。

明代胡應麟就說：

> 宋以前，詩、文、書、畫人各自名，即有兼長，不過一二。勝國則文士鮮不能詩，詩流靡不工書，且時旁及繪事，亦前代所無也。（《詩藪》外編卷六）

由此可見，宋代，是詩文書畫成為文人主要活動的初期，文人兼習四藝的風氣大開，而其中繪畫則是新開拓的領域，前引《畫繼》中論難數語，頗能反映此種情況。然而，經過兩宋的發展，文人兼事詩文書畫創作是越趨活躍的，以致元朝文人便多四藝咸備者。

宋代以前，如上文所說文士兼長者少，因此，只要能兼長一二，就會備受推崇。例如：《南史·謝靈運傳》：「靈運詩書皆兼獨絕，每文竟，手自寫之，文帝稱為二寶。」、《唐書·文藝傳》：「鄭虔善圖山水，好書，嘗自寫其詩并畫以獻（玄宗），帝署其尾曰『鄭虔三絕』」。宋以後，文人從事詩、文、書、畫活動是個普遍的現象，相應的能兼長眾藝的文人大量增加，人們除了讚佩他們多才多藝之外，逐漸地注意力也落在諸藝之上，進行評騭高低優劣的工作，於是如下之評賞語句出現了：

> （任詢）書為當時第一，畫亦入妙品，評者謂畫高於書，書高於詩，詩高於文。（《金史·任詢傳》）

這種品第諸藝高下的方式，明代弘治正德二朝之後，有許多例子。其中最為人熟知與議論者，莫如徐渭對其詩、文、書、畫的自我批評。

他的自評並不見於文章詩句之中，而是在陶望齡作的《徐文長傳》中首次被提到。文中說徐渭：

> 嘗自言：「吾書第一、詩二、文三、畫四」，識者許之。

徐渭身後，因有公安袁宏道的推挹，聲名頗盛，因此，後人對他詩文書畫自評，常有討論。持不同意見的人不少，至謂徐渭自評不過是「欺人之言」罷了。〔註1〕

〔註1〕周亮工言，見本文三──（二）。

雖然並不見徐渭詩文中言及此，不過陶望齡與之時近地近，加上當時此種評賞方式頗盛，因此，我們不懷疑它的眞實性。但是，面對這一批評，我們不得不追問：詩、文、書、畫畢竟是四種不同形式的藝術，是基於什麼觀點可以合列四者而品騭高下？徐渭說「吾書第一、詩二、文三、畫四」時，根據的準則又是什麼？

本文希望就徐渭詩文書畫自評，以及後人對此的討論爲中心，來探究徐文長的藝術心靈，以提出對其自評的合理解釋；文中對造成徐渭四藝優劣升沉的時代因素，也稍作審視，但限於文旨、篇幅，故未能深入探究。

二、

徐渭，字文長，明浙江山陰人（今紹興），生於正德十六年，卒於萬曆廿一年（西元 1521～1593 年），經歷武宗、世宗、穆宗、神宗四朝。二十歲時爲諸生，其後曾八次應鄉試，結果都名落孫山，四十一歲之後，絕意仕途，以諸生終。

他三十七歲時應浙江總督胡宗憲之邀，入幕爲書記，代筆詩文，頗受胡宗憲尊禮。後來胡因嚴嵩事獲罪下獄，不久自殺而亡，徐文長也因此九度企圖了結生命，不過都未成事。此後精神時而異常，四十六歲時誤殺繼室張氏，下獄論死，也因有友人奔走經營，終獲釋放。在獄共有七年的時間，出獄之後，身體精神狀況時好時壞，經濟情況也不好。袁宏道說他：「既出，倔強如初，晚年憤益深，佯狂益甚。顯者至門，皆拒不納，當道官至，求一字不可得，時携錢至酒肆，呼下隸與飲」〔註2〕避貴官，處下賤而任性不拘，於此可見。

要了解徐渭生平，除了從他詩文中尋求外，他有兩篇自傳式的文字特別值得注意。一是四十五歲企圖自殺前作的《自爲墓誌銘》，一是七十三歲，年壽將盡時，簡略地爲其一生作了編年，名作《畸譜》。此外，袁宏道、陶望齡、沈德符、張汝霖及《明史・文苑傳》都各有摹畫。

徐渭雖然科考不曾得意，但是文章方面的才華，早在幼年已經展露，且舉其一生，嘖嘖稱賞其文的人頗多，《畸譜》中似乎對於文章上受到的讚賞特別在意：

> 八歲，稍解經義……師奇之，批文云：「昔人稱十歲善屬文，子方八
> 歲，校之不尤難乎？噫，是先人之慶也，是徐門之光也，所謂謝氏

───────────────

〔註 2〕袁宏道《袁中郎全集》卷四〈徐文長傳〉。

之寶樹者，非子也耶？」

十歲，知山陰者爲鳳陽劉公昺……公取卷餘紙批曰：「小子能識文義，且能措詞，可喜可喜。爲其師者，當善教之，務在多讀古書，期於大成，勿徒爛記程文而已。」

何公鼇，先舅某與季師過杭，何謫參議歸，住西興驛，夜飲，師出《代白濬書》，讀之曰：「西漢文字也，好如蕭子雝。」

唐先生順之之稱不容口，無問時古，無不嘖嘖，甚至有不可舉以自鳴者。

外如薛應旂、茅鹿門也頗出贊語。〔註3〕

在胡幕中得到優遇，文章之美是最大原因，《明史‧文苑傳》云：

總督胡宗憲招致幕府，與歙余寅、鄞沈明臣同箋書記。宗憲得白鹿，將獻諸朝，令渭草表；并他客草，寄所善學士，擇其尤上之。學士以渭表進，世宗大悅，益寵異宗憲，宗憲以是益重渭。

而胡宗憲重建鎮海樓，樓成，請文長作記，酬文之銀高達一百二十兩。〔註4〕明代各部尚書，官階爲正二品，全年俸銀也不過是一百五十二兩。〔註5〕於是文長變賣文物，得同其數，合資則能夠買得「城南東地十畝，有屋二十有二間，小池二，以魚以荷，木之類果花材三種，凡數十株，長籬亘畝，護以枸杞。」文價之高，自可想而知。

然而，八次鄉試都落選，到底怎麼回事？《自爲墓誌銘》中提到：

生九歲，已能習爲干祿文字，曠業者十餘年，及悔學，又志迂闊，務博綜，取經史諸家，雖瑣至稗小，妄意窮極，每一思，廢寢食，覽則圖譜滿席間，故今齒垂四十五矣……舉於鄉者八而不一售，人且爭笑之，而己不爲動。

文中所謂「曠業者十餘年」，《徐文長逸稿》卷廿三有〈方山陰公墓表〉說：「渭年十一，以事謁之（劉昺），輒課問渭，知已能爲舉業文字三年矣，……顧勉令博古書。渭自是好彈琴，擊劍，習騎射，逡巡里巷者十年。」這十餘年間的逡巡里巷，加上「志迂闊，務博綜」，似乎即是他說明「舉於鄉而不售」的原因了。

〔註3〕見陶望齡《徐文長傳》。
〔註4〕見《徐文長三集》卷廿三〈酬字堂記〉。
〔註5〕見黃仁宇《萬曆十五年》第一章。

眾所周知，明代是八股文的時代，在八股取士制度籠罩下，天下士子爲學領域相當狹隘。取得「功名」之前，時文制藝之外無學問。袁宗道〈送夾山母舅之任太原序〉記：

> 余爲諸生，講學石浦，耆宿來，見案頭攤《左傳》一冊，驚問「是何書？乃溷帖括中！」一日偶感興，賦小詩，題齋壁，塾師大罵……通邑學者號詩文爲「外作」，外之也者，惡其妨正業也。（《白蘇齋類集》卷十）

《左傳》以及小詩已視爲「外作」，深怕於舉業有誤擱，況乃騎射彈琴，稗官小說？戴名世也有文記：

> 當明之初，以科目網羅天下之士，已而諸科皆罷，獨以時文相尚，而進士一途，遂成積重不返之勢，自其爲諸生，於天人性命、禮樂制度、經史百家茫焉不知爲何事。（《南山全集》卷五〈三山存業序〉）

時尚在此，而文長所學在彼，固不免於枘鑿，屢舉不第，這當然是重要原因。

不過，我認爲徐渭具有的濃厚的武人氣質，當也是原因之一。除了因不拘於法的個性，而不斤斤於八股格式，以致於在文章形式上會不切合要求外，文人氣質與武人氣質的差異，也將使得他的文章在內容、風格上不爲校士之官所接受。薛應旂便曾判其牘尾：「句句鬼話，李長吉之流也。」〔註6〕這雖不能作爲徐渭具有武人氣質之證，卻足以知其文具有異乎他人的風格，與文人強調的「溫雅中和」是不同的。

黃仁宇《萬曆十五年》第六章論及明代武將，認爲他們與文官集團存在著氣質的相對性：

> 他們（武將）需要具備準確的選擇能力和決心，著眼點在於取得實效，而不避極端，衝鋒陷陣，要求集中全力，……必要的時候可以孤注一擲。而大多數文官則以中庸之道爲處世的原則，標榜穩健和平。

綜觀徐渭一生，與武人的關係密切。首先，他的父親徐鏓便是個武舉人，不過，文長百日甫滿，徐鏓就去世了，可以說並未相處，然而父子畢竟有血緣關係、遺傳基因。接著是十幾歲時的學騎射，逡巡里巷；卅七歲入胡幕，參加剿倭；五十一出獄之後與李如松一直都有連繫，李如松是名將李成梁之子，亦是名將，主要活動在東北、朝鮮等地。其他結識者如吳鳳暘、呂光升、呂

〔註6〕見註3引文。

光午、吳兌、沈襄等人，均是帶有俠壯之氣者。《明史‧文苑傳》說：「渭知兵，好奇計，宗憲擒徐海、誘王直，皆預其謀。」在剿倭戰役中，他扮演預謀獻策的角色，爲了知對方虛實，以謀良策對付之，他深入戰場，《擬上府書》云：「乃生昨至高埠，進舟賊所據之處，觀覽地形，及察知人事，至熟且悉。……」〔註7〕若不是懷勇藏膽，豈能如此犯冒危險？

《徐文長三集》及《徐文長逸稿》中論兵策戰之文不少，〔註8〕都能縷縷陳述軍旅之事，論析戰鬥之計。

這都可作爲徐文長武人傾向的佐證。既有武人不避極端，不禁偏鋒，衝盪橫決的氣質，則他與文謅謅的文士，顯然有大差異在。

王夫之《明詩選》卷二評徐渭〈寫竹贈李長公歌〉一詩說：

四句後不復及寫竹，末雖敘明，亦不繳上意，此是要離焚妻子手段，

仙才俠骨，馳騁煙雲，自有醋大以來，能不醋者，渭一人而已。

明顯地掌握到徐渭異於普通文士之處，「仙才俠骨，馳騁煙雲」正是徐渭武人氣質的寫照。古有名言：「同聲相應，同氣相求」，徐渭既與文士氣味不投，考場上不得校士官青睞，乃不足訝異。

但是，徐渭到底還是博學於文的，傳統人文教養畢竟也起著相當的作用，這在他身上便產生了矛盾。他既時時以「吾儒」立言，〔註9〕卻又「不爲儒縛」，〔註10〕發而爲歌曰：「九流渭也落何流，戴髮星星一比丘」，〔註11〕在儒家之道中，找不到安頓之所。《自爲墓誌銘》寫著：

山陰徐渭者，少知慕古文詞，及長益力。既而有慕於道，往從長沙

公，〔註12〕究王氏宗，謂道類禪，又去叩於禪。久之，人稍許之，

然文與道終兩無得也。賤而懶且直，故憚貴交似傲，與眾處不澆袒

〔註7〕　《徐文長三集》卷十六，此時賊據高埠。

〔註8〕　《三集》中如卷十六〈擬上府書〉、〈擬上督府書〉、〈代白衛使辨書〉，卷十八諸策，卷十九〈贈李宣府序〉。《逸稿》中如卷十三〈論治氣治心〉、〈軍中但聞將軍令〉等等皆是。

〔註9〕　如《徐文長三集》卷十六〈贈禮師序〉等多篇。贈文云：「大約佛之精，有學佛者所不知，而吾儒知之；吾儒之麤，有吾儒自不能全，而學佛者反全之者。」

〔註10〕　見《徐文長三集》卷廿六〈自爲墓誌銘〉。

〔註11〕　見《徐文長三集》卷七。

〔註12〕　季本，字明德，會稽人，陽明弟子。著有《龍惕書》、《春秋私考》、《廟制考義》、《四書私存》、《讀禮疑圖》、《孔孟圖譜》、《樂律纂要》、《律呂別書》、《蓍法別傳》、《說理會編》、《詩說解頤》、《易學四同》等書。《明儒學案》列於〈姚江學案〉。

褻似玩，人多病之，然傲與玩亦終兩不得其情也。

這並非四十五歲要自殺前的一時之語而已，到了晚年，生命似乎依然駁雜不純，他自覺地如是看待自己。《畸譜》題名爲「畸」，蓋有所感，不是率意戲筆而已。一幅畫他家居「青藤書屋」的圖，上面題字：「幾間東倒西歪屋，一個南腔北調人」，更強烈地宣洩了他自覺矛盾的情緒。

三、

對徐渭有一簡單認識之後，以下將分三部分來分析後人對徐渭四藝的意見，以此作爲基礎，上溯徐渭自評本身，而尋求其立評之合理根據。

三──（一）

首先讓我們看看美國漢學家李文蓀（Joseph R. Levenson）的意見。〈從繪畫看明代及清初社會的文人業餘精神〉一文 〔註13〕 中說：

> 董其昌看不起職業畫家的原因之一是：他們除了院畫以外，對其他
> 人文學問一無所知。他認爲一個標準的文人，應該對自然有豐富的
> 感情，而且長於寫詩作畫。這種看法在當時很普遍，因此，有很多
> 畫家常常以具有多方面的專長與圓通的人格來掩飾自己在繪畫上的
> 專長。十六世紀的徐渭就是一個例子，他說他的詩第一，〔註14〕其
> 他文學作品其次，畫最下。（雖然評論家並不同意他這種自我批評。）

李文蓀認爲明末社會普遍地以爲一個文人（標準的文人）應該長於寫詩作畫。而對其他人文學問一無所知的畫家也會爲人輕視。職是之故，當時的畫家標榜自己多方面的才能和圓通的人格蔚爲風尚，而徐渭是個顯著的例子。

在此，「標準的文人」與「畫家」顯然是有差別的，而徐渭只是個畫家，不屬於「對自然有豐富的感情，並且長於寫詩作畫」的文人。他自評中把書、詩、文的價值置於繪畫之上，動機在於「掩飾」繪畫的專長，徇從於當時的社會眼光。但評論家是不同意他的自評的。

李文蓀這個關於徐文長的見解是有些不當的。第一，說評論家不同意他的自評，與陶望齡《徐文長傳》所言：「識者許之」便不相合。第二、徐文長長於寫詩爲文作畫，如何不是「標準的文人」，而是「畫家」呢？我們知道，

〔註13〕見《中國思想與制度》論《集》，段昌國等譯。
〔註14〕譯文如是，恐有誤。

明代推崇徐文長諸人，湯顯祖、王驥德著重在戲曲，[註15] 袁宏道、陶望齡著重在詩文。至於獨標其畫藝者，於明實不一見。《明史・文苑傳》序言：

> 迨嘉靖時，王慎中、唐順之輩，文宗歐、曾，詩倣初唐。李攀龍、王世貞輩，文主秦漢、詩規盛唐。王李之持論，大率與夢陽、景明相倡和也。歸有光頗後出，以司馬、歐陽自命，力排李、何、王、李。而徐渭、湯顯祖、袁宏道、鍾惺之屬，各爭鳴一時，於是宗李、何、王、李者稍衰。

乃是將徐文長置於文學發展局勢中論議，是徐文長在明代文風之轉移中佔有不可抹殺的地位。如此，有什麼理由把他完全看作只是一個「畫家」呢？李文蓀只基於繪畫史的立場，似忽略了全面的觀照，而未能予客觀的定位。

但，這又未必是李文蓀個人理解的偏差，徐文長主要被認作是個畫家，該還是源於中國本土。只是，這個觀念是由明歷清而逐漸成形的。

儘管陶望齡說徐渭自云書第一、詩二、文三、畫四，而「識者許之」，但是，入清之後人們是越見賞識他的畫了。且看：

> （文長）詩文未免繁蕪，不若畫品小塗大抹俱高古也。（朱彝尊《明詩評》）
>
> 余竊謂文長筆墨當以畫第一，書次之，詩又次之，文居下。（阮元藻《越畫見聞錄》卷上）
>
> 然余獨謂其畫有奇氣而不怪，尚在其詩、文、書之上也。（梁章鉅《退盫金石書畫跋》）
>
> 徐渭墨芍藥一軸，甚奇恣。上有題云：花是揚州種，瓶是汝州窰，注以東吳水，春風鎖二喬。字亦怪醜。予少喜渭詩，後再讀，乃不然。只是欠雅馴耳。（王漁洋《香祖筆記》）

其中，王漁洋對繪畫風格的「奇恣」，應是讚許與肯定；字評「怪醜」當不是恭維語，而詩「欠雅馴」則直見指摘，正是他不喜徐文長詩的原因。其實，所謂「奇恣」、「怪醜」、「欠雅馴」，精神實是相通，乃是相近的「感覺式」的評語。在畫方面，王漁洋可以接受「奇恣」的風格，卻無法忍受詩的「欠雅馴」，可見，於詩於畫，王漁洋有其不同的要求。

我們再以此段話與袁宏道《徐傳》中一段比較。

袁宏道說：「文長喜作書，筆意奔放如其詩，蒼勁中姿媚躍出，……先生

[註15] 湯語見王思任《批點玉茗堂牡丹亭敘》，王語見《曲律》卷四。

者，誠八法之散聖，字林之俠客也。間以其餘旁溢爲花草竹石，皆超逸有致。」
這裡，同樣論及文長書、詩、與畫，對三者之印象又頗相近，而且與王漁洋
的評語也相去不遠，大抵以「放逸」二字足以概之。所不同的是：袁推文長
詩爲明詩第一，〔註16〕書「決當在王雅宜、文徵仲之上」；〔註17〕王漁洋則是
因其詩欠雅馴而不喜，書則以怪醜視之。兩人之觀賞點實有頗大的距離。

　　這個比較，主要說明藝術鑒賞的不穩定性：對於同一藝術作品，不同的
時代，不同的人，即使他們掌握到的內容、風格或極相似，但是卻會產生不
同的評價。

　　滿清入關，使中國社會、思想、學術等等發生很大的變化，明代遺民檢
討明朝之所以滅亡，認爲王學末流空談心性，置四海困窮而不顧實有以致之。
於是主張回到經籍，宣言「經學即理學」，〔註18〕大聲疾呼士人應該紮實地講
求學問；另一方面，清廷箝制思想，文字獄非常嚴峻，因此學者避忌，學術
範圍於是一步步走到訓詁考據之上，對經籍故典一字一句不放鬆地鑽研。重
學的風氣下，詩壇論詩也不得不強調之。作詩「才學識三者宜兼」的規範語
句，觸目皆是。〔註19〕

　　相對於清代此種詩學主張，袁宏道論詩有主趣而輕學的傾向。《袁中郎全
集》卷一〈敘陳正甫會心集〉：
　　　　夫趣之得之自然者深，得之學問者淺。
　　　　迨夫年漸長，官漸高，品漸大，有身如桎，有心如棘，毛孔骨節俱
　　　　爲聞見知識所縛，入理愈深，然其去趣愈遠矣。
這種見地在清代備受詆譙，〔註20〕徐文長既爲中郎所推重，其詩又不固守格
律，因此招致不少批評。《四庫全書總目》提要說：「其詩（文長詩）欲出李
白李賀之間，而才高識僻，流爲魔趣，選言失雅，纖佻居多，譬之急管么弦，
淒清幽渺，足以感盪心靈，而揆以中聲，終爲別調，觀袁宏道之激賞，知其
臭味所在矣。」於是陳田《明詩紀事》便要找出徐文長的「眞詩」，爲文長辯

〔註16〕見《袁中郎集》卷廿二〈與吳敦夫〉尺牘。
〔註17〕見註 2 引文。王寵、文徵明之書，明人頗推重。
〔註18〕見顧炎武《亭林文集》卷三〈與施愚山書〉。
〔註19〕見吳宏一《清代詩學初探》第一章第二節。
〔註20〕《四庫全書總目提要》：「公安三袁又從而排抵之（指前後七子），其詩文變板
　　　　重爲輕巧，變粉飾爲本色……然七子猶根於學問，三袁則惟恃聰明，學七子
　　　　者不過贗古，學三袁者，乃至矜其小慧破律而壞度，名爲救七子之敝，而敝
　　　　又甚焉。」

護，將徐與袁分清界域。

> 田按：文長詩……如秋高木落，山骨稜稜，又如潦盡潭清，荇藻畢
> 露。惟恃才放逸，涉怪涉俳，又為袁中郎所賞識，致來詆諆，余特
> 為洗眉刷目，去其俳者，而文長之真詩出矣。

陳氏所謂「真詩」只是個人主觀之認定，只能反映他自己的詩學要求。但是可以肯定的是：陳田要認定文長真詩的動機，是為救世人詆諆文長之失。而文長所以遭到詆諆，卻是因為他的詩受到袁中郎推崇的緣故。

清初承公安餘脈者有錢謙益。毛奇齡《西河文集》卷廿八〈盛元白詩序〉：「今海內宗虞山（按：即錢氏）教言，于南渡推放翁，于明推天池生（按：徐渭之號）……而要之三唐之步，仍卻而不前。」雖代屬滿清，實是明末公安之續。文長之詩所受到的重視，延續到清初不久而止。錢鍾書云：「有清一代，鄙棄晚明詩文」（《也是集·關於明末詩派》）已闡明此一歷史發展現象。

至於徐渭之文，受到的詆諆不如詩多，受到的重視也不大。《四庫全書總目》提要謂「其文源出蘇軾，頗勝其詩，故唐順之、茅坤諸人皆相推挹……不幸而學問未充，聲名太早，一為權貴所知，遂侈然不復檢束……故其詩遂為公安一派之先鞭，而其文亦為金人瑞等濫殤之始。」清代文派以桐城為大宗，而桐城派論文，於明唯取歸有光。歸有光所以受到桐城派之推挹，為文出於史記，肯定唐宋八家，當是原因之一。不過有一點值得注意的是：歸有光深於制藝之文，〔註21〕而桐城派與時文，科考更是關係密切。桐城派講「文以明道」，明的是程朱之道，這是考場所主之道；他們講求章法，正是便於士子學習以赴科考。若大的文派，而與科場制藝結合得那麼深，這在一定程度上反映出有清一代的文學潮流，只見八股文的勢力沛然流披，科舉制度牢籠著天下文士。桐城派在「明道」「重法」的基礎上，建構他們的文統、典範，其所取法上自《六經》、《論》、《孟》、《左傳》、《史記》，下達唐宋八家與明歸有光，這些學習的榜樣內容夠宏富的了。文長，一個明代屢試不第的諸生，為文又往往不按章式，不局格法，其不受到重視，自可想見。

另外，徐渭在胡幕代筆寫了不少文章，有許多是代胡宗憲上給嚴嵩的。

〔註21〕見《明史·文苑傳》，又黃宗羲評徐文長《西施山書舍記》：「其文俱有至情，敘次造句，無不精到。夫震川之文淡，或落於時文；文長之淡，淡而愈濃，嘉靖間大作手。」亦以歸有光文有時文氣與文長對照。

當時嚴氏當權，胡的態度不免阿諂。文長雖也自承代筆有太多無奈，〔註22〕然而宗憲遇之甚禮，於是胡氏之意，乃形於文長毫端。此類代文亦不諱地收在他的文集之中，爲胡獻諛之辭昭見於世，這點，亦遭到衛道之士的輕詆。《四庫全書總目》，〔註23〕沈德潛〈書徐文長集後〉，〔註24〕都曾從這觀點，表示對文長的惋惜。以傳統道德立場衡文，於徐渭之文名不無損抑。

而談到他的書法之不受清人賞睞，同樣於理可循。

先是因爲帝王的好尙，後是由於書法內在的發展，使得清代的書法可以概括分爲帖學時期與碑學時期。

馬宗霍《書林藻鑑》卷十二序云：

> 董書在明末已靡於江南，自經新朝睿賞，聲價益重，朝殿考試，齊廷供奉，干祿求仕，視爲捷塗，風會所趨，香光幾定於一尊矣。高宗宸翰尤精，特建淳化軒……其時承平日久，書風亦轉趨豐圓，董之纖弱，漸不厭人之望，於是香光告退，子昂代起，趙書又大爲世貴。

這是清書之帖學期，大約自康熙至乾隆，兩主之喜愛好尙影響書風甚大。文長之書行、草爲主，奔放佚法，蒼勁偉傑，雖極有媚姿，但也與董趙纖弱豐圓之風格大異其趣。

嘉道之後，清代書法漸漸轉向尊碑之途。元明兩朝，是帖學盛行之期，帖學時期，學習的規範是前人之尺牘筆札。古時不若今之有照像，有影印，眞蹟非人人所易覯，一帖之流行，必待翻刻，自宋至明，名帖刻本多矣。但是，刻本越翻其去眞蹟便越遠。康有爲《廣藝舟雙楫》「尊碑」，開宗明義地說：「晉人之書流傳曰帖，其眞蹟至明猶有存者，故宋明人之爲帖學宜也。夫紙壽不過千年，流及國朝，則不獨六朝遺墨，不可復覯，即唐人鈎本，已等鳳毛矣。故今日所傳諸帖，無論何家，大抵宋明人重鈎屢翻之本，名雖羲獻，面目全非，精神尤不待論。」是帖學發展至此已是大壞。

〔註22〕見《徐文長三集》卷十七〈論中六〉、卷十九〈抄代集小序〉、〈幕抄小序〉、〈抄小集自序〉。

〔註23〕《四庫全書總目》提要云：「其代宗憲謝嚴嵩啓云『凡人有疾痛癢痾，必求免於天地父母，然天地能覆載之而不能起於顚擠，父母欲保全之而未必如斯委曲，伏惟兼德無可並名，名且不能，報何爲計』云云，雖身居幕府，指蹤惟人，然使申謝朝廷，更作何語？錄之於集，豈止白圭之玷乎？」

〔註24〕沈德潛云：「文長……傷體踐形，君子既咎其遇，又悲其窮也。嚮使當日因守萬藥，不游幕府，以浩然之氣寄之于文，誅奸諛，發潛德，何施不可？而至自穢於筆墨乃爾哉？書之爲抱才而擇所主者戒。」

　　然而，會深刻地反省帖學之壞，進而尊碑，實因乾嘉小學興盛所致。前引之文即言「乾嘉之後，小學最盛，談者莫不藉金石以爲改經證史之資，專門搜輯著述之人既多，出土之碑亦盛。」碑上文字除可爲「改經證史之資」外，其書法之美，風格之勁恰與帖書不同，這大大地拓展書法之領域，書法之風格遂轉趨多端。北碑漢篆，乃成爲碑學時期學書者注目的焦點。

　　在這樣的書法流變中，徐渭自引爲第一的書法，不見賞於世，不亦宜乎？

　　如前所述，徐謂詩文書三藝，已幾爲清代文藝潮流所淹沒，四藝當中，畫也就凸顯出來，予以人深刻的印象，且成爲許多人學習的對象。

　　徐渭的繪畫，在題材上以花卉蟲魚爲主，而其作畫態度是抒情寫意，而不是刻意描摹，追求工整細麗。而其抒情要比前人更爲顯露直接，因此今人李澤厚認爲他是「明代中葉以來的浪漫思潮在繪畫領域的集中代表」（李著《美的歷程》第十章）。揆諸中國畫史，以花鳥蟲魚爲題材的寫意抒情之文人畫，是在徐渭與稍早於他的陳淳手中才有顯著的形貌的。

　　就創作之態度來說，明代遺民有許多人深痛國亡，卻又不得形諸文字，轉而從事繪畫以抒發憤懣感傷，這與徐渭發牢騷不滿之氣於畫作上，精神上是相接近的。四僧中的八大山人與石濤，現存作品中就有某些是倣臨徐渭。然而，他們並不是在畫面形式上亦步亦趨，主要還是因精神的相應。此種著重表現個性的畫者，清乾隆間的揚州八怪，乃最爲人知，而八怪之畫幾乎或多或少從徐渭處獲得一些引發。近代畫家齊璜，很明顯地也是在精神上承接徐渭、八大、石濤而來的。

　　而就題材方面說，清代是個花鳥畫興盛的時代，乾嘉之後，更有凌駕山水畫的趨勢。清初花鳥畫，雖有惲壽平宗領一時，可是此派居於朝中，宮廷趣味的講求，限制了他們的發展。雖然描繪細膩，應物寫生，久而久之，技巧成習，風格卑弱，形式拘守的種種弊病便一一出現了。與此相較，陳淳、徐渭兩人在花鳥上鮮明的獨創性乃更形顯著。而且，基本上，設色與不設色，便是兩種不同路數，陳淳、徐渭之水墨表現，乃足以與惲壽平一脈相傳的設色花鳥同時並存。加之，清去陳徐二人時代不久，他們的眞蹟留傳者不少，還不致於敗壞破損，因此，清代花鳥畫家以青藤（徐渭之號有青藤山人者），白陽（陳淳號白陽山人）爲宗者不在少數。

　　以上簡略說明，我們已經可以看到徐渭四藝在清代或受揚許或受詆諆的時代因素。

　　時間到了民國，新文學運動的興起，新式教育的實施，使得國人對傳統詩文已不再熟悉。對於歷史上的文人，大抵只能知其犖犖大者，能深刻了解歷代文學及其演進的，只限專門從事古文學研究者了。

　　如此，當足以明白何以李文蓀會忽略徐渭在詩文方面的成就，不以文士看待他，而視之為畫家。

三——（二）

　　李文蓀的觀念中，詩文書畫之相異度是滿大的。前引文，他介紹董其昌是「畫家」與「書法家」，也是當時「最傑出的藝術評論家」，徐渭因為繪畫為人所重，是個「畫家」。這種名專家的觀念，恐怕不是近代以前中國人所具有。一個中國傳統文人大抵將書、畫，甚至詩文視為一個士人用以陶情養性之事而已。〔註25〕它們雖有明顯的相異處，但卻統一於「陶寫性情」之用。倪瓚之言：「僕之所謂畫者，不過逸筆草草，不求形似，聊以自娛耳」，〔註26〕「余之竹聊以寫胸中逸氣耳」，〔註27〕而王穉登序《清閟閣全集》：「今世最重先生畫，次重其詩，又次乃重其人。是人以詩掩，詩以畫掩，世所最重者，特先生末技耳」，乃足以代表傳統文人對待文藝之心態，所重視者無寧是「人」也。

　　雖然，在創作的態度上，詩文書畫可以是同調的，或者認為四者功能乃有大通之處，可是，四者確實存在著差異，否則怎會有不同的名稱呢？這是詩，那是文，這叫書，那叫畫！它們在藝術的媒材、形式、創作技巧等等都有根本上的差異。

　　既然有此差異，徐渭怎能將四者合而品第之呢？如果有人認真地拿不同藝術家之不同藝術品作比較，比如品等論列杜甫詩、韓愈文、張旭書、吳道子畫，那不是要貽笑大方了嗎？為什麼？因為四者有不同的形式、媒材、技巧，各自的要求是不一樣的。

　　周亮工（西元 1612～1672 年）似乎感覺到四者合論有點不妥，因此，他筆下所記徐渭的自評語，就不同於他人：

　　　青藤自言書第一、畫次；文第一，詩次，此欺人語耳。……（《賴古堂集》卷廿三）

〔註25〕如宋郭若虛言其祖父「雖貴仕而喜廉退恬養，自公之暇，唯以詩書琴畫為適。」見《圖畫見聞志敘論》。
〔註26〕見倪瓚《清閟閣集》卷十〈答張藻仲書〉。
〔註27〕前引書卷九〈跋畫竹〉。

詩文高下與陶望齡所記有出入，可以不論。須注意的是，他明顯地分作兩節說，先劃規詩文一組，書畫一組，然後於兩組各下優劣。

這分組是有意義的，不同組，其相異性大。而分組之內，詩文同是以語文作爲媒材，是語文的活動，運用語言文字來建構意義，傳達意象與情感。書畫同是筆畫水墨的表現，同樣注意整體的和諧，布局留白間的處理。〔註28〕

兩兩之相同性大，相同性大，方才容易比較優劣，而無扞格強辯之弊。

這一則是在諸評論徐渭四藝的文字中，顯得最特別的。而它含容的意義，應是在於對詩文書畫相異與相通的思考。

三──（三）

周亮工如此思考，而與徐渭同時的梅國禎（字客生，麻城人，見《明史》卷二百廿八），卻把文長其病其人，也加入了評列。

> 梅客生嘗寄余書曰：「文長，吾老友。病奇于人，人奇于詩，詩奇于字，字奇于文，文奇于畫。」余謂文長無之而不奇者也。無之而不奇，斯無之而不奇也哉！悲夫！（袁宏道《徐文長傳》）

文長有關梅客生的詩文，三集卷五有〈六月七日之夕與梅君客生及諸鄉里趁涼于長安街，醉而稱韻得片字〉詩，卷十六有〈與梅君客生書〉。

這裡我們可以清晰得知梅客生的品評標準。而這種標舉風格爲標準的方式，消解了詩文書畫相異性之考慮的疑點。而且很自然地也參入了創作主體來作統合的比較。

如果在文字的敘述中，將梅客生品評的標準──「奇」字抽離，形式則可爲如此：「文長畫不如文，文不如字，字不如詩，詩不如人，人不如病！」（字詩高下等序與文長自評者不同），「人不如病」，四字簡直予人突兀之感，然而其他層層之「不如」，卻是我們所習見；只有結果而沒有評論標準的言語。前面提到的《任詢傳》之言，以及下面幾則都大類似。

> 張弼，字汝弼……與李東陽、謝鐸善，嘗自言：「吾生平，書不如詩，詩不如文。」東陽戲之曰：「英雄欺人每如此，不足信也。」（《明史．

────────

〔註28〕書畫同源之説，趙孟頫詩「石如飛白木如籀，寫竹還應八法通。若也有人能會此，須知書畫本來同」最爲代表。明清言書畫同源者更夥，如言「作書如作畫者得墨法，作畫如作書者得筆法」（清戴熙《習苦齋題畫》）「書畫同源，只在善用筆而已」（清松年《頤園論畫》：「書家云小字宜疏大字宜密。秉以此悟指畫，大幅法嚴理密，……此書大字法也。冊葉僅尺許爾……此書小字法也」（清高秉《指頭畫説》）

文苑傳》）

永叔、介甫俱文勝詞，詞勝詩，詩勝書。子瞻書勝詞，詞勝畫，畫勝文，文勝詩。然文等耳，餘俱非子瞻敵也。魯直書勝詞，詞勝詩，詩勝文。少游詞勝書，書勝文，文勝詩。（王世貞《藝苑巵言》附錄一）

桑民懌才名噪一時，幾有雕龍繡虎之稱，此卷爲盛秋官書者，尤多生平得意語。其書似不勝文，文似不勝詩，大要不能去俗耳。……（王世貞《弇州四部稿》卷一百卅二）

世言和靖先生字不如詩，詩不如人。然觀其書，亦自瘦勁有法。……（引自《書林藻鑑》「林逋」條下，王世懋語。）

張弼（西元 1425～1487 年）、李東陽（西元 1447～1516 年）、王世貞（西元 1526～1590）、王世懋（西元 1536～1588 年。世貞弟），王氏兄弟生存年代與徐渭相當，張李二人雖年代略前，然而前輩趣聞的事，必也流傳於嘉隆萬之間。這或多或少足以顯示拿詩文書畫合論高下，應是當時風氣如此。

前引幾則，不見評論的標準。不過，關於林和靖一條乃值得推敲。第一，他的爲人也被列入評價，第二，林和靖「字不如詩，詩不如人」是世人普遍的意見，而不是單單代表王世懋個人的看法。我們且看世人（包括明以前人）如何論林和靖：

和靖筆意殊類李西臺，而清勁處尤妙。（宋、黃庭堅語）

逋作徑寸行書，字方勁而你清。（明、都穆《寓意編》）

和靖筆勢遒勁，無一點塵俗氣，與暗香疏影之句，標致不殊。此老胸中深得梅之清，故其發之文墨者類如此。（謝升孫語）

我愛翁書得瘦硬，雲腴濯盡西湖淥，西臺少肉是眞評，數行清瑩含冰玉，宛然風節溢其間，此字此翁俱絕俗。（明、沈周詩）

果然遺墨似其人，如倚清風捫瘦竹。（明、吳寬詩）

我從書法得相法，骨瘦神清癯亦足。（明、李東陽詩）

以上轉錄自《書林藻鑑》卷九。各評語都以「清」爲林和靖最主要的人格與風格，不論從其詩從其書其人，皆可得到「清」的印象。因此，「世言和靖先生字不如詩，詩不如人」還原爲「和靖先生，人清於詩，詩清於字」，理當不至於大謬。

從梅客生之評，又推想王世懋之言，這提供我們了解文長自評標準的線

索。在當時風氣下，徐渭說「吾書第一、詩二、文三，畫四」極大可能也是從某一超出技藝層面之標準來論定，而且是通向於自己這一藝術精神主體的。

四、

徐渭論文藝，很少就各文藝內部之規律及藝術性去討論，而在創作時往往衝破格律，不為束縛。祁彪佳《遠山堂劇品》評文長《四聲猿》語，如：「文長奔逸不羈，不馴於法，亦不局於法，獨鶻決雲，百鯨吸海，差可擬其魄力。」、「邇來詞人依傍元曲，便誇勝場，文長一筆掃盡，直自我作祖，便覺元曲反落蹊徑。」足以說明此種情況。

一張他為王龍溪作的山水小軸，現藏瑞典斯德哥爾摩國家美術館，接近漫畫式的畫法，山崖，只是以幾筆看似襪亂的線條勾出，在畫面的中央，構成整幅畫的中心。山崖上有一個文士獨坐，旁有三株松樹，筆畫極其簡略。山崖之下，也就是畫面的底部，有群木繚雲，樹木的線條較濃較密，墨色集中，使得整幅畫有了安定感；這使得畫不致因山崖、人物的簡略而流為散亂輕浮。山崖後方偏左，有遠山，也是以乾筆快速地畫出。畫幅上四分之一留白，有落款。此畫特別之處是：山、山崖既非以墨來表現，而純任乾筆，卻捨置了皴法，代以快速而自由的線條。以此與傳統的文人山水畫風貌相較，顯然，它是個異數。〔註29〕雖然，這只是一張畫，不能代表文長的全部，但是，我們並非要以此證明徐渭的不局於法，衝破格律。我的想法是：徐渭的不拘格律的作法——在此可以表現無遺——透過畫面的比較，我們可以比通過詩文的對照，更容易掌握得到。

而如果說徐渭對詩文有什麼規範性的論述，那也是關於該藝的最根本的規範，扣住的是內在之本質，而非技巧的安排。比如他說「古人之詩本於情，非設情以為之者也。」（《徐文長三集》卷十九〈肖甫詩序〉）、「夫曲本取於感發人心，歌之使奴僮婦女皆喻，乃為得體」（《南詞敍錄》）之類而已。他只是重真、重抒情，重本色。〔註30〕在舉世「文必秦漢，詩必盛唐」，追求異代風

〔註29〕 見文末圖一，又，圖二至五，分別為元、明、清三朝著名之文人山水，其構圖、線條，都較徐渭此圖要來得嚴謹整飭。

〔註30〕 本色之說，明代文人之見或同或異，胡應麟之論本色，首以文體為準，文章之體不同，其「本色」即異。「文章自有體裁，凡為某體，務須尋其本色，庶幾當行。」「樂府長短句體亦多出《離騷》而辭大不類……蓋榜枻實風謠類，

格，結果陷于剽竊割裂的世風下，他此種表現自我的主張，是值得唱采的。

　　針對當時摹倣之風，他有如下之言：

> 田生（按，即徐渭。他註《參同契》，欲隱姓名，所以化徐爲秦，析
> 渭爲田水月）之文，稍融會《六經》及先秦諸子諸史，尤契者蒙叟、
> 賈長沙也。姑爲近格，乃兼并昌黎大蘇。亦用其髓，棄其皮耳，師
> 心橫從，不傍門户，故了無痕鑿可指，詩亦無不可模者，而亦無一
> 模也。……（《徐文長逸稿》卷十六〈書田生詩文後〉）

> 非特字也，世間諸有爲事，凡臨摹，直寄興耳。銖而較，寸而合，
> 豈眞我面目哉？臨摹蘭亭本者多矣，然時時露己筆意者，始稱高
> 手。……（《徐文長三集》卷廿〈書季子微所藏摹本蘭亭〉）

摹倣，終究是學習方法之一，可以從前人的優秀作品，擷取菁華，以做爲自
己創作時之參考。藝術作品，是不容許缺少作者本人的性情的。少了作者之
眞情實性，即使作品再酷似前人，也只是贗品，而此作者也只不過如鳥學人
語，實非高明。〔註31〕唐朝樊宗師就成了他調侃的對象。故爲僻澀聱牙，使
人難通其意，在不能通情達意的情況下，文章不過成了一堆文字的組合排列。
〈請絳州園地記戲爲判〉文中，他認爲樊之得名，乃是因爲韓愈「夢鬼籠晴」，
一時過譽。絳文乃「枉誣盤誥，詰曲聱牙。靲鞻非眞，空青是假。難逃賈胡
眼，雙鶵子精明。」（《徐文長三集》卷二十九）。

　　在詩文是文人性情之眞實表露前提下，詩文與人格乃有對應的關係存
在。「性暢者，其詞亮；性懟者，其詞沈」（〈肖甫詩序〉）「其情坦以直，故語
無晦；其情散以博，故語無拘；其情多喜而少憂，故語雖苦而能自遣；其情
好高而耻下，故語雖儉而實豐。」（〈葉子肅詩序〉）

　　詩文如此，書畫之理也一樣。

非《騷》本色也。」（《詩藪》卷一）文長之言本色，多就戲曲上論，以爲劇
中人物之言行、舉止須與其身分相符，婢是婢、主母是主母，切不可婢作夫
人語。乃針對作家一味藻飾文字而忽略人世之眞實情況而發。故云「凡語入
緊急處，略著文采，自謂動人，不知減卻多少悲歡。此是本色不足者，乃有
此病」（《徐文長佚草》評崑崙奴）、「琵琶尚矣，其次則覷江樓、江流兒……
其餘皆俚俗語也，然有一高處，句句是本色語，無今人時氣。」（《南詞·
敘錄》）。依此説引申，當可同於唐順之之論本色，唐《答茅鹿門知縣論文書》
言「文章本色」乃扣緊作家「直攄胸臆、信手寫出」有「眞精神，與千古不
可磨滅之見」而發。本文所謂「本色」指此，須與胡應麟之説區別。

〔註31〕見《徐文長三集》卷十九〈葉子肅詩序〉。

書如其人的觀念，存於文長心中。所以他對蘇軾的書作感到不解：

> 蘇長公書，專以老樸勝，不似其人之瀟灑，何耶？（《徐文長逸稿》
> 卷廿四〈評字〉）

> 論書者之多似其人。蘇文忠公逸也，而書則莊。文忠公書法顏，至
> 比杜少陵之詩、昌黎之文、吳道子之畫。蓋顏公之書，即莊亦未嘗
> 不逸也。（《徐文長三集》卷二十〈跋大蘇所書金剛經石刻〉）

顏魯公之書，雖然莊重，卻也未嘗不逸。蘇東坡書法從魯公出，而本身又屬
豪放不羈之才子，可是書法的風格卻是老樸莊重，不稱其人。文長覺得奇怪。
又如趙孟頫，《逸稿》廿四卷〈評字〉，提到趙字，以為「孟頫雖媚，猶可言
也。」趙字之媚，如何可言呢？《三集》卷二十〈書子昂所寫道德經〉中說：

> 世好趙書。女，取其媚也，責以古服勁裝可乎？蓋帝冑王孫，裘馬
> 輕纖，足稱其人矣。他書率然，而道德經為尤媚……。

孟頫乃貴冑王孫，自幼所習「裘馬輕纖」，錦衣玉食，養成之性蓋類柔媚華典。
其書之媚，正稱其人，正合其性，毋寧也是「本色」。既是「本色」，何能就
嫵媚來詆訾子昂呢？

畫如其人，則可以題墨繪牡丹之文為代表。日本東京菊池氏所藏徐渭《雜
畫冊》中有「水墨牡丹圖」，上題：

> 牡丹為富貴花，主光彩奪目，故昔人多以鉤染烘托見長。今以潑墨
> 為之，雖有生意，終不是此花真面目。蓋余本寒人，性與梅竹宜，
> 至榮華富麗，風若馬牛，宜弗相似也。

用水墨畫代表富貴豔麗的牡丹，一般說來，雖能表其生意，卻似乎與花之本
性不合。然而，所謂「花之本性」，豈是自自然來？不過是人所習以為見罷了。
徐渭不與俗諧的精神，又表露出來了，他寧願以墨以水來塗抹這「富貴花」，
以適自己貧寒之人，梅竹之性。另一幅藏於台北故宮博物院的牡丹軸（圖六），
上面的題詩是這樣：

> 五十八年貧賤身，何曾妄念洛陽春？不然豈少胭脂在，富貴花將墨
> 寫神。（收於《徐文長三集》卷十二）

意念與前所題文相同，此見徐文長墨寫牡丹是有意識的發抒情性，是「本色」
之畫。水墨牡丹，倒也不是徐文長首開之例，宋僧牧谿（法常）早有墨牡丹
留傳下來，文長前輩沈周、陳淳等人也都有佳作。只是他們並不像徐文長般
將水墨賦予「貧寒」之性。

　　這個例子，已說明文長寫意畫之創作態度，實是與詩文、書法相通的。所以他畫中有感慨。一幅墨葡萄軸，葉與藤交錯游走，筆畫飛動，顆顆葡萄晶瑩似珠，配合著題詩「半生落魄已成翁，獨立書齋嘯晚風，筆底明珠無處賣，閒拋閒擲野藤中」，不由使讀者從畫面認識到一個奇倔不遇的老叟。

　　錢鍾書《談藝錄》論趙松雪詩中談到：

> 元人之書最重遺貌求神，以簡逸為主，元人之詩卻多描頭畫角，惟細潤是歸，轉類畫中之工筆。松雪常云：「今人作畫，但用筆纖細，傳色濃豔，吾所畫似簡率，然識者知其近古。」與其詩境絕不侔，……陶宗儀《輟耕錄》卷九記松雪言：「作詩虛字殊不佳，中兩聯填滿方好。」戚輔之《佩楚軒客談》、陸友仁《硯北雜志》亦著是說，並皆載松雪言「使唐以下便不古」。

提出這一敘述，是想以趙孟頫之為詩作畫的態度，來與徐渭比較。錢文中認為趙孟頫在詩、畫二術，所追求的風格不同，蘇軾所謂「詩畫一律」並非定則。不過，我認為趙詩與其畫風格不同、要求有異之產生原因卻是同樣的，都是在於「尚古」，甚至可以說是模倣，追求一個曾經存在過的異代風貌。是以在畫則說「識者知其近古」，在詩則說「使唐以下事便不古」。然而，畫之「古」與詩之「古」，對象、時代容或不同，而意趣亦殊異。如果以晉為畫之古，以漢為詩之古，標立而追求之，很可能終至於畫風、詩風迥異，何者？時代性不同，其間風格亦不盡同。明代前後七子的作風，即類乎此，文舉秦漢為師，詩稱盛唐為宗，然而秦漢文與盛唐詩，精神苟通貫耶？

　　徐渭的創作態度是與七子、與子昂不同的，他並不標的一外在風格而致力追求，而是本於個性情性，盡情地發抒。在此一創作態度下，作品或多或少傾注了個人的情調，包容了眞情性，其作品所現風格，便相趨近。「言之格調，往往流露本相。狷急人之作風，不能盡變為澄澹，豪邁人之筆性，不能盡變為謹嚴」，〔註32〕這同樣地適以說明於書法，尤其草、行；說明於畫，尤其文人寫意畫。

　　職是之故，徐渭「書一、詩二、文三、畫四」之評，乃標立於某一風格，而此風格通向藝術精神主體，是具極大之可能性的。

　　袁宏道《徐文長傳》注重文長性格描寫及其藝術風格之相近，實已逗露本文所述。

〔註32〕見錢鍾書《談藝錄》「文詞風格足以徵見性情」條。

五、

　　經由考察徐渭的文藝理論，以及明代與之同時人的類似批評方式的隱含意念，對於徐渭的自評，已經可以得到一個基本的理解原則。

　　而前文已述，評論詩文書畫優劣的情形，是由於宋代詩文書畫成為文人主要活動，元明文人兼長者多而產生的。事實上，在宋代初萌之時，此類評論方式之植基於藝術精神之相通性，並通向作者之個性的觀念，已經存在。這可以以黃庭堅的文藝理論為代表，他討論詩文書畫的文字，散見於題跋中。以下稍作勾勒：

> 東坡道人在黃州時作，語意高妙，似非喫煙火食人語，非胸中有萬卷書，筆下無一點塵俗氣，孰能至此？（《山谷題跋》卷二〈跋東坡樂府〉）

> 學書要須胸中有道義，又廣之以聖哲之學，書乃可貴，若其靈府無程，政使筆墨不減元常、逸少，只是俗人耳。（《山谷題跋》卷五〈書繪卷後〉）

> 大年學東坡先生作小山叢竹，殊有思致，但竹石皆覺筆意柔嫩，蓋年少喜奇故耳。使大年耆老自當十倍於此。若更屏聲色裘馬，使胸中有數百卷書，便當不愧文與可矣！（《山谷題跋》卷四〈題宗室大年永年畫〉）

拈此三則，一論詩詞，一論書，一論畫，然其重點無不歸之於書卷、學問。重視學問書卷，是因為讀書是人改變氣質，由迷而入悟之途徑。經由讀書，文人之文化素養漸積漸厚，亦因努力修身，人格益見精醇，其氣質經此一化，自然脫俗。而詩文書畫乃是作者胸臆之天然呈現，自是隨人品而高下。山谷〈題王復觀書後〉：

> 此書雖未及工，要是無秋毫俗氣，蓋其人胸中塊磊，不隨俗低昂，故能若是。（《山谷題跋》卷七）

此可說明，技巧只是末事，脫俗之性在創作中是要比技巧之工美重要得多，所以「雖未及工」，但卻又可甚寶貴。宋人之重視藝術創作之精神主體，於此可見。

　　山谷將此不俗的高致，名為「韻」，人不俗乃此人有韻，書詩文畫不俗亦是有韻。「凡書畫當觀韻」，〔註33〕「論人物要是韻勝，為尤難得」。〔註34〕受

〔註33〕見《山谷題跋》卷三〈題摹燕郭尚父圖〉。

業於山谷的范溫，乃因山谷「書畫以韻爲主」推及詩文，謂「書畫文章，蓋一理也。」一是以韻爲極則。

雖然，詩文書畫都是人品才調之發露，但是，宋代是個重理尚學的時代，「以性爲正，以情爲邪」的哲學立場普遍存在。因此，同是情，未經性理貞定，涵養澄清，以通天地之情的私情，染雜人欲的情，是不被肯定，不該抒發於詩文書畫的。其時代之重理與尚學，是終極與過程之別也。

宋人此種觀點，流傳下來，明代董其昌之書畫精神便是承繼於此。陳繼儒序《容臺集》說董其昌：「凡詩文家客氣、市氣、縱橫氣，草野氣、錦衣玉食氣，皆鉏治抖擻，不令微細流注胸次而發現於毫端」。此中諸氣，正是未經澄汰之氣，未貞於性理之情，所以要「鉏治抖擻」。而經過篩汰之後，便只有貞正之情發見於作品了。達到此種境界，董其昌名之爲「淡」，而「淡」之名很顯著地是從蘇東坡來。〔註35〕

在這「人藝相通」觀念上，徐渭與宋人與董其昌不同，名稱上他也追求「生韻」，〔註36〕但是，不同的是他並不刻意刊落已存的氣、情，要去貞定性情，以使通乎大通，合於士大夫之典型。相反地，他是一瀉而下地揮灑自然性情。陶望齡所說：「文長負才，性不能謹飾節目，然跡其初終，蓋有處士之氣。其詩與文亦然，雖未免瑕纇，咸以成其文長者而已。」〔註37〕正反映文長與宋以來文士名士尚韻尚淡的異點。

六、

綜上所述，宋代文人注意詩文書畫之活動，並且在理論上揭示四者之相通性以降，經元代文人大量地兼長眾藝的發展，到了明代中期之後乃大量出現合觀諸藝，進而品第高下的批評型式，其間脈絡頗爲清楚。徐渭之自評是在此一發展潮流中產生的，因此，他施評背後的觀念上，應是與宋人之一般

〔註34〕前引書卷四〈題絳本法帖〉。

〔註35〕見《容臺別集》卷四「作書與詩文同一關捩，大抵傳與不傳，唯在淡與不淡耳，極才人之致可以無絢爛之極。猶未得十分，謂若可學而能耳。畫史云：『若其氣韻，必在生知。』可爲篤論矣。」雖對坡公之說有所脩正，然淡之觀念所從來甚明。

〔註36〕如《徐文長三集》卷五〈畫百花卷與史甥題曰漱老虐墨〉：「不求形似求生韻，根撥皆吾五指栽。」又，〈王鴛亭雁〉圖：「崔徐一紙價百金，風韻稍讓呂與林。」

〔註37〕陶望齡〈徐文長傳〉。

觀點及其同時人之態度息息相關。拋開背景兀自懷疑徐渭自評是愚弄他人的「欺人之言」，或者以為有什麼掩飾作用，是不必要的。我們寧可肯定自評乃是徐渭的真心話，而藉此顯目警醒之言為線索，讀其詩文書畫而通其志，察其心。

　　這裡，並未能為徐渭自評找到一明確的標準，但是，如果了解文長自評不是落在書史、詩史、文史、畫史中去論定地位成就，而是扣住自身，比如「奇」，比如「畸」，或者「不與俗諧」……作一種內向的省察，那麼，回歸文長之作品，深入地欣賞理解，觸及他自評所以立之標準，應不是件困難的事了。

圖一

圖二

△倪瓚（西元 1301～1374 年）
虞山林壑圖　1371 年　軸
紙本墨畫　95×36 公分
紐約大都會美術館

圖三

△沈周（西元 1427～1509 年）

策杖圖　軸

紙本墨畫　158×72 公分

台北故宮博物院

圖四

△董其昌（西元 1555～1636 年）
秋山圖　軸
絹本設色　142×60 公分
舊金山亞洲美術館

圖五

△王原祁（西元 1642～1715 年）
仿倪瓚山水　1704 年　軸
紙本設色　95.2×50.4 公分
華盛頓佛瑞爾美術館

圖六